千兩花嫁

山本兼一 著
張智淵 譯

臺灣商務印書館

目次

千兩花嫁 001
金蒔繪的蝴蝶 061
貓舔盤 115
平蜘蛛的茶釜 161
今晚的虎徹 213
猿辻的鬼怪 269
鑑定眼力值萬兩 313

千兩花嫁

一

鴨川河堤上的垂櫻花開八分，隨著拂曉的風翩然花舞。天空魚肚白，呈淡藍色，但是東山的群峰仍殘留著靛藍。

世上罕見的大隊人馬即將行經三條大橋，從天光未亮，橋旁就擠滿了大批人潮守候。

真之介在人群中看著東方，回頭對柚子低喃道：

「柚子小姐……不……」

柚子凝視昨晚剛結縭成真正夫婦的男人臉龐。

他濃眉大眼，眼神總是直視前方；胸膛厚實，手臂粗壯，但是手指細長。

真之介口吃靦腆。柚子使了點小性子。

「你用那種稱呼方式，教人家怎麼回應嘛。」

昨晚，真之介聽從柚子的要求，答應今後要直呼她芳名。

他們的身分已不再是店裡的大人姐和僕人，而是夫婦，所以真之介答應柚子，不會再跟之前一樣叫她柚子小姐、大小姐——

昨晚，真之介依約將嘴唇湊近柚子耳畔，甜蜜地呢喃。

——柚子。

腦海中浮現洞房花燭夜令人臉紅心跳的景象，柚子的耳根發燙。

旭日從山邊露臉，鴨川水面漾開銀色的粼粼波光。令人神清氣爽的晨曦照亮四周。

這是兩人首度一同迎接早晨，所以如果可以的話，柚子希望盡情地享受同床共枕的幸福滋味。

儘管如此，丈夫卻在黎明前起床，帶著柚子到店門外。

古董店　精品屋

兩人的店位於京都的三條木屋町，屋簷上掛著氣派的櫸木招牌。

位於東海道（譯註：江戶時代的五大街道之一；從江戶沿著太平洋至京都的街道）盡頭的三條大橋近在咫尺，店舖面向三條通，因此用不著特地跑到橋邊等，從店的二樓也能夠觀賞即將來到的隊伍。

柚子也明白：正因性子急，無法等到那一刻，所以真之介比其他人更加倍的努力工作，才能夠在這種熱鬧的地方開一家自己的店。

「要不要打個賭？」

真之介沒有提及名字的叫法，沒頭沒腦地提議。雖然語調生硬，但不再是僕人的口吻。柚子心知肚明，真之介正試圖以丈夫的身分說話。

「賭什麼呢？」

「鑑定即將到來的德川將軍家一行人的所有用品。」

「噢……」

「從將軍大人的轎子，到隨身高階武士、低階武士手持的長槍、步槍、行李箱、馬具，如果整批賣掉的話，妳會以多少錢買呢？我們在看到隊伍之前，各自估價，然後比賽誰估的價錢比較接近，妳覺得如何？」

「欸……」

柚子還以為他要提議做什麼呢。原來丈夫想在還沒看到抵達京都的將軍隊伍之前先估價。當然，那些用品永遠不可能被整批賣掉。這是除了書畫古董之外，連武器、舊衣，什麼都賣的市區古董店會玩的估價遊戲。

「那種東西，我怎麼猜得到？」

柚子連將軍的隊伍究竟會有多少名隨從都完全無法預測。

「好玩嘛。實際看到隊伍之後再估價就不有趣了。」

「是這樣的嗎？」

二十歲的柚子無法理解男人這種生物感興趣的事物。

「如果是鑑定書畫古董，大小姐相當厲害。功力遠在我之上。」

果然又叫自己大小姐了。儘管如此，柚子深知真之介竭盡全力地要以丈夫的身分，抬頭挺胸地說話，所以也就不責怪他了。

「哪有厲害，沒那回事……」

縱然柚子謙虛，但她是京都前三大名茶具商唐船屋善右衛門的掌上明珠。從一出生就在名品的包圍下長大，對於諸般古董的鑑賞眼力不在話下。

「既然我如今也身為一家店的老闆，自然就想做一筆大生意。不妨以我猜不猜得到將軍隊伍的估價，占卜看看兆頭好壞。」

其實，真之介買下三條的客棧，掛上「精品屋」的招牌是在三天前。

接著，緊鑼密鼓地準備開店和婚禮，昨晚才迎娶柚子為妻。

說好聽是娶，說難聽是拐。

真之介摸黑從唐船屋，偷偷地把她搶來。

他帶柚子回來，讓她換上全身純白的新娘禮服，自己穿上全新的外掛褲裙。

在精品屋的掌櫃、伙計、學徒和女婢的見證之下，舉行交杯儀式。

他們之所以像在扮家家酒似地倉促完婚，是因為柚子的父親善右衛門強烈反對兩人的婚事。

在柚子消失的唐船屋，家中醒來的人如今八成正亂成一團。

善右衛門上門興師問罪是遲早的問題。

柚子和真之介已經吃了秤陀鐵了心。

他們針對這件事討論了好幾次。

兩人真心相愛，成為夫婦一起生活應該沒有礙到任何人。

昨晚完婚之後，他們在二樓的寢室鋪上全新的棉被。

柚子在棉被旁三指撐地，低頭行禮。

「我不懂事，這輩子請多指教。」

真之介也行禮如儀地雙手撐地。

「柚子小姐，我才要請妳多多指教。」

柚子搖了搖頭。

「既然喝過了交杯酒，我們就已是夫婦。請你直呼我柚子。」

真之介聽到這一句話，眼泛淚光。

「……欸。哎呀，話是這麼說沒錯，但是一時之間改不過來……」

長期的習慣確實不可能那麼輕易改掉。

真之介從還是個小毛頭時起，就在唐船屋當僕人，稱呼柚子為大小姐。

柚子懂事時，真之介是能幹的學徒。

從那時起，柚子就一直喜歡真之介。

一想到終於能和他結為連理，柚子的腦中就變得一片空白。眼眶發燙，熱淚盈眶。一旦哭出來，淚水就潰了堤。

心愛的人近在身旁，感覺得到他的氣息。他今後能夠一直在身邊。這令柚子開心地全身顫抖。

「我是這種男人，請多指教。」

真之介膝行湊近，握起柚子的手。

「這種男人是哪種男人？」

柚子原本哭得皺成一團的臉上展露微笑，微微偏頭。

「就是這種男人。」

真之介手伸過來，將柚子摟進懷中。

臉頰貼近過來。

柚子任由真之介緊擁、吸吮唇瓣，心蕩神馳。

陷溺於發自內心的憐惜之情，緊摟住真之介。

不知不覺間，純白的新娘禮服和襯衣都被脫去，一絲不掛地以肌膚互相確認彼此的深厚緣分。明明是初次交合，卻像是從千年前就相互憐愛至今一般，兩人的身體水乳交融，合而為一，共赴雲雨——

那是次日早晨的事。

今天早上，對於真之介和柚子而言，肯定是一個特別的早晨。

真之介在人山人海之中挺直背脊，注視著東方。

柚子再度出神地眺望真之介的側臉。直視前方的眼中，略帶一抹苦悶的光芒。

從待在唐船屋時起，他就經常如此。這會令柚子的心湖掀起萬丈波濤。

——我是這個人的一部分，被吸引到他不足的地方，成為一個完整體。

柚子看著他的側臉，如此確信。

她心中有一股一直尋找的陶器碎片緊密貼合，成為一個完整器具的滿足感。

——從昨天起，我們成了夫婦……

一思及此，心臟就怦怦跳。有種一腳踏進陌生世界的不安與激昂。

另一方面，內心也莫名湧現豁出去了的勇氣。

我今後要身為真之介的妻子，掌管精品屋。肯定會發生各種事情——

柚子想參與丈夫的遊戲。

「如果你要玩鑑定隊伍的遊戲，代替問卜的話，我也估價看看吧。隨從有幾人呢？」

柚子果然是古董店的女兒。替物品估價，令她心情雀躍。

來自江戶（譯註：以如今東京都千代田區為主的地區）的德川將軍家的隊伍總共三千人；分別走東海道、中山道（譯註：江戶時代的五大街道之一；從江戶的日本橋經高崎、下諏訪、木曾，在近江的草津與東海道匯合至京都）、海路，已經有不少前鋒抵達。

「將軍大人的轎子今天會來。隨從大約五百人吧。我注意到前一陣子抵達的老中（譯註：江戶幕府的最高職稱，直屬於將軍，統管一般政務）和旗本（譯註：直屬於將軍，俸祿不滿一萬石，得列席將軍出席場合的高階武士）身上的行頭，應該所費不貲。」

柚子的腦海中浮現浩浩蕩蕩的隊伍。若是將軍的隊伍，確實應該有許多相當豪奢的用品。

「馬也要估價嗎？」

「不，生物要餵食很麻煩，姑且只估用品。光是馬鞍和馬鐙，想必也值不少錢。我想，全部都是精心製成的螺鈿（譯註：取下鸚鵡貝、夜光貝、鮑貝、蝶貝等釋放珍珠光的部分，作成薄片，裁成各種形狀嵌入漆器或木器表面製成的裝飾品）。」

「腰上佩戴的武器呢？」

「噢，刀也要。隊伍的武士身上穿戴的所有東西全部列入計算。」

當然，即使隊伍來，也不能拔刀出鞘鑑定。八成還套上了劍袋。

反正只是大致估價，不管哪一樣用品，都不會仔細拿在手上鑑定，而是瞄一眼之後，在一旁估價。

真之介卻想在隊伍來之前預測，簡直是胡鬧。

「好。估能以多少錢買下是吧？」

「嗯，試著估價，看看誰比較接近實際的價錢。」

真之介開始打起了平常放在懷裡的小黑珠算盤。

柚子也在腦袋中打起了算盤。

文久三（一八六三）年三月四日的這天早上，即將抵達京都的是德川十四代將軍家茂的隊伍。兩百年來，從未有將軍上京都。

這一陣子，世局混亂。

從去年到今年，除了京都守護松平容保、將軍輔佐一橋慶喜、政事總裁松平春嶽之外，還有薩摩的島津久光、土佐的山內容堂等，已經有許多要人、藩主上京都，京都喧嚷不休。

——攘夷。

朝廷和幕府針對此，正在進行一觸即發的政治角力。據說將軍這次上京都，也是因為收到了「應迅速斷然執行攘夷」的詔書。

不過，那種事情和真之介與柚子毫無關係。

「好，一行人的用品合計大約四千五百兩。我想，轎子加上馬鞍、馬鐙，能再加八百兩。」

「傻瓜……」

柚子不禁低喃。

「不能出那麼高的價錢買吧？」

「咦？」

真之介從算盤抬起頭來，望向柚子。

「如果我贏的話，你要替我做什麼呢？」

行事穩當的妻子繃緊五官端正的瓜子臉，注視著新手丈夫。

㈡

「不過話說回來，那些護衛搞什麼？真是沒禮貌。」

真之介一面啜著豆腐味噌湯，一面嘀咕道。

看到賭輸了心情不好的丈夫，柚子覺得滑稽至極。

「有什麼關係嘛，你真是的。倒是你多吃點。」

凡事節省的京都商家，不會從一大早就煮菜湯。大多數的家庭，都是在冷飯上澆淋粗茶，配醬菜解決。

就連在唐船屋，從老爺到僕人，早餐一律都是如此。

柚子煮了熱騰騰的白飯和味噌湯。因為她想替比別人更努力工作的丈夫增加體力。今天早上來不及，但從明天起，她打算再加魚乾或雞蛋。

雖然雇了兩名幫忙的女婢，但是柚子用手巾左右折角包頭，親自伺候丈夫用膳。看到丈夫一早將四大碗飯吃得碗底朝天，令她心情愉快。

「剛才打的賭我贏了，你要好好獎勵我。」

「噢，妳不必一提再提。我知道了。」

柚子小氣地鑑定隊伍的用品價值一千七百兩。

詳細觀察實際來到的隊伍，真之介大感失望。

明明是事隔兩百年上京都，但是裝扮和用品都顯得寒酸。馬具上既沒有豪奢的螺鈿，也沒有精緻的金蒔繪（譯註：描金畫），而徒步的低階武士身上的制服則是十分廉價的木棉。腰上的佩刀也沒有顯眼的飾品，就連馬上的武士佩刀也很樸素。無論怎麼計算，若以真之介的估價購買，鐵定虧錢。

「聽說要給六萬兩禮金，我以為他們身上一定帶有豪華的用品，萬萬沒想到……」

各町內都有京都町奉公所（譯註：類似中國古代的衙門）發出的布告，知道幕府上京都時，會給京都城內的民眾六萬三千兩黃金的禮金。真之介心想：若是撒那麼大筆錢的將軍，想必口袋很深，不禁高估了鑑定的價錢。

「不妙啊，這樣的話，將軍大人的威望也撐不久了。」

「是這樣的嗎？」

「我豈會看走眼？伊兵衛也看到了吧？你的鑑定如何？」

真之介把話題拋向掌櫃伊兵衛，挾起鹽漬油菜花。春季蔬菜清爽的苦味在口中散了開來。

伊兵衛是一年前真之介從唐船屋辭職、開始在寺町（譯註：寺廟眾多聚集的地區）租小店經商時，雇為掌櫃的男人。他雖然比二十六歲的真之介小一歲，但有一股優雅的丰采，有許多客人誤以為他才是老闆。

「是啊。龍如果墜地一看，也只是區區一條蛇……是吧？以那副模樣來看，實在無法斷然執行攘夷吧？」

「就是說啊。將軍大人的隊伍落魄成那副德行，也難怪志士們會為所欲為地囂張跋扈。」

實際上，這一陣子在京都的巷子裡，提倡尊皇攘夷的草莽志士一再無情地進行殺戮、恐嚇和搶劫。

前幾天，親近幕府的朝臣家臣遭人暗殺。可憐的男人首級被放在原木製成的三方（譯註：日本神道中用來盛裝供品的方形木器）上，放在一橋慶喜下榻的東本願寺門前。這種案件頻繁地發生。

「那種事情不重要，我想要剛才的獎勵。」

柚子嬌聲索求。

「真是拿妳沒辦法。」

真之介一口飲盡茶杯中的粗茶，站了起來；繞到柚子身後，開始替她按摩肩膀。

那就是柚子想要的打賭獎勵。

「按摩肩膀啊……」

真之介一面按摩柚子的肩膀，一面低喃道。連聽到這種話，都令柚子的臉頰染上紅暈。

「噢，真舒服。感激不盡。」

柚子客氣地道謝，壓住真之介的手。

「怎麼著，已經夠了嗎？」

真之介只按了兩、三下。

「那當然，我怎麼能真的讓寶貝的老爺做那種事呢？今天這樣就夠了。剩下的等我變成七老八十的老太婆之後，再一面坐在緣廊做日光浴，一面替我按摩。」

柚子伸出小指，真之介笑著勾起她的手指打勾勾。

「不過，那是將軍大人的旗本會做的事嗎？撇開隊伍的行頭寒酸不提，直接伺奉將軍大人的旗本那麼妄自尊大的話，只會導致人心向背。」

今真之介氣憤的是，隊伍中那些開道護衛的武士。

在三條大橋旁等待隊伍時，首先疾馳而過的是先出發通報的騎兵。率先告知沿途民眾，主力部隊抵達。

寅半時分（約清晨五點半）站在大津營地的隊伍，卯半（上午七點左右）時已經經過了京都的粟田口。

大批人潮湧至三條通，想要看一眼隊伍。

聽見遠方傳來「跪下、跪下！」的聲音，往橋對面一看，率先而來的是一群身穿黑色外掛的武士。

若是一般大名（譯註：戰國時代各領地的掌權者，地位相當於中國古代的諸侯）的隊伍，手持長槍的中間（譯註：武士的僕役）會一面朝天空拋擲前端裝飾羽毛的長槍，一面步行而來。那即是隊伍的前鋒。

——德川大人不虧是將軍家，隊伍的排場跟別人不一樣啊。

真之介起先是這麼想的。

身穿黑色外掛的男人有二十個左右，個個身穿褲裙。

他們看起來不是步卒或中間，也不是徒目付（譯註：江戶幕府的官職名稱；在目付的指揮之下，住在江戶城內值勤，負責監察大名進城、暗中偵察幕府諸官員的職務）或隨從。若是那些武士，在旅途中不是撩起後襟，就是高高撩起左右下襬，露出小腿。

和平常一樣穿著褲裙，代表他們是不屬於隊伍，出來迎接的人。

身穿黑色外掛的武士們十分傲慢地斥責沿途的民眾。武士老愛逞威風，但他們大搖大擺的模樣既沒威嚴，也沒有格調可言。

這次將軍上京都，考慮到對京都民眾造成的困擾，下了一道特別的法令。內容是：「看到隊伍來，往大街兩邊靠即可」。

儘管如此，那些武士卻命令民眾：如果不跪下致敬，就滾到一邊去！

「將軍大人看到你們很礙眼。」

「待在這裡不行嗎？奉公所說沒關係。」

「不行！有礙市容。快滾！」

一臉目中無人的壯碩武士拔刀，趕走橋旁的群眾。或許是微醺，滿臉通紅。

「芹澤，開道拔刀太粗暴了。」

另一名武士制止動粗的武士。

近距離看到出面制止的武士長相，真之介忍不住拉了拉柚子的衣袖。

——妳看，他長得好有趣。

柚子也杏眼圓睜，那名武士的確長得非常奇特。

臉本身大得離奇，嘴巴也大得足以吞下一個拳頭，但是眼睛凹陷，芝麻綠豆大；算是一種奇相。

「你們聚集在這種地方很失禮。最好下去河灘。」

長相奇特的武士格外客氣地告戒。來觀看的民眾儘管嘴裡抱怨，還是順從地從橋旁邊的木板車道下去河灘。

因為太過危險，所以真之介跑進店內，從二樓看隊伍。這樣反而能夠肆無忌憚地看個過癮。

「手下的武士從一大早就微醺，德川的時代也結束了。」

「咦，老爺，您不曉得嗎？」

伙計牛若插嘴說。

真之介替四名伙計取了容易記的名字，分別是牛若、鶴龜、俊寛、鍾馗。牛若是其中最年長，也是眼力最好的年輕人。

「搞什麼，你知道什麼嗎？」

「欸，走在前頭的那名武士，不是德川大人的旗本。」

「那麼，他是誰？」

「他是浪士組。」

「那是什麼？」

「噢，萬事通的老爺居然不知道這件事，真是說不過去。您不知道的話，我就告訴您吧。」

牛若向前伸出一隻手，像在演戲似地亮相。

「我說，牛若。」

「欸，什麼事？」

「你可以回家鄉了。」

雖說是家鄉，但牛若是在京都出生，走路回老家花不到三十分鐘。

「唯獨這件事萬萬使不得，其他一切好說。長久以來，我早已認定老爺是我這輩子的老闆。如果您要叫我回家鄉，不如乾脆叫我切腹算了。」

「那麼，隨你愛怎麼切腹都可以。」

牛若露出瞠目結舌的吃驚表情。真之介樂於調侃戲劇性十足的牛若。

「欸，算了。呃，浪士組是什麼？」

「欸，誠如字面上的意思，是流浪武士（譯註：以下部分簡稱浪士）的組織。它是一個只聚集關東老百姓和流浪武士的集團，喏，十天前左右，不是有兩、三百名不知道是武士或其他身分、像暴徒的人在走動嗎？」

經牛若這麼一說，真之介想起來了。來這裡勘察房子的那一天，確實有看似剛抵達京都的那種人走在三條通上。

「那些傢伙，現在似乎在壬生村。因此，人稱壬生浪。」

「噢，那就是壬生浪啊……」

真之介也聽人說過那個名字。

這意味著流浪武士擅自替隊伍開道。他們和主力部隊之間的距離太遠，真之介早就覺得可疑，這下總算明白了。

「原來如此，這樣就說得通了，不過……」

真之介心想：如果連那種人都必須雇為手下，德川將軍家的命運果然非常危險。

——好，比起德川，更該擔心的是我的命運。

真之介站起來身，用手掌拍了一下頸窩，發出悅耳的聲音，響亮的聲音令他感到滿意。趿拉著草鞋，來到門口的三條通上，眺望自己的店。

因為這棟建築物曾是客棧，所以門面有四間（譯註：間為長度單位，約為六尺五寸）。在鰻魚床鋪（譯註：意指細長型的建築。因為江戶時代，京都的稅金是依照店鋪的正面寬度決定，因此商家會想盡辦法縮窄寬度）多的京都，算是寬敞的。

從正面看，右邊是格子窗；左邊是入口的泥地房間。如果拆卸下四片板門，就能清楚看見店內擺得滿滿的商品。初次光顧的客人也能輕鬆上門的氣氛，讓真之介感到中意。

鋪木板的房間台子上，擺滿了從這裡回東國（譯註：江戶，即現在的東京）的人可以隨手買來當作禮物的禮品，像是京都風的典雅梳子、簪子、墜子、印盒、香菸盒、色紙、長條紙等。

稍微貴一點的茶罐、茶棗（譯註：棗型茶罐）、茶杓、茶碗，亦或香盒、香爐等，則放在全新的草席上，配上一枝櫻花。內側是茶釜（譯註：用來燒水的鐵壺）、水指（譯註：又稱水差，一種裝水的容器。其中的水用來補充釜中的水，也可用來刷洗茶碗或茶筅等茶具）、茶爐前方的屏風。旁邊的櫃子上自然地裝飾上等的古代花布。

層層疊疊的淺木箱內鋪上紫色綢緞，裝著刀的護手、釘帽、匕首、刀子等。

掛在牆上的掛軸是美女圖、山水畫、禪僧的墨寶，內側的櫃子上則塞滿了掛軸的盒子。從可以隨手購買的禮品，到價值不菲的頂級貨，大部分的物品都能夠依照客人需求，即刻取出。

「欸，歡迎光臨。」

不愧是京都的門戶，三條通從早上就人潮洶湧，有不少武士和民眾進入店內。因為真之介挑選了鮮豔花哨的物品，所以附近的姑娘也上門看幾眼。

掌櫃伊兵衛坐在柵欄中的帳房，一副「商品的事一切交給我」的表情坐著。

伊兵衛會將伙計跟客人收的錢放進錢箱，記入帳冊。精品屋的生意已經開始運作。

柚子將大型的古備前甕放在泥地房間角落，插上多到快滿出來的連翹。鮮明的黃色，使得店內亮了起來。

「好慢啊……」

「是啊。」

柚子理了理花枝的位置，也看了門口一眼。

該來的人不來，讓人一顆心懸在半空中。

父親如果上門興師問罪，柚子打算巧妙地發言，趕他回去。

——我昨天嫁給他了，已經無家可歸。

柚子心想：如果三指撐地，直視父親的眼睛，如此毅然決然地撂下狠話，頑固的父親也不得不死心吧。她屏息以待。

然而，關鍵人物的父親還沒來，這項計謀也無對象可施。反倒是心中升起不安。

「喂，牛若。」

「欸，什麼事？」

「你去唐船屋探一探動靜。」

「密探嗎？」

「別那麼亢奮！明明柚子失蹤了，但別說是老爺了，連個跑來這裡興師問罪的人都沒有，不管怎麼想，這種情況都很奇怪。對吧？」

儘管善右衛門因故不能來，唐船屋有柚子的哥哥長太郎，也有掌櫃。除此之外，也可以派進進出出的消防員或捕吏來。沒有任何人來反而令人不寒而慄。

「別做出引人注目的事。不可以光明正大地造訪，否則會打草驚蛇。」

「一切照辦。敬請放心。」

真之介和柚子懷著祈禱的心情，目送牛若衝出店外的背影。

㈢

饒是等了又等，牛若依舊沒回來。

這段期間內，客人也絡繹不絕地上門。因為店座落在好地方，所以商品從一早就賣得好，掌櫃伊兵衛滿臉笑容。

接近中午時分，三名武士進入店內。三人身上的木棉黑色外掛都沾染塵埃。

真之介笑臉迎人地點頭致意接客。

這是竅門所在。

胡亂搭話，客人會不方便看商品。態度要表現得恰到好處。

——他們是今天早上的武士。

真之介心頭一驚，但是不表露於顏色。其中一名是早上在三條大橋旁看見，壬生浪中大臉大嘴的武士。重新一看，他果然長得奇特。

武士站著看護手並排的箱子。

「除此之外，有沒有更好的護手？」

箱子內並排的許多護手，盡是京都風的雅致商品。他大概是不中意吧。

「是。我馬上拿過來。」

真之介沒有交給伙計去辦，親自跑到後方的泥牆倉庫；從堆積如山的箱子中，抽出全部收放粗獷護手的箱子，讓學徒搬過去。

在鋪木板的房間鋪上白呢絨之後，再將護手排列其上，坐下來的武士臉上笑逐顏開。

「這是逸品。」

「多謝誇獎。請慢慢看。」

樣樣都是別出心裁的精緻名品，不是十兩、二十兩黃金買得到的貨色。真之介不認為這三名客人會買，想要惡作劇嚇他們一跳。

「阿歲，你覺得這個如何？」

長相奇特的武士將一片護手舉至眼睛的高度，對同行的武士說。

那是以賴朝舉兵為圖案的透雕；以金銀銅鑲嵌賴朝聽著衝進來的武士報告戰勝結果的模樣和幾名武士，是一個氣勢十足的護手。

「還不錯。」

裝模作樣的武士應道。他是個看起來腦袋靈光的美男子，一副對凡事看開的表情，令人不快。不過，他長得一臉會受煙花女子喜愛的五官，說不定很受女人歡迎。

年輕武士依舊站著，露出不滿意的表情。他是個看似不知天高地厚，劍術高強的年輕人。

「是還不錯，但是不便宜唷。」

長相奇特的武士一副想說「那種事我知道」似地點了點頭。

真之介在近距離笑容可掬地看著坐著的兩人對護手品頭論足。

——哎呀，這真是一種奇相。

遇到罕見的長相，就跟遇見稀奇的物品一樣，令真之介感到開心。

武士的長相越看越有趣。

顴骨異常地隆起突出，顎骨向左右大幅外傾。

凹陷的圓眼上面是鮮少看到的眉毛。整體又濃又粗，從眉間的眉頭到眉尾強而有力地往上攀升，但是眉頭以龍抬頭的形式上挑。而眉尾則像虎尾一樣柔和。

——所謂龍頭虎尾的眉毛。哎呀，這豈不是統一天下的面相嗎？

男人將護手放回箱子，看了牆邊的刀架一眼。

「這家店也賣真刀嗎？」

「欸，有萬中選一的刀。」

眼神中帶有侮蔑，彷彿在說：反正不會有什麼了不起的刀。

武士苦笑。

「所以叫做精品屋嗎？好屋號。」

「多謝稱讚。」

「這個護手確實是逸品，沒有適合它的虎徹吧？」

明明開口方式顯得唐突，男人卻爽快地脫口而出，真之介對男人更加刮目相看。他似乎純粹只是喜歡刀。

「有。」

虎徹有。掛在牆上的盡是三條宗近、相州正宗、康繼、虎徹等廣受歡迎的名刀。不過，因為是在無銘的鈍刀上，煞有其事地刻上銘的劣質貨，所以只訂了和品質相當的價錢。

「我想，如今敝店裡有的虎徹，各位恐怕看不上眼。如果想要好的虎徹，我可以另外準備。」

「既然如此，我想看一看。什麼時候能夠準備好？」

武士向前探身，年輕武士插嘴道：

「近藤大人，虎徹改天再說吧。如今是要不要回江戶的緊要關頭。如果不盯好芹澤兄的話，不曉得他又會做出什麼事。」

長相奇特的武士皺起眉頭，咂了個嘴站起來。

「是啊，我改天再來。下次我要看虎徹，好的虎徹唷。」

「謝謝光臨。」

從伙計到學徒，一行人鞠躬送三人出去。

看到三人消失在遠方，柚子低喃道：

「搞什麼，討人厭的武士。」

「我從一開始就不喜歡武士。不過，我覺得那個男人有點意思。」

「是嘛……」

——那是瘟神。

柚子原本想繼續說自己的鑑定，但是究歸沒有說出口。

真之介坐在帳房，翻開厚厚的帳冊。封面以墨筆寫著「鑑定帖」的粗大黑字。

從九歲在唐船屋當僕人時起，真之介就會將各項看到、拿到的商品記入帳冊。壁櫥的木箱中已經收藏著幾十本。每一頁都寫著仔細的鑑定內容。

每次翻開第一本，真之介總是眼眶泛淚。

新手學徒摸不到值錢的商品，甚至不許靠近看。

九歲的真之介是任人使喚的小鬼，連敬陪學徒末座的資格都沒有。

儘管如此，他還是拚命記下偶然聽到的商品名稱，將偷瞄到一眼的商品模樣烙印在視網膜上；偷偷地在廁所或臥室記下來，以免被年長的學徒發現。

一排排剛學會、寫得又醜又生硬的平假名符號，一旁附上幼稚的圖畫。真之介從字裡行間，看到了小時候想要早日成為獨當一面的古董店老闆的自己。

長大之後，除了商品之外，連所見、所聞，乃至於那一天遇到的奇人等，真之介都會寫下自己的鑑定。

他拿起筆寫道：

壬生浪有奇人。顏面巨大，顎骨異常突出，口大足以塞入拳頭也。眉龍頭虎尾。奇相宛如明太祖洪武帝。難判是統一天下的掌權者，亦或大奸大惡之輩。人稱近藤大人。

正在備忘錄旁畫武士的肖像畫時，牛若氣喘吁吁地衝了回來。

「老耶、老耶！終於明白唐船屋的情況了。事情嚴重了。老爺當作聘金留下的千兩，昨天被闖進屋內的強盜搶走了。」

「你說什麼?!」

真之介沒有聽牛若說完，打著赤腳在三條通上發足狂奔。

㈣

通往東山知恩院的新門前通上，賣書畫古董、茶具的老字號古董店櫛比鱗次地一字排開。雖說是「新」，但終究是千年的王城京都。這條路自從德川二代將軍秀忠捐贈的巨大寺門完工之後，已有超過兩百年的歷史。

唐船屋是一家充分吸收歷史涵養、有地位的店，光看不買的客人不好意思登門。鑽過茶色木棉的暖簾，鋪滿花崗岩的內玄關總是打掃得乾乾淨淨，洗手鉢中裝滿了剛汲的水，今天用來點綴清水的是八層花瓣的棣棠花。

從掌櫃、伙計到學徒都在前院靜靜地工作。

這裡鮮少看見客人的身影。做生意不慌不忙，拿商品給東邊的大名、西邊的富商過目，然後請他們購買中意的物品。

真之介光著腳丫一衝進內玄關，立刻向學徒借抹布，擦了擦腳。

「你打算怎麼收拾這件事?」

頭頂上傳來的是柚子的母親——阿琴冰冷的聲音。

抬頭一看，身穿淡紫色綢裳的阿琴身上，有一股無法言喻的壓迫感。

「……抱歉。」

「這件事不是一句抱歉能了事的。柚子在哪裡？」

「欸……在家。」

「趕緊帶她過來！」

「不，這……」

「我不想聽你辯解。如果你不帶她過來的話，要讓你的店無法做生意是小事一樁。」

阿琴只說了這麼幾句話，倏忽一個轉身，進入內側。

真之介向掌櫃低頭行禮，正想進入內側，長子長太郎從紙拉門後面現身。

「你是向天借了膽嗎？竟敢做出這種荒唐的事！」

長太郎是個微胖膚白、說話慢吞吞的男人，令人搞不太清楚他心裡在想什麼。八成是受到母親阿琴寵愛，在呵護備至之下長大的緣故。

「欸。抱歉。」

真之介除了抱歉，還是只能說抱歉。

「茶道掌門人今天應該會派人來家裡打招呼。柚子早上失蹤，全家上下亂成一團。」

柚子和茶道掌門人之子之間的婚事正在進行。

正因知道這件事，真之介才會在昨天使出強硬手段。

「如果柚子嫁給茶道掌門人之子，就能請茶道掌門人替無數的茶具簽署。這麼一來，像垃圾一樣的茶具也能夠高價賣出。這麼好的婚事，你為什麼要攪局？」

如果柚子嫁給茶道掌門人之子，唐船屋就能夠永遠獲得莫大的利益。

但是真之介破壞了這樁好事。

「抱歉。」

「你是個忘恩負義的大壞蛋。」

真之介咬緊嘴唇。

「抱歉。」

不管被怎麼說，都是沒辦法的事。自己是被這個家庭撿回一條命，養育長大的人。如果沒有善右衛門的恩情，這條命早就沒了。

真之介將手伸入懷中，握住掛在脖子上的護身袋。

聽說剛出生的真之介被丟棄在知恩院的寺門時，這個袋子裹在襁褓中。

護身袋是褪色成茶色的破布，但仔細一看，是繡上蜻蜓的辻花染。

這塊極盡奢華的染布，在戰國時代受人喜愛，僅限於身分高的武士能夠穿。這是祖先身上穿的衣服碎片嗎？關於這件事，真之介無從得知。

辻花染的袋子中，裝著一尊純金的阿彌陀如來。雖然是不到一寸的小立像，但是作工精緻，法相莊嚴。

辻花染的技術到了德川這一代失傳。因此，風雅人士不惜花大錢買一寸的碎布。如果賣掉辻花染的小袋子和純金的阿彌陀佛像，父母和孩子應該能夠暫時獲得糧食。儘管如此，父母為何還是捨棄了嬰兒的自己呢——真之介五內俱焚地想要知道自己的身世之謎。

「你在做什麼？快點過來。」

聽到阿琴的叱喝聲而回過神來，真之介跳到內玄關，直接鑽過內暖簾，在廚房內側——內廳旁的流理台邊候命。

「傻瓜，在那種地方能說話嗎？進來這邊。」

善右衛門在看得見中庭的內廳吼道。

真之介簡短回應，又用抹布擦腳；彎腰鞠躬，坐在內廳的角落。

善右衛門背對壁龕，頭上誇張地纏著白布，皺起眉頭。這個男人五十五、六歲，凡事小心謹慎，憤怒和不悅寫在臉上。

「因為你的緣故，老爺受了這種重傷。」

阿琴吊起眼梢。

「你擅自放下一箱千兩金幣，給我們添了天大的麻煩。」

「闖進屋內的強盜跑進這裡，老爺怕那一箱千兩黃金被搶走，挺身阻攔，被強盜用刀鞘痛擊，受了重傷。真是無妄之災。」

真之介雙手撐地鞠躬。

「真的很抱歉。不過，我不是擅自放下千兩黃金。我按照去年女兒節（譯註：三月三日）的約定，帶來當作和柚子小姐結婚的聘金。我有先跟老爺打過招呼了。」

昨天早上，明明帶來約定的聘金，但是善右衛門卻不許柚子和真之介結為夫婦。

真之介逼問「這和說好的不一樣」，但是善右衛門完全不理睬他。因此，真之介迫於無奈帶走了柚子。

善右衛門冷哼一聲。

這件事的開端要回溯到一年前的女兒節那一天。

這間內廳的壁龕裝飾著漂亮的黃櫨染有職雛人偶。

當時，真之介在唐船屋擔任二掌櫃。

在這間內廳向善右衛門報告生意之後，他下定決心開口。

「我明知您不會同意，還是和柚子小姐相愛。您撿回曾是棄嬰的我，又從小拉拔我長大，您或許會說我瘋了，但請讓我和柚子小姐結為夫婦。」

善右衛門沒有從帳冊抬起頭來。

「你發燒了吧？今天可以休假不要工作，好好調養身體。」

「不，我沒有發燒。這是我經過深思熟慮之後下定的決心。我知道自己是癩蛤蟆想吃天鵝肉，也知道自己是恩將仇報，但是無論如何也阻止不了兩人相愛。」

善右衛門瞥了真之介的臉一眼，不發一語地將目光拉回帳冊；默默地擺了擺手，命令：下去！

「老爺。請您務必同意。否則的話，我們倆說好了，只能殉情在黃泉路上結為連理。」

這句話終於讓善右衛門直視真之介。

「你也知道柚子和茶道掌門人之子的婚事吧？」

真之介聽說了這樁婚事。

柚子討厭無可捉摸的茶道掌門人之子，嚴辭拒絕，說她絕對不要嫁給他。

「不，柚子小姐說她想和我結為夫婦。這個家有長太郎這位優秀的長子，我想，您完全不用擔心繼承人的事……」

頓時，毛筆飛了過來。接著，算盤和裝了墨汁的硯台也飛了過來。

「別說夢話了！柚子從出生的那一刻起，就註定要嫁給茶道掌門人之子。曾是棄嬰的你之所以能夠人模人樣地說話，是託誰的福?!你別忘了這一點！」

真之介聽說，撿起被遺棄在知恩院寺門的嬰兒，交給唐船屋的女工志乃養育的人，確實是眼前的善右衛門。

真之介被志乃養到九歲，然後住進唐船屋的學徒房，拚命替善右衛門工作，從未忘過他的恩情。

「愚蠢得不像話。如果是像樣的大鋪子老闆拿著千兩聘金登門求婚的話，我倒是可以考慮一下。我何必將唐船屋的女兒下嫁給從棄嬰培養成僕役的傢伙呢？」

真之介緊抓著善右衛門說的「千兩」這句話不放。

「假如我有一家店，拿著千兩聘金上門的話，您能答應嗎？」

「噢，口氣倒不小。」

善右衛門臉色一沉苦笑。他應該知道真之介比其他僕人更加倍竭盡心力地工作。

「好。假如你在明年的女兒節之前，能夠擁有一家四間門面的店，帶著千兩聘金登門迎娶的話，我就將柚子許配給你。」

「真的、真的嗎？」

「我善右衛門一言既出，駟馬難追。不過，時下的萬延小金幣可不行唷。假如你拿千兩天保小金幣來，我就讓柚子下嫁給你。如何？你做得到這一點嗎？」

三年前——萬延元（一八六〇）年改鑄的小金幣，比女人的姆指更小，薄如紙張，重量僅八分八厘（三點三公克）；只有之前的天保小金幣的三分之一，一兩天保小金幣能兌換三兩萬延小金幣。換言之，如果是時下的萬延小金幣，善右衛門要真之介帶三千兩來。

黃金和白米的兌換行情不穩定，但是當時一石白米能夠勉強以四分白銀、一兩萬延小金幣買到。千兩是一筆天文數字。

「我知道了。不過，假如我準備了那麼大一筆聘金，您真的會讓我和柚子小姐結為夫婦嗎？」

「噢，求之不得。你開一家氣派的店，拿千兩來吧。少一文錢都不要想！」

真之介在那一天離開了店。那是他二十五歲的春天。

——要怎麼籌措千兩這麼大一筆錢呢？

不管怎麼想，都只有買賣用品這一條路可走。

做學徒是無薪，但從伙計提拔成二掌櫃的期間內，他在店裡存的錢是二十一兩又三分之二朱（譯註：貨幣價值相當於十六分之一兩黃金）。那是他手頭的總資產。

從隔天起，真之介拚死拚活地工作。

收購用品，賣掉獲利——

做的事和掌櫃的工作一樣，但是少了老字號店鋪的招牌和財力，能做的事有限。

真之介走遍有泥牆倉庫的人家、大型商家，或者京都郊外的富農和寺院，收購用品。很少人家會將值錢的古董賣給陌生的古董商。無論是衣櫃、水缸或舊衣，只要有人肯賣，真之介全都買了。

他在古董市場賣那些商品。

獲利一點一滴地增加。離開店之後的第五個月，真之介買下古董買賣經營權，在三條寺町租了一間小店。

雇用掌櫃伊兵衛和伙計牛若之後，有了將收購的古董搬到市場的人手，生意規模一下子變大了。

雖然遠遠不及千兩，但是在今年的一月底，存了兩百多兩黃金。就工作十個月而言，這是賺了。

了大錢，而且是一大筆錢。

不過，距離千兩遙不可及。

——非得想個辦法才行。

在古董買賣的世界中，一攫千金絕非天方夜譚。有人僥倖從一堆破銅爛鐵中挖出價值連城的寶物。如果想遇見天大的福分，捷徑就是踏破鐵鞋，一味地尋找古董。

那一天，真之介出遠門走在上賀茂，碰到了火災過後的廢墟。

——這裡應該是……

上賀茂神社的神官們聚居的區域，他擔任唐船屋的伙計時，曾來拿一副掛軸。四周瀰漫著焦臭的熱氣，餘燼仍在冒煙。付之一炬的宅邸中，只剩下泥牆倉庫。

——就是這個，這座泥牆倉庫。

那座泥牆倉庫似曾相識。他之前來拿掛軸時，神官曾經打開門入內。真之介在倉庫前面等候，往內偷瞄了一眼，驚訝地起雞皮疙瘩。

高及天花板的櫃子裡，整齊地擺滿了掛軸和古董的箱子。真之介看到那種櫃子有好幾排，還有許多塗上茶色漆的箱子，並非未經加工的原木箱。放在兩層箱、三層箱中的上等古董全部收納在櫃子裡。

——好棒的倉庫啊。

基於工作因素，真之介看過各種人家的倉庫，但是收藏品那麼值錢的倉庫可不多見。那一天去拿的山水畫軸也是上品。出現一件優質古董的倉庫，會接二連三地出現好古董。古董商會稱之為古董寶庫，見獵心喜。

那座倉庫燒掉了。

牆壁和屋頂還在，但是塗滿白色灰漿的泥牆倉庫，灰漿剝落了，泥土燒成褐色。窗戶的接縫沒有封死，而且有些地方的牆壁也變薄了。

——裡面的古董已經完蛋了吧。

真之介如此心想，用手一摸牆壁，仍殘留著餘溫。

「喂，是你縱火的嗎？」

聽見聲音回頭一看，眼前站著一名男子。他是賀茂神社裡的眾多神職人員之一，身上穿的水干（譯註：一種以水洗後不上漿的樸素布料製成的狩衣〔神官服〕）被泥土弄髒，被火星燒出一個個破洞。

「不，怎麼可能是我？我只是碰巧經過的古董店老闆。」

神官毫不客氣地上下打量真之介，嘀咕了一句：

「怎麼著，你已經盯上這座倉庫了嗎？」

「事情並不是您想的那樣……我之前替新門前的唐船屋工作，幾年前曾經因為跑腿而來過這裡。如今開了一家店，自己在經商。」

神官以狐疑的眼神盯著真之介。真之介感覺被人以死盯不放的眼神從頭到腳打量。

「既然你是古董店老闆，怎麼樣？要不要買這座倉庫的收藏？」

「您肯賣嗎？」

「噢，我正想從京都轉移陣地到其他地方去。這場火災是流浪武士縱的火。連賀茂的這種鄉下地方都遭到火攻，命有再多條也不夠用。我考慮逃到丹波的深山一陣子。」

由此看來，這位神官八成是佐幕的開國派。

「不過，以這個情況看來，倉庫的收藏恐怕也已經燒光了吧。」

「是啊……說不定燒光了。可是，這是一座牆壁特別厚的倉庫，我認為沒有燒光。你別看我這樣，我可是山城一宮的神職世家。那裡面塞滿了書畫古董的名器物，也有許多鷹峰的本阿彌送的物品。如何？如果你出千兩小金幣的話，我就將整座倉庫賣給你。」

「千兩太貴了。」

真之介反射動作地低喃道。

「哼！多少錢你才肯買？收藏光是一個茶碗、一副掛軸，也都是值數十兩、數百兩的名品。如果拍賣的話，這座倉庫說不定價值高達一萬兩。」

外行人總免不了高估古董，不可能賣得到一萬兩。但是，根據之前偷看一眼的印象，說不定賣得到數千兩。這座倉庫買了穩賺不賠。當然，前提是沒有燒光。

「說是這麼說沒錯，但是都燒成這樣了，八成連收藏也燒光了。那麼一來，可就一文不值了。」

「這個嘛……」

神官看著倉庫，眼中帶有不安的光芒。原來這個男人也最擔心這一點。

「一百兩。一百兩怎麼樣？一百兩的話我就買。」

「一百兩太低了，起碼五百兩。」

「那麼，我出兩百兩好了。」

這麼一來，等於是真之介的所有財產。

「不行。你要出三百兩。那樣我就賣給你。」

「三百兩嗎……」

即使投入所有財產也差一百兩，但是一百兩應該勉強借得到。

真之介陷入沉思。思考的過程中，心跳加劇，呼吸變得紊亂。賺錢的機會垂手可得。

然而，那說不定只是幻想。

真之介望向神官，又看了灰漿剝落，燒成褐色的倉庫一眼。

仰望天空。那是一片令人心曠神怡、萬里無雲的藍天。他想賭一把。

「我買。」

接著，他十萬火急地跑向四條木屋町的古董店桝屋。老闆湯淺喜右衛門是在古董市場結識的朋友，真之介告訴他事情原委，提出借一百兩的請求；低頭懇求，以自己的一條命做擔保品。

喜右衛門看著真之介的眼睛許久，輕輕點頭。

「好。我十分清楚你是耿直的辛勤工作者。就算那座倉庫讓你虧了錢，你鐵定也會馬上賺回來。」

真之介銜回上賀茂，加上自己的兩百兩，將三百兩交給神官。

接著，真之介靜靜守候在倉庫前面。

要是在火災之後，馬上打開倉庫的門，火就會竄入原本沒事的內部。真之介裹著薄棉睡衣，在倉庫門口生活了兩天。

——如果燒光的話怎麼辦？

他滿腦子裡想的盡是這件事。

——只好上吊自殺了。

想像那幕畫面，渾身一顫。

縱然這座倉庫的收藏燒爛，變成一文不值，該做的也只有一件事。就是以僅剩的一點錢買賣用品。除此之外，真之介沒有其他該做的事。

第三天早上，他稍微打開了倉庫的門。

裡面仍舊充滿了白煙，發出焦臭味。他絕望地當場癱坐在地。

——不行。我輸了。請妳忍耐！

腦海中浮現柚子的臉龐，真之介低頭致歉。

浮現在腦海中的柚子不肯原諒他。

——我無法忍耐。你一定要風風光光地來迎娶我。

真之介清楚地聽見了柚子的聲音，感覺自己幡然醒悟。

他等候白煙消失，戰戰兢兢地檢查。

收藏沒有燒掉，許多塞滿櫃子的書畫古董的箱子悉數安然無恙。

真之介將搬出來的許多古董拿到拍賣市場拍賣，賣得的總額是四千七百兩。

他以那筆錢買下三條木屋町的客棧並搬過去，將三千兩兌換成千兩天保小金幣，當作聘金帶到唐船屋。

真之介禮節周到、費盡唇舌，請求善右衛門答應他和柚子的婚事，但是善右衛門假裝不曉得一年前的約定。

不得已之下，他只好留下一箱千兩金幣回去。

據說昨天被闖進屋內的強盜搶走的就是那筆錢。

「不過話說回來，闖進屋內未免太過分了。跟奉行所報案了嗎？」

「報案了。但是既然強盜留下了這種東西，町的官員也不會當作一回事。」

善右衛門遞出一張紙。

一看之下，那是一張借據。

一金千兩也。

為了盡忠報國，借錢一用。待成為某位攘夷人士的護衛之後，自當奉還也。

亥三月三日

壬生在　水府浪士　芹澤　鴨

新見　錦

平間重助

「壬生浪嗎？」

「是啊，一個塊頭壯碩的傢伙。好可怕，我以為鬼怪來了。」

——是那傢伙！

真之介想起了今天早上在三條大橋上亂揮刀的微醺壯漢。

「我去把千兩要回來。」

「可是，你……」

「喂，在那之前，先把柚子帶回來……」

真之介聽見背後傳來老爺夫人的聲音時，已經從廚房的流理台邊衝了出去。

㈤

近藤勇來到祇園茶樓一力亭的宴會廳時，熱鬧的宴席已經展開了。舞伎、藝伎多達十人以上。近藤就座，明明好不容易在紅樓宴中手持酒杯，但是心情卻一點兒也高興不起來。

背對壁龕的柱子，身在宴會正中央的是水戶的芹澤鴨。

跟隨芹澤的新見錦、平間重助等五名水戶的流浪武士，沉醉於美酒和美女，有說有笑。

華美絢麗的酒席令人眩目，但是近藤的心情卻晦暗沉重。

——天底下豈有這種愚蠢的事？

雖然沒有說出口，但是即將爆發的氣憤充塞胸臆。

「近藤，你的臉很臭耶。」

「芹澤大人，虧您能夠若無其事。」

「嗯。」

芹澤鴨醉眼迷濛地瞪視近藤。他是個人高馬大、傲慢無禮的男人，但是劍術應該相當高超。自稱獲得神道無念流真傳，恐怕也不完全是在吹牛。他之所以膽大妄為，大概是因為曾經砍殺過人。

不過，無奈他欠缺替別人的心情著想的細膩心思。

「不必放在心上。沒想到你這麼膽小。」

從江戶來的途中，近藤受到這個男人的百般戲弄。事到如今，無論他說什麼，近藤都不會動怒。

「可是，度量太大恐怕也值得商榷。才來京都不久，馬上就叫人回江戶，未免太愚弄人了。

偏偏聽說將軍大人也說要回去，攘夷之事都尚未著手。」

清河八郎獻策要浪士組上京都，一抵達京都，立刻就向皇宮的學習院（譯註：為了皇族及貴族子女的教育而設立的學校）上書陳述：應奉朝廷命令回到江戶，在該地行尊皇攘夷之大義。

這個策略受到採納了。不光是朝廷，連徵集浪士組的幕府方面也同意了。昨天三月三日，浪士總管鵜殿鳩翁和指揮者山岡鐵舟下達了正式的回江戶令。

「留在京都不就好了嗎？我是打算這麼做。」

芹澤順口說道。

「那麼一來，我們根本站不住腳。我們是隨同將軍大人上京都的，輕蔑將軍大人，討論回去、留下本身就是一齣鬧劇。」

近藤怫然不悅地在懷裡環抱雙臂。連他也曉得自己的表情僵硬，嘴角大幅扭曲下垂。

「近藤大人，為了留在京師，我們寫請願書吧。」

土方歲三讓上了年紀但風韻猶存的藝伎替自己斟酒。這個男人在不知不覺間，讓最妖豔的藝伎在旁侍候。

「噢，就那麼辦吧。這樣做最好。不過話說回來……」

近藤舉杯喝酒，但心情還是好不了。

視線怎麼也避免不了跑向放在芹澤旁邊的千兩箱子。

——借用根本是胡扯一通。簡直是盜賊嘛。

近藤想要譴責芹澤的心情十分強烈。

另一方面，他又想：如果要留在京都，自己大概也跟他一樣，必須硬借。

——被搶先了一步。他手中有千兩，而我卻身無分文。

近藤意識到，其實今晚自己氣憤的原因在於那個千兩箱子。

起程之前，在江戶領的準備資金兼盤纏十兩已經用罄。如果回到壬生村，雖然吃住無虞，但是特地來到了京都，卻就這麼回去了，未免顏面無光。

對於獲得大筆金錢的芹澤的羨慕和嫉妒扭曲變形，和對於主張回江戶的清河八郎的憤怒攙雜在一塊兒。

「土方，我們差不多該告辭了吧。」

近藤手撫下顎。

「已經要走了嗎？」

「事情辦完了。我們和芹澤大人一起寫留下請願書，向京都護守會津候上奏吧。今天的議題就是這件事。」

近藤一起身，土方立刻不情不願地伸長雙腿。一群女人勸留土方。

「討厭啦，已經要回去了嗎？明明可以多待久一點，我們好寂寞唷。」

只有土方被拉衣袖，自己沒有被拉也令近藤心裡頭不是滋味。嘴角扭曲下垂的嘴巴變形得更嚴重了。

近藤向水戶浪士點頭致意，離開了宴會廳；快步走在走廊上，撥開將「萬」字染黑的紅褐色暖簾，來到了門口。

四條通上，晚風飄香。

這是京都的春天夜晚。

紅色的紙罩蠟燈一直綿延至祇園社（八坂神社）的石階。

「阿歲啊。」

「什麼事？」

「你想成功吧？」

「嗯，我想成功。」

土方在門口接過一力亭的男僕遞出的燈籠，緩慢地邁開腳步，感覺到背後有人的動靜。

「近藤大人。我等您很久了。」

近藤勇聽見有人叫他，手按刀柄，準備拔刀出鞘，回過頭來。

「你是誰？」

男人回過頭來，手按刀柄，真之介連忙往後一躍。

「我不是可疑分子，是您白天光臨過的三條古董店老闆。」

「古董店老闆……」

「是，您問我有沒有虎徹，位於三條木屋町的古董店。」

另一名擺架子的武士高舉燈籠，照亮真之介的臉。

「噢，是你啊。有什麼事嗎？」

「是，事情是這樣的……」

真之介簡單扼要地說明來意。

從前雇用自己的新門前茶具店，被人硬借走了千兩天保小金幣。謠傳是水戶的芹澤做的好事，自己四處奔波，到壬生村和向黑谷的會津大人一問之下，得知芹澤似乎和近藤一起去了祇園的一力亭，因此一直在此等候。

「我不太清楚，但是聽說他留下了借據。」

近藤似乎不太感興趣。

「不過，老爺說他明明拒絕，但是芹澤強行帶走了。這肯定是硬借。」

「是又如何？」

「我想請他返還。那一千兩是一筆很重要的錢，無論如何都缺之不可。」

「既然如此，你最好直接跟芹澤談判。我既不是他的朋友，也不是盟友。」

真之介搖了搖頭。

「如果他是可以溝通的人，我自然會那麼做。可是，即使對強行帶走金錢的人講理，我想也只是白費唇舌，所以想請通情達理的近藤大人出面。請您務必助我一臂之力。」

「你這麼說，我又能怎麼做……」

近藤一面手撫下顎，一面思忖。看來並非毫無希望。

「我精通觀相學，近藤大人的眉毛是世上罕見的龍頭虎尾，看來是帶領天下國家之人，請勿對只能向您求助的困民窘狀見死不救。」

「擁有千兩的人自稱困民，真是可笑之極。」

近藤勇扭曲嘴角。

「我聽說那筆錢是富商將以茶道等遊藝騙取的不義之財，捐出來作為報國的經費。有助於天下國家，你反而應該感到光榮吧。還是說，你是為了私人恩怨呢？比起天下國家，你個人的欲望更重要嗎？」

——完了。

真之介心想自己說溜嘴了，但是近藤背對他越走越遠。近藤終究也是壬生浪，他們是一丘之貉啊。

「近藤大人，求求您、求求您。」

近藤回過頭來。

「對了，虎徹就麻煩你了，替我進上等的虎徹。」

近藤只留下這句話便走了。

——今天又鑑定錯了。

真之介以為如果向他求助，應該總有辦法拿回千兩，覺得仰仗他的自己好愚蠢，心中升起一把無名火。

——這麼一來，只好和芹澤同歸於盡了嗎？

思緒不禁偏向激進，聽說芹澤這名彪形大漢是使劍高手，而且有同夥。縱使他喝得酩酊大醉，真之介也毫無勝算。

真之介氣得氣血上湧，頭暈腦脹。

——非得設法討回千兩才行。

這樣左思右思，嬌豔的春天夜晚令他愁悶地幾欲發狂。

㈥

柚子一夜沒闔眼地迎接早晨。

並排鋪了兩床棉被，但是丈夫沒有回來。

讓掌櫃和學徒等人飽餐一頓早餐之後，柚子一如往常地下令開店；身穿唯一一件包在包袱中帶來的櫻小紋和服外出。

經過三條大橋，在繩手通右轉，新門前的唐船屋就在眼前不遠處。柚子過娘家門而不入，直接前往四條花見小路的一力亭。她從伙計牛若口中得知，丈夫在那裡的來龍去脈。

一到四條通，在一力亭的門前看見一個男人瞪著紅褐色的暖簾，雙腿張開站立。他是真之介。柚子靠近他身旁，但是他渾然未覺。

「早安。」

在耳畔打招呼，他才終於回過頭來。

「啊，大小……不……」

真之介口吃的模樣悲壯，前所未見。銳利的目光，令柚子聯想到雄性的野獸。

「你露出那種豁出去的表情，糟蹋了老天爺賞賜的俊俏臉龐。」

「不過，現在是決定能否討回千兩的重要一戰，我非抱著必死的決心不可。」

「我不要你這樣。」

柚子故意以冷靜的口吻一笑，真之介吊起眼梢。

「男人在認真，大小姐在笑什麼呢？」

柚子用力地搖了搖頭。

「我家重要的老爺今後會賺十萬兩、百萬兩。區區千兩，用不著大動肝火。」

真之介為之語塞。

「可是，這是能不能和大小姐結為夫婦的關鍵點。」

柚子噗哧一笑。

「你還在叫我大小姐啊……我們已經是喝過交杯酒的夫婦了。我們依照禮法許下了婚約。不管聘金是否被偷，都沒有關係。」

「話是這麼說沒錯……」

「既然這樣，請你叫我柚子或娘子。」

「是啊……遵命。不，好。」

真之介心想，柚子說的一點也沒錯；點了點頭。

「你拜託過老闆娘了嗎？」

真之介擔任唐船屋掌櫃時，經常進出這間茶樓，為了接待客人，也賣出了許多茶具。真之介應該熟識這裡的老闆娘。

「哎呀，我不方便提起自己和他們店裡客人之間有金錢糾紛這種庸俗的事……」

「那倒也是。」

柚子微微偏頭。

「不過，我還是去找老闆娘討論一下，我想不會有損失。阿真，你等我。」

柚子倏地鑽過暖簾，進入了一力亭。

她認識正在打掃外玄關、身穿短外掛的男僕。

「老闆娘在嗎？」

「欸，在。請進。」

男僕態度和善地以笑臉回應。

「早安。」

柚子對內側的小房間打招呼，老闆娘阿節正在喝茶。

「又來了一位稀客，一大早是什麼風把妳給吹來了？」

從小，老闆娘就經常給柚子糖果，對她疼愛有加。能夠省略招呼，直接切入正題令人慶幸。

柚子說明這一陣子發生的事情之後，阿節深深點頭，皺起眉頭。

「芹澤先生和市菊她們七橫八豎地睡在一塊兒。差不多該醒了，快，該怎麼辦才好呢？」

藝伎市菊和柚子是竹馬之友。市菊是祇園新橋置屋（譯註：藝伎等的住宿處）的姑娘，房子和新門前的唐船屋背對背，所以經常從後柵門來來往往，玩在一起。

「我也沒有主意，但既然是市菊的房間，能不能讓我暫且端茶過去呢？我說不定會想到什麼好點子。」

「那倒是無妨，不過千兩啊……恐怕沒有人會二話不說地還來。」

柚子起身時，阿節注視她身上穿的櫻小紋和服。

「妳說妳逃出家門，但還是得跟父母說清楚才行。妳意氣用事，想必也沒有換洗的衣服吧？櫻花季馬上就要結束了。」

「欸，我會那麼做。」

如此回應時，柚子的腦海中靈光一閃。

「老闆娘，我可以端出櫻花湯代替茶嗎？」

「妳打算怎麼做？」

「祕密。呼呼。說不定會有辦法。」

「早安。睡得好嗎？」

柚子從走廊上一打招呼，一個渾厚的嗓音從和室內回應。

打開紙拉門，眾人亂睡的棉被已經收起來了。一群女人似乎正在隔壁房間補妝。

一名壯漢坐在房間正中央，雙手揣在懷中眺望中庭，早上刺眼的陽光令他瞇起眼睛。柚子也對他似曾相識，這個男人正是芹澤鴨。

——好可怕的人。

他看起來是個暗藏粗暴瘋狂性格的男人，柚子感到畏怯。儘管如此，她還是勉強擠出笑容。

「剛睡醒，喝杯櫻花湯如何？」

托盤上的白色茶杯中，飄浮著櫻花。只是將熱水注入鹽漬過的花瓣，但這種飲品格外具有春天雅趣。

「嗯。」

芹澤雖然點了點頭，但並不感興趣。一臉宿醉未醒的表情。

「在京都，每天早上都喝櫻花湯嗎？」

另一名武士問道。

「不，平常不會那麼做，只是聽說這間房間的客人有十分值得慶祝的事，所以才端了過來。」

「值得慶祝的事是指什麼……」

一群武士面面相覷。

「你們得到了千兩，對吧？那麼值得慶祝的事，一生可沒幾次。」

柚子斂起笑容，挺直背脊。

「妳是誰？這間店的人嗎？」

芹澤鴨瞪大眼珠子。

柚子收起下顎，筆直看回去。暗藏在內心的剛強竄上背脊。

「不，我是以那一千兩當作聘金出嫁的女人。如果你們不還我那筆錢，我身為新娘會無立足之地。」

和室內的氣氛為之凝結，壯漢舔了舔嘴唇。

芹澤露出兇狠的眼神，正要開口時，隔壁房間的紙拉門打開，一群打扮完畢的女人進來了。

「哎呀，是櫻花湯。我也想喝。」

「光看就覺得好吉利。」

眾人嘰嘰喳喳地發出嬌媚的聲音，緊繃的氣氛頓時消散。

芹澤把手伸向櫻花湯；一口飲盡，以手背拭口。

柚子等待他開口說什麼，但是他不發一語地眺望中庭。

「怎麼樣？就算我求你直接還回千兩，你也不可能點頭答應吧？要不要玩個猜一猜的打賭遊戲呢？」

一群男人的視線投注在柚子身上。

「我有千兩，妳要用什麼當賭注？」

芹澤鴨重新面向柚子。

「我或許不值錢，但如果我猜輸的話，我就把我整個人獻給你。我雖然是生物，但是不需要餵食。要殺要剮，任憑處置。」

個頭嬌小的柚子抬頭挺胸，未經世故的臉龐凜然繃緊。

芹澤的目光掃視柚子全身。

「有趣。如何定勝負？」

「我聽說敷島的大和精神猶如晨曦下香氣四溢的山櫻花。以櫻花比賽如何？」

「妳要拿櫻花怎麼做？」

「我們來猜櫻花湯吧。」

「比賽方式是？」

「雖說都是櫻花，但有京都的櫻花，也有吉野的櫻花。猜的人喝櫻花湯，成功猜中是哪一種櫻花的話就算贏。猜錯的話算輸，怎麼樣？」

「看花瓣就知道了吧？」

當然，京都的垂櫻和吉野的山櫻，花瓣不一樣。

「不，沒有花瓣，只聞花香猜猜看。」

壯漢將喝光的茶杯湊近鼻子，聞了聞味道。

「這是？」

「京都是祇園的櫻花。」

「有吉野的櫻花嗎？」

「讓我來準備。」

柚子一拍手，一名女婢探出頭來。柚子拜託她準備一套茶具和罐裝的鹽漬櫻花，男僕將茶具搬了進來。

柚子讓男僕將茶爐前方的屏風豎立於芹澤面前，遮蔽自己的視線，然後設置加了炭火的茶爐。一放上茶釜，立刻響起宛如松籟般的水滾聲。

一切都在屏風後準備就緒。

「姐姐，能夠請妳幫忙一下嗎？」

一名藝伎一副了然於胸的表情起身，坐在茶釜前面。她是市菊。

「芹澤先生，請檢查。罐子上分別貼了寫著吉野和京都的標籤，以免弄錯。」

芹澤掀開常滑（譯註：位於愛知縣知多半島西岸的城市，以常滑燒而聞名的陶瓷器產地）的罐蓋，往裡面一看；然後以筷子夾起布滿鹽的花瓣，放入清水燒的白色茶杯。茶爐前方的屏風擋住視線，從柚子的角度看不見芹澤的動作。

芹澤親自將熱水注入兩個茶杯，聞了聞味道。等一會兒之後喝熱水，偏頭不解。一副完全感覺不出差異的表情。

「妳說妳知道兩者的差異是嗎？」

「欸，我知道。」

「有趣。我接受這個打賭。如果妳準確無誤地猜出是哪一種櫻花十次，我就將千兩還給妳。」

「十次嗎……」

「要放棄嗎？」

「不，讓我試一試。」

芹澤鴨在茶爐前方的屏風後面，弓起寬大的背部；面露不懷好意的微笑，挑選罐子。從柚子的角度看不見罐子。四名流浪武士瞪大眼睛，監視是否有作弊。

芹澤一點頭，市菊便注入熱水。

市菊等了一會兒之後，以筷子夾取出櫻花花瓣。

舞伎接過放著一個茶杯的托盤，放在柚子面前。

乍看之下，白色茶杯裡裝的只是一般的熱開水。

柚子雙手捧起茶杯，悄悄聞了聞味道。

「噢，好香。」

嘟起小嘴吹涼熱開水，然後啜飲一口。淡淡的鹽味和櫻花的風味在口中散開。

吁了一口氣之後，又啜飲一口。

和室內明明有十多名男女，但是沒有半個人開口。中庭的青苔受到朝陽照射，閃爍著光芒。

「發出山的清香，所以是吉野吧？」

芹澤鴨焦躁地咂嘴，全身充滿了陰險的氣息。

「好，再一次。」

市菊又同樣地準備一次，舞伎將茶杯遞到柚子面前。

柚子手捧茶杯，聞了聞香味。

「香氣柔和，雍容華貴。」

緩緩啜飲，輕輕嘆息。

「散發出京都祇園社的香氣。」

芹澤憤怒地吊起眉梢。

「再一次！」

舞伎又遞出透明的熱開水。一含入口中，淡淡的香氣四散。

「這是吉野。」

「下一次！」

「還是吉野。」

反覆十次，柚子一次也沒猜錯。

芹澤鴨悔恨地低吟，瞪視柚子，但最後還是認輸了。

「妳這個女人，舌頭好厲害。我芹澤認輸了，妳可以帶著千兩箱子回去。」

「多謝。打擾了。」

柚子畏怯地綣縮身子，強忍笑意，微微低頭行禮。

柚子請茶樓的男僕搬千兩箱子，一起來到門口，真之介一臉驚訝地迎上前去。

「沒事吧？」

「欸，事情很順利。」

柚子讓伙計牛若拖裝載千兩箱子的木板車，邊走邊說事情的始末。

「虧妳敢做出那麼大膽的打賭……」

「我想，反正是在市菊的房間，總有辦法會贏，所以提出了打賭。」

「市菊……」

「你認識吧？住在唐船屋後面的市菊，她是我小時候的手帕交。」

「這我是知道，但……」

真之介也熟識藝伎市菊。

「於是怎麼著？妳和市菊使詐了嗎？」

「吉野的櫻花湯和京都的櫻花湯，那種東西怎麼可能猜得到？不行嗎？」

真之介瞠目結舌。

「不，倒不是不行，而是……妳們怎麼串通好的？」

「就算沒有事先說好，市菊也會清楚我的用意。」

「所以，她告訴妳是京都或吉野了嗎？」

「欸。」

「怎麼做？」

「喏，在客人面前不能說話的時候，女孩子會用肢體動作溝通，對吧？我們用的就是那種方式。因為我們小時候也經常這樣玩。」

若是類似手語的對話方法，真之介也曉得。

女人之間在客人面前無法講悄悄話。想講客人的壞話時，祇園的女人會比手劃腳說話。舉例來說，首先以手指比出「へ」的字形，嘟嘴發出「嗯（ん）」的音，再用雙手做出抱小孩的動作代表「子（こ）」，就是「へ・ん・こ」（怪人）。客人不管被說了什麼，也完全察覺不到。

「如果是吉野（よしの）的『よ』，只要她偏頭，我就知道了。」

柚子往旁（よこ）偏頭。那就是「よ」。

「京都（きょうと）的『き』就很難比了。」

「き」只要伸出兩根手指，再將另一隻手的食指靠上去，就會形成片假名的「キ」。如果做出那種動作的話，流浪武士們大概也會察覺。

「キ只要是象徵キ的部首廾不就好了嗎？市菊如果望向芹澤先生，就是『キ』。我們小時候經常玩。」

真之介一臉十分錯愕的表情看著柚子。

「討厭啦，別那樣看我，我會害羞。坦白說，我怕死了。」

儘管如此，真之介還是從正面目不轉睛地直視柚子的臉。

「娘子，妳真是女中豪傑。」

被真之介叫「娘子」，柚子開心極了。

「沒那回事。我是一般的京都女子。」

「不過，假如不是市菊的房間，妳打算怎麼做呢？」

「不曉得，到時候再打算，反正船到橋頭自然直，總會有辦法。我一點也不擔心。因為那是阿真拚命賺的錢，絕對不可能消失不見。」

——阿真。

柚子在心中又低喃了一次。自己成了眼前這個男人的妻子。

柚子和真之介佇立在三條大橋上。北山一片翠綠，藍天白雲倒映在鴨川中。

想到兩人今後要一起生活下去，柚子感到萬分欣喜。

「謝謝妳。柚子，妳是好女人。我一輩子都不會離開妳。」

「多謝。」

柚子握住真之介的手。

「不過，請你小心。」

「為什麼？」

「因為柚子的樹枝上也有扎人的刺。」

柚子將真之介的手拉到自己的嘴邊，露出惡作劇的表情，輕輕咬了一下他的小指。

金蒔繪的蝴蝶

（一）

一隻鳳蝶翩翩飛舞在人聲鼎沸的三條通。

受到三月和煦的陽光吸引，蝴蝶似乎也從鴨川河畔飛來了京都街頭。

柚子正在擦拭掛在屋簷上的「古董店　精品屋」這面招牌。櫸木板和白色胡粉的字都綻放著嶄新的光芒，她很高興能和真之介擁有一家店，一天擦好幾次也不厭倦。

一名武士在店前面停下腳步。

他從墜子、印盒等小東西，到書畫古董、茶具、武器，看了擺滿商品的店面一圈。

柚子忍不住不客氣地注視武士的臉。他長得很特別，令人忍不住直瞧。

——哎呀，這個人真奇怪。

柚子不禁瞪大眼睛，在心中嘀咕道。

近來，京城中充滿了各國武士。許多看似從遠國而來的俗氣男子只站在店頭，汗臭味刺鼻、感覺像是離藩浪士的人也常出現。

無論長相好壞，武士的眼中都精光畢露。

——開國嗎？

——攘夷嗎？

賭上性命，為國事奔走的過程中，男人這種生物似乎內心都會熾熱翻騰。那會顯露在眼中。

在那種男人當中，那名武士的眼神格外特殊。

明明個頭不怎麼高，但是臉卻像馬一樣長。像稻荷神社的狐狸長相般的鳳眼，提高警覺地正視前方。那種目光異常強烈。

男人意識到柚子的視線。

柚子微笑點頭致意，男人的眼角漾起笑意。

笑容意想不到地可愛。

——欸。沒想到……

如果被這種武士正眼一看，八成有女人會感到一陣暈眩。砍人般的銳利眼光和放鬆時的柔和甜蜜之間的落差，會讓女人心頭小鹿亂撞。

武士正在看女人的梳子。

比較許久，拿起了描金畫的梳子。一幅華麗鳳蝶飛舞的金蒔繪。

「這個多少錢？」

「欸。三朱。」

武士點頭時，一名從對面走過來的年輕女子對他說：

「哎呀，這不是高杉先生嗎？」

她十分懷念地瞇起眼睛。

柚子對於上前搭話的女子長相也似曾相識。

頭髮盤成京都風的先笄（譯註：江戶時代後期，一種年輕已婚婦女常盤的髮髻），完全打扮成商家的年輕妻子；她是不久之前，還在祇園新橋當藝伎的小梨花。她曾在新門前通的唐船屋後面的井筒屋待過，所以她也認識柚子，但似乎現在還沒認出來。

「哎呀，妳是小梨花嘛。」

「欸，好久不見。高杉先生又回京都了嗎？」

武士點頭的表情顯得詫異。

「妳怎麼了？安然嫁到室町了吧？一切都好嗎？」

「欸，當時受您照顧了……」

「現在怎麼著？有事要去哪裡嗎？」

「欸……」

小梨花輕輕點頭，但是雙手空空，而且有點衣冠不整。看起來不像是有事出門。

名叫高杉的武士以鳳眼直勾勾地盯著小梨花。

「婆家發生了什麼事嗎？」

「不……」

小梨花垂首搖了搖頭。然而，不管怎麼看，都覺得發生了什麼事。

「夫妻吵架了嗎？」

「不是你想的那樣。」

小梨花輕咬嘴唇。

「既然這樣，妳為什麼要垂下頭？為什麼不看我的眼睛？」

「欸……」

受到武士逼問，小梨花身體僵硬。

握緊的手頻頻顫抖。

「怎麼了？」

即使受到武士追問，小梨花也只是低著頭顫抖。

——不妙，小梨花姐有什麼想不開的事。

連在一旁的柚子也感覺到小梨花散發出異常不安感，感覺像是蓄滿水的堤防即將潰堤。

「……我……已經……不行了……」

小梨花小聲地自言自語，當場蹲坐在地；雙手摀住臉，開始號啕大哭。一旦淚水潰堤，她哭得越來越大聲。

「哎呀，怎麼了？」

不尋常的氣氛令真之介嚇了一跳，從店裡衝了出來。

「這位是從前待在祇園新橋井筒屋的小梨花姐。聽說她嫁出去了，但是突然走過來，說哭就哭了出來……」

柚子蹲下來撫摸小梨花的背部。

小梨花似乎忍耐了好長一段時間，把臉皺成一團哭個不停。

除了店裡的其他客人之外，三條通上的行人也望向這邊。

「這種地方不方便講話，不妨進屋吧。武士大人如果不嫌棄的話，也請進。地方髒亂，不用客氣。」

「嗯。也好……」

柚子摟著小梨花的肩一進入店內，武士也隨後跟上。

「請上二樓。」

寬敞的樓梯保留客棧時的原貌，爬上樓梯，坐在二樓的前廳之後，小梨花仍舊顫抖肩膀繼續哭。

儘管如此，哭一會兒之後，像是附身的東西走了似地，小梨花終於面露生硬的微笑。

「抱歉。給妳添麻煩了。」

小梨花雙手撐地，低頭致歉。

「你們是她的熟人嗎？」

原本端坐注視著小梨花的武士問真之介。

「欸。我們原本是新門前的唐船屋這家茶具商的人。店和這位小梨花姐曾待過的祇園新橋的置屋井筒屋背對背。我曾經到井筒屋收購古董，和小梨花姐很熟。」

真之介對柚子使了使眼色，大概是打算貼心地讓小梨花和武士兩人獨處。

「請兩位在這個房間慢慢聊。」

兩人低頭行禮，正要告退時，武士以手制止。

「不，請待在這裡。如果是熟人，想必知道小梨花辭去藝伎，嫁到室町吧？」

「欸，聽說了。」

聽說今年春天，小梨花嫁到了室町的一家大型和服批發商。

「她恐怕是在婆家跟人吵架了，但如果是婆家的事，跟我商量也無濟於事。能不能請你們聽她說呢？」

剛嫁進大鋪子的新嫁娘也沒攜帶隨身的女婢，只是獨自東走西晃就很不尋常。忽然在人前哭出來，認為她發生了什麼事也是人之常情。

「那種事，不能拜託他們……」

小梨花又露出了泫然欲泣的表情。

「欸，快別這麼說，說不定有什麼我們幫得上忙的事，如果不介意的話，不妨說說看。當然，我們不會告訴別人。」

柚子一開口，小梨花環顧室內。

「多謝，光是妳這麼說，我就輕鬆多了。這家店是大小姐和掌櫃的……」

柚子點了點頭。

「是的。前一陣子才剛開店。」

「那麼，你們結為夫婦了嗎？沒想到唐船屋的老闆居然會答應啊。」

小梨花微微偏頭。

「哪有什麼答不答應的，真心相愛的人在一起，哪需要誰的答應。」

「咦？這麼說來，你們是私奔嗎……」

「我們的事情不重要，小梨花姐的事比較重要。這位武士大人好像也很擔心，我想妳把話說清楚比較好。」

小梨花點了個頭。

「欸，是啊……」

儘管點了頭，但是小梨花的話不多，遲遲不肯開口。

㈡

關於小梨花和高杉晉作的緣分，要回溯到去年，亦即文久二（一八六二）年的夏天。

當時，晉作剛在上海清楚看見歐美列強的實力。

晉作以隨從的身分，硬被幕府的使節帶到上海待了二個月之後歸國。他在長崎想向荷蘭商人購買蒸氣船，但是無法獲得藩政府的許可，不得已只好死心。

被藩令趕走，前往江戶的半路上，謁見人正待在京都的長州藩主毛利敬親。

晉作滔滔不絕地訴說，英國和法國等列強以「租界」的名目，蠶食上海和清朝的悲劇。

「思考如今的時局，當務之急是儲備國家實力，防止列強的入侵。否則的話，日本也恐將重蹈清朝的覆轍。縱然事情演變成和德川正面對決，無論如何也必須斷然執行攘夷這件事。」

晉作激動地演說，但是藩主敬親和重要人士們似乎興趣缺缺。

怒不可抑的晉作到祇園遊玩。

長州人喜愛光顧祇園阡陌的茶樓魚品。

晉作和井上聞多等志同道合的夥伴入座之後，大肆討論攘夷，志氣高昂。井上比二十五歲的晉作大四歲，依藩令為了研究海軍而學習英語；是個十分豪邁不做作的男人。

「藩的重要人士個個舉家前往上海不就得了。那麼一來，馬上就會對日本的將來感到些許擔憂。」

「總之，買軍艦是最好的方法。」

「少說那種幼稚的話。如果看見外國人，格殺勿論。橫濱的商館就放把火燒了。」

眾人激烈討論的過程中，藝伎們來了。

小梨花身在其中。

晉作對小梨花一見鍾情，她完全是晉作喜愛的長相。晉作心想：彷彿自己理想中的結晶有了生命，正在呼吸。

看著小梨花柔美的舞蹈，晉作感覺全身熱血沸騰。

——祇園是一條高深莫測的街。無論是江戶或長崎，就連上海也沒有此等美女。

晉作對女人見一個愛一個，但是小梨花與眾不同。

美麗的女人多的是，但是小梨花嬌豔的笑容令人為之傾倒。

儘管如此，卻有一股不可思議的樸素高雅。這種上等貨色在祇園也難得一見。

──在床笫之間想必……

晉作忍不住發揮淫靡的想像。

「我對妳一見鍾情，完全敗倒在妳的石榴裙下。我投降了，英國或法國都沒有像妳這種美女。」

晉作此時擔憂國事，想要借酒澆愁，洗去對藩政府的憤慨，因此心情十分激動，越說越起勁了。

「你去過那麼遙遠的國家嗎？」

「我在上海看過外國女人。妳不管去巴黎或倫敦，男人都會對妳緊抓不放。」

小梨花哧哧笑了。眼前男子迸發的熱情顯得滑稽。令他沉醉的不是酒，反倒是自己的氣魄。

小梨花心想：他像獅子或老虎一樣，活力相當旺盛。

「欸，多謝。你真是會說話。」

「我看起來像是逢迎拍馬的男人嗎？」

晉作打從心底認為，那不是恭維。小梨花的美貌如此卓然出眾。晉作幾乎想帶她到別的房間，馬上將她緊擁入懷。

「不，一點也不像。不過，看起來很會開玩笑。」

小梨花面露微笑，替晉作斟酒。

「想到如今的日本，我實在沒有心情玩文字遊戲開玩笑。在此危急存亡之際，哪有閒工夫玩那種玩意兒？」

小梨花「呵呵」笑了。

「妳為何笑？」

「因為你有時間喝酒，開一點玩笑又有什麼關係？」

晉作目不轉睛地盯著小梨花。可愛的嬌容配上令人生氣的說話方式，莫名挑逗人心。

「妳有金主嗎？想必有吧，畢竟妳那麼有姿色。」

「不，我沒有人包養。因為沒有人肯要我。」

「既然如此，愛上我吧！我愛上妳了。」

「欸，我已經愛上你了。」

「妳說謊。哪有人那麼快就愛上一個人？」

晉作撇開自己不提，指責小梨花。

「我沒有說謊。」

「既然如此，妳說說看，妳愛上了我的哪一點？」

「耿直的性情和直率的眼神。」

「嗯。」

那是晉作也感到自負的地方，心情大好。

「當前，有許多人嘴巴上說要攘夷，但是像高杉先生這樣正直的人實屬罕見。我一眼就看出這一點了。我在祇園看過許多男人，但高杉先生的直率是日本第一，不，一定是世界第一。」

即使這是戲言，晉作也不會覺得不舒服。

「妳比我更會說話。」

「沒那回事，我只會說真心話。容我唱一曲吧！」

小梨花拿起三絃琴，彈起了都都逸（譯註：江戶末期，由第一代都都逸坊扇歌〔一八〇四—一八五二〕集大成的口語定型詩）的曲調。

一見傾心天註定

願為郎君捨性命

宛轉清脆的嗓音，聽在晉作耳中，非常悅耳動聽。

「這樣的話，我也獻個醜……」

這次換晉作拿起三絃琴。他是三絃琴的愛好者，旅途中會隨身攜帶組合式的道中三味線。即興的都都逸是他的拿手好戲。

若此番話出真心
枯木開花作證明

兩人相視而笑。晉作心醉於小梨花的美貌、笑容，以及純粹美好的天性。

隔天晚上，晉作也在魚品指名小梨花。

白天在悶熱的京城內東奔西跑，到處論事，累得精疲力盡，所以小梨花的溫言軟語令他的心靈格外獲得慰藉。

今晚支開井上聞多等人，兩人獨處一室對坐。打開紙拉門，一面吹著夏末的晚風乘涼，一面享受互相斟酒對飲的樂趣。夜深時分，晉作拿起三絃琴彈奏。

先動情者是輸家
歡愉與否由妳定

「今晚，能否有幸與佳人共度良宵……」

晉作握起小梨花的小手邀約，她悄悄掙脫他的手，抱起三絃琴。

思及曲終將人散
感情加深令人怯

小梨花一笑置之。晉作死心回到了河原町御池的長州藩邸；邊走邊回想小梨花的一顰一笑和餘香，下定決心要設法追到她。

第三天、第四天晚上，晉作也拚命追求她，但是小梨花始終沒有點頭答應。

小梨花欲拒還迎地勾引晉作，赫然回神，她又一溜煙地從懷裡逃開。

明明到手的美人兒脫逃，晉作卻不覺厭煩，反而又被她吸引。

晉作明知小梨花像魔術師般，將自己玩弄於股掌間，但就像是在無底沼澤掙扎似地，打從心裡迷戀上了小梨花。

晉作對著魚品的神龕擊掌合十拜神。

「你在做什麼呢？」

魚品的老闆娘看著晉作那麼做。

「小梨花大明神令我茶不思、飯不想。我拜託神明設法湊合我們。」

晉作已經完全動了真情。即使是在白天，小梨花的容貌也會在腦海中不時浮現。

第五天、第六天，晉作接連指名小梨花。

「我快瘋了，從早到晚滿腦子裡想的都是妳。少了妳，分分秒秒都是煎熬。成為我的女人！不，嫁給我！求求妳。」

晉作認真求婚，但是小梨花面露哀淒的笑容，輕輕搖了搖頭。

「你的好意我心領了，我很開心。不過，我不能嫁給你。」

小梨花歉然瞇起的雙眼，更加刺激了晉作的愛慕之心。

——無論如何，我都要在床上占有她。

每次遭到拒絕，激情就更劇烈地累積。

接連七個令人心焦難耐的夜晚，晉作失去了耐心。

「為什麼？為什麼妳不肯答應呢？妳有訂婚的對象了嗎？」

「我沒有那種對象。我也非常喜歡你，可是，我不能嫁給你。」

「告訴我真話。妳可以直截了當地說。妳不喜歡我嗎？」

「不，沒有那回事。你是個耿直又優秀的人，我愛慕著你。」

「既然如此，為什麼妳不肯嫁給我？」

「欸，抱歉。」

「除非我連續追求妳一百晚，否則妳就不肯答應嗎？」

「不……」

「如果是錢的問題，我總有辦法解決。」

「多謝。不過，不是錢的問題。」

「妳不必隱瞞。妳有心上人吧？有的話就說有。聽到妳那麼說的話，我也會死心。」

「不是，我沒有那種對象。」

「既然這樣，妳為何冷淡對我？」

「抱歉。」

「我並不是要妳道歉。告訴我原因！」

「欸，對不起，抱歉。」

「妳討厭我嗎？」

「哪有的事。我真的愛慕著你。抱歉。」

「一晚就好。請妳點頭答應。」

「抱歉，真的抱歉。」

小梨花悲傷地瞇起眼睛。

繼續說下去也不會有結果。

——既然如此……

索性來硬的算了。現在當場廢話少說，強行占有她。

晉作發了狂，將食案挪到一邊，緊擁住小梨花。

他已無法制止自己。

想要吸吮朱唇，但是小梨花將臉別向一旁。

晉作使蠻力將她的臉扳向自己，硬將嘴唇湊上去，吸吮她的唇瓣。

小梨花緊抿嘴唇。晉作十分清楚，雖然雙唇交疊，但是小梨花擺明了在拒絕自己。

晉作直接將她推倒在榻榻米上。

小梨花的身體越來越僵硬，頑強地閉著嘴唇。

晉作將手滑進和服袖下的開縫，指尖觸摸到乳房。饒是半點朱唇萬客嚐的小梨花，也露出了泫然欲泣的表情。

——不行。

晉作放鬆力道。

如果不是兩情相悅，互相需索對方的肌膚，就不會有樂趣可言。縱然就這樣使蠻力得逞，也不會有一絲快感。

晉作一起身，立刻自酌飲酒，仰天一飲而盡。

小梨花起身整理頭髮。

「哼，妳果然有心上人了吧。有就說有，把話說清楚。坦白說的話，我也會爽快地死心。」

「我明白你是真心喜歡我。老實說，我也愛慕著你。可是，我不能嫁給你。抱歉。」

小梨花淚濕的黑色眼眸，直勾勾地注視著高杉。

眼神看起來不像是在說謊。

「為什麼……」

「抱歉。請你不要問原因。」

晉作看見一行清淚順著小梨花的臉頰滾落，原本翻騰的情緒迅速平息。

在中庭鳴叫的蟋蟀聲音聽起來異常清晰。

「我錯了……」

晉作再度眺望小梨花的瓜子臉。好美。晉作非常後悔自己瞧不起她是煙花巷的妓女，對她做出了粗魯的舉動。

「原諒我，我愛妳愛得發狂了。我沉迷於妳的美色才會做出那種事，抱歉。」

「欸。我很高興聽到你那麼說。」

小梨花重新坐好，替晉作斟酒。

然後，晉作默默地喝酒，直到夜深才回去。

隔天晚上，桂小五郎和井上聞多在魚品同席。

小五郎是直屬於藩主的右筆（譯註：負責書寫書信的文官），負責與公卿和他藩交涉。作風穩健的小五郎不同於激進輕率的晉作，在藩內頗具聲望；比晉作年長六歲。無論是端正的長相或言談舉止，不愧是出生自藩醫之家，具有一股從容的氣度。

小五郎和晉作、井上聞多等尊攘激進派劃清界線。

一旦展開討論，雙方鐵定會情緒激動。藝伎來之前，桂像是把天氣當作話題似地低聲說：

「聽說你被小梨花給甩了？」

「隨你怎麼說！我們是彼此相愛的。」

「一天到晚作白日夢，你一定會長命百歲。哎呀，她八成是有了別的男人。」

冷笑的桂令人惱火。

「她說她沒有那種對象。應該不是說謊吧。」

「看不出妓女說的是不是真話，晉作真是被愛沖昏頭了。」

「為何你知道她有男人？」

「這種小事……」

小五郎一副不必問人也知道的表情，將酒一飲而盡。

他和言行坦率的晉作不一樣，總是準備周全。遇到事情的時候，他會盡可能地搜集資訊。

「睜大眼睛！那麼一來，就會看清楚了。」

「不，我看不見。我看不見不存在的事物。」

「你一情緒激動，就會看不見四周。在煙花柳巷玩女人，動真情的話就輸了。」

小五郎的說法令晉作感到焦躁。晉作想要揍他一頓。好不容易死心，封存在內心角落的戀情，又燃起了熊熊烈火。

「你知道什麼關於小梨花的事嗎？」

晉作質問小五郎時，紙拉門對面發出聲音。

「晚安。抱歉，來遲了。」

當事人小梨花打開紙拉門，和同樣出身自井筒屋的市菊一起進來。

「哦。說曹操，曹操到。玩弄晉作的本地美女駕到。」

井上聞多調笑道。

「小梨花，妳是不是對我說謊？其實妳有心上人對吧？」

晉作開門見山，冷不防地開口問道。

小梨花低下頭來。

桂小五郎咂嘴。

「真是個不識趣的男人。找女人碴有趣嗎？市菊，借用三絃琴。」

市菊調好音遞過去，小五郎馬上開始低聲吟唱。

青樓女子話真假

但憑官人斷虛實

被說成不識趣，晉作繃著一張臉，但也忍俊不住笑了。

晉作一面笑，卻再度意識到自己打從心底愛上了小梨花。他實在非常喜歡小梨花柔媚的笑容。

「哼。煙花女，沒有一、兩個金主怎麼成？」

晉作突然改變態度。

「我越來越中意小梨花了。永遠不把男人看在眼裡的氣魄，祇園的女人就是要這樣才行。」

晉作爽快地一笑置之，但是一杯接一杯，情緒漸漸越來越激動。他一面和桂、井上激烈地討論攘夷，一面扭曲表情，吊起眼梢，大鬧特鬧。

醉到意識不清，杯盤狼藉。大吼大叫，亂跑亂鬧，朝小梨花膝行前進，試圖掐她脖子。

毆打上前阻止的小五郎，踢開聞多。

兩人叫來在外玄關等候、身分低微的伊藤俊輔（博文），眾人才壓制住他。派男僕跟隨伊藤，姑且將不斷大叫的晉作帶回長州藩邸。

隔天早上，在晉作酒醉未醒的腦袋中打轉的，盡是後悔的念頭。

——青樓女子話真假。

如同小五郎做成都都逸吟唱的歌詞所說，祇園這條街賣的是攙雜真假的甜言蜜語。天底下確實沒有比把夢話當真更不識趣的了。

雖然如此心想，但小梨花終究是晉作的夢中情人。一旦感情的火焰燃燒起來，就無法輕易地撲滅。

這段戀情發生在去年夏天——

㈢

結果小梨花坐在精品屋的二樓前廳，在那之後一句話也沒說。

高杉直盯著小梨花，一動也不動。

真之介在凝重的氣氛之中，觀察武士的臉。

——這名武士的龍眼不得了。

吊眼角的細長龍眼是意志堅強之相。

不過，有一股性急且不惜殺生的冷酷無情。龍眼極端明顯如這名武士者，意志堅強、冷酷無情的程度令人不寒而慄。

反觀小梨花，則是柔美的美人相，五官端正，恰到好處。額頭髮際線的頭髮短得整齊，象徵情慾淡薄。

「妳不想說明原因嗎？」

高杉開始對一直沉默的小梨花失去耐性。

祇園的藝伎嫁入室町的大鋪子，是前所未聞的稀奇事。任誰都能夠輕易想像，她遭到四周的人何種程度的欺負。

「我也不想拋下妳不管。不過，我有地方非去不可，不能一直待在這裡。反正一定是和公婆之間的爭執，是妳自己決定要出嫁的，只好咬緊牙關忍耐。」

高杉只留下這段話，便將剩下的事交給真之介和柚子，站了起來。

「欸，請交給我們。」

真之介和柚子一起送高杉到店頭，高杉快步離去。

回到二樓前廳，小梨花又哭得梨花帶雨。柚子靜待她哭完，問道：

「妳被婆婆欺負了嗎？」

高杉走了之後，小梨花似乎終於肯說了。

「欸。其實我快要被趕出室町的千倉家……」

小梨花低聲擠出這一句話，眼淚再度盈眶。

如今，人們不用小梨花這個名字稱呼她。

阿金——

這是她出生時，父母替她取的名字。

褪去祇園的華麗花名，阿金出生貧寒，羞於見人，只是個膽小鬼。就像是被人扔在冥河河灘一樣，無依無靠，舉目無親。

阿金生於洛北的白川村。九歲時被帶到祇園，一面幫忙廚房的工作和跑腿，一面學習禮儀和技藝，十一歲時當上了舞伎。

她的才華出類拔萃，立刻有了恩客。儘管技藝尚未純熟，但光是坐著就宛如一朵花，每天晚上都有好幾個宴席指名她。

十五歲初次接客。

對方是一名十分肥胖的腰帶店老闆，百般溫柔到令人生厭的地步。

後來換了幾名包養的金主。

受到小梨花的美貌吸引，陸續出現想要照顧她的男人。個個有錢，而且擁有高度的社會聲望。

生意洽談全都是由井筒屋的老闆娘負責。

「喏，前一陣子來一力亭開席的染織店老闆，他說想照顧妳，妳意下如何？」

拒絕也無妨，但是小梨花不曾拒絕。她總是二話不說地點頭。

「欸，好的。」

收取高額的費用，和金主同床共枕並不怎麼痛苦。除此之外，小梨花不知道如何謀生。

不管是宴會的客人，或者是包養的金主，男人都是用來生存的工具。收取酬金，請他們買和服給自己，支付每個月生活費的是男人這種生物。

同床肌膚相親，小梨花會發出嬌喘，也會假裝享受。儘管如此，從來沒有一次真的打從體內深處感到快感，也不曾對男人感到心動。

或許男人對於那種敷衍了事的性愛很敏感，成為金主之後，大多半年到一年就厭倦了。

「妳的床上功夫得再加把勁才行。」

井筒屋的老闆娘也曾經如此勸戒她。

小梨花進入宴席，會尋找令她心跳加速、渾身發燙的男人，但是進進出出的許多男人當中，沒有那種男人。

「請妳嫁給我。」

去年春天，一名室町的少爺開口求婚。

少爺是室町一家老字號和服批發商千倉家的繼承人。

他比小梨花大兩歲，在祇園好像也玩過不少女人，但是似乎打從心裡愛上了小梨花。

「我沒辦法嫁給你。如果不入戶籍，找地方租一間房子給我的話，我會在那裡安分守己，這樣不就好了嗎？」

小梨花清楚藝伎的卑賤地位。

「不好。我非妳不娶。我會設法說服父母，答應嫁給我！」

小梨花含糊地點頭，但是少爺下次來的時候，說他已經告訴父母了。當然是遭到反對。

後來似乎在家裡爭吵了一陣子，不久之後，少爺滿臉笑容地出現在宴席中。

「太棒了。我終於說服父母了。我提議不要直接從祇園迎娶，而是讓妳先成為某戶人家的養女再嫁進來，獲得了他們的應允。如何？這樣我們就能名正言順地結為夫婦了。我高興得不得了。」

他的笑容擄獲了小梨花的心。

——這人不壞。

雖非令人怦然心動的對象，但是努力地替小梨花著想。小梨花開始認為，或許將今後的人生託付給他也無不可。

少爺帶著父親來到宴席，這樁婚事頓時具有真實感。

父親是個文雅大方的男人，一副室町老爺的模樣，看到小梨花點了點頭。

「這個女人連我也想娶。不然，妳嫁給我吧。我寫休書給現在的黃臉婆。」

父親開玩笑地如此對她說，小梨花的心情輕鬆了不少。她做了一個天真的夢，說不定……這戶人家會不計較自己卑賤的藝伎出身，接納自己。

但是，找不到肯認自己當養女的人家。少爺似乎四處詢問尋找，但室町的千倉家是在平安遷都時，一起從奈良的都城遷徙到京都的名門，如今也在替皇宮和王府服務。幫忙將祇園的女人送進那種老字號店鋪，不曉得事後會有何種麻煩事降臨。當然，千倉家的父母開出的條件是門當戶對的家世。

「在魚品的宴席上吊的話，會給店家添麻煩吧。我們還是在真葛原互刺殉情吧……」

找認小梨花當養女的人家找累了，少爺說喪氣話。真葛原位於祇園社後方，是一整片墓地，白天也陰氣森森。

「我不要在那種可怕的地方。」

「那麼，祇園內好嗎？」

少爺突然提起那種事時，小梨花被叫到長州藩的宴席。

這時，遇見了高杉晉作。

小梨花被晉作細長的眼睛直視，渾身發燙。

——是他。我在眾裡尋他千百回的男人是他。

小梨花生為女人，首度發現了令自己心跳加速，想要投入他懷中的男人。他是理想中正直可靠的男人。

老天爺似乎聽見了她這份熾烈的心聲。

晉作似乎也很中意小梨花，頻繁地登門追求她。

每晚他來，小梨花都會開心地小鹿亂撞、全身顫抖。

她有生以來第一次感覺到戀愛的喜悅，覺得生為女人真好。

晉作連續七晚報到，終於推倒了小梨花。

小梨花之所以拒絕晉作，倒不是因為有少爺。

而是她真心認為：假如和晉作發生一次關係，自己八成會捨棄祇園和一切，追隨他到天涯海角。

那麼做的話，會對晉作造成最大的困擾。

因此，小梨花拚命忍耐，緊抿嘴唇拒絕。自己看起來肯定露出了一副泫然欲泣的表情。

高杉晉作後來好一陣子沒有現身。

——他只是一時興起嗎……

小梨花開始這麼想的時候，晉作邀她到宴席。小梨花被叫到魚品一看，有一名五十開外的商人同席。

「這位是嵯峨的福田理兵衛先生。小梨花，請他認妳當養女！」

「咦？」

「妳告訴千倉家的少爺，叫他去嵯峨的福田家打聲招呼，這樣就一切就緒了。」

小梨花驚訝得停止呼吸。晉作不知從哪裡怎麼問出來的，知道了所有小梨花的事。

「長州藩相當照顧我的店。如果是認養女這種小事，我樂意接受。」

嵯峨的福田家是一家販賣丹波木材的大鋪子，和長州宅邸有大筆交易。租借嵯峨天龍寺給藩主世子當作住處的也是這個男人。

「如果妳不嫁出去的話，我會對妳戀戀不捨，煩躁不安。妳快點從祇園消失！」

晉作怒眼瞪視小梨花。她不知是喜是悲，淚流不止。

後來的事宛如一場夢。

夏末，小梨花進入嵯峨的福田家當養女。在那裡生活半年，學會了商家恭謹的習慣。

千倉家和井筒屋談妥了小梨花剩下的工作年限。小梨花應該替井筒屋累積了一筆巨款。千倉家將聘金送到福田家，福田理兵衛直接將它交給井筒屋。

井筒屋的老闆娘準備好所有嫁妝，送到福田家。

今年二月，在室町的千倉家舉行婚禮。

從那一晚開始，展開了小梨花的地獄生活——

㈣

真之介帶著小梨花，前往祇園新橋的井筒屋。

「有人在嗎？」

一打招呼，門口的格子門忽然打開。

一名白髮中插著花簪，臉塗香粉的老婦人突然探出頭來，嚇得真之介往後退。花哨的年輕打扮，她是井筒屋的老老闆娘。

「不可以出去外面。」

有個女人在老婦人身後抓住腰帶，拚命拉住老婦人。

她是小梨花的姐姐——市菊。舞伎從當見習生時起，會跟著姐姐輩的藝伎，學習煙花巷的規矩和宴席的禮儀。對於市菊而言，小梨花是妹妹。

「哎唷，真之介先生。小梨花也一起來了。究竟發生了什麼事？妳怎麼可以回來這裡？為什麼又跑回來……」

市菊詢問的過程中，老老闆娘也試圖外出。力氣似乎很大，市菊拚命拉住她的腰帶。

「發生了什麼事嗎？傷腦筋啊。又不能讓妳進門，這可怎麼辦才好？」

前去練習途中的舞伎們走在新橋通上。她們露出匪夷所思的表情，看著一身花哨年輕打扮，想要外出的老婦人，然後一臉驚訝地對市菊點頭致意，從眾人身邊經過。

「妳為什麼要阻止我？我要出嫁。卯之吉先生在等我，不行嗎？」

老老闆娘耍任性，扭動身子。

「傷腦筋。在這裡不方便說話，總之，能不能幫我個忙，把她押進去呢？真之介先生，請你也幫忙。」

真之介將老老闆娘推回井筒屋內。市菊對內側喊道：

「老闆娘，請妳來一下。」

耳邊傳來布襪滑動的聲音，井筒屋的老闆娘現身。

「怎麼了？吵吵鬧鬧的。」

老闆娘看見小梨花站在內玄關，皺起眉頭。

「妳回來做什麼？」

「欸，抱歉。」

「道歉也沒用。妳好歹也知道，就算妳回來了，也不能進來吧？」

小梨花默默點頭。

「我不想聽發生了什麼事。快點回妳家！」

「欸……」

「像妳這種倔強的女人居然會厚著臉皮跑回來。唉，想必發生了大事吧？不過，妳已經無家可歸，也不能回嵯峨的福田家。不管被欺負得再慘，妳也只能咬緊牙根，死賴在室町。」

真之介早就知道老闆娘會這麼說。明知如此，還帶著不肯來的小梨花來，是因為有一個非告訴井筒屋不可的難題。

「她在我家前面放聲大哭，我雖然知道自己多管閒事，但還是帶她來了。小梨花姐也十分清楚，她不能回這個家。不過，她說有一件麻煩事。」

真之介按住用力掙扎的老老闆娘肩頭，長話短說。

「什麼事？」

「欸，關於嫁妝的事。」

「嫁妝……那不是你家老闆妥善準備的嗎？」

小梨花的一套嫁妝是井筒屋和福田家委託唐船屋，由善右衛門挑選的。眾人信任茶具店老闆的審美觀，唐船屋有時會受到那種挑選的委託。

「我婆婆說，那一套嫁妝不適合千倉家的家風。」

小梨花勉強擠出話來。

「事到如今，說那種話又能怎樣？」

「我婆婆說，要嘛換成適合家風的嫁妝，要嘛我滾出去。」

「這個壞心眼的惡婆婆……」

真之介也是一樣的想法。

聰明的小梨花身為千倉家的媳婦，八成展現了察顏觀色的一面。婆婆肯定是挑不出毛病責罵她，所以對嫁妝雞蛋裡挑骨頭。

「事到如今才說要換，這……」

老闆娘望向真之介。

「如果不介意的話，由我和唐船屋溝通，妥善處理這件事。」

「真的嗎？那真是太好了。因為我實在沒辦法再跟善右衛門先生商量，再準備一套嫁妝。」

「妳要替我準備嫁妝嗎？」

老老闆娘面露微笑。

「妳在說什麼呀？不是娘的。我們在講小梨花的嫁妝。」

老老闆娘是老闆娘的親生母親。真之介在後面的唐船屋當學徒時，老老闆娘還散發著凜然的美色，掌管好幾名舞伎、藝伎。

「老老闆娘怎麼了嗎？」

小梨花看了老老闆娘一眼。

「如妳所見，心智回到了少女時期，整天吵著要出嫁……那麼想出嫁嗎？」

老闆娘一臉困窘地搖了搖頭。

「老老闆娘年輕的時候，因為喜歡的男人吃了很多苦。我想，她現在是因為小梨花的事，想起了年輕的時候。」

市菊以和服的衣袖擦拭眼角。

井筒屋是老老闆娘找到金主才有的置屋。她懷了金主的孩子，生下老闆娘，老闆娘又找到金主，生下了市菊。

真之介想起了還是學徒時的事。每次送東西來，老老闆娘都會將甜點包在懷紙中，讓他帶走。

——不必告訴店裡的人。

老老闆娘貼心地替他守密，令真之介感到窩心。

真之介曾被唐船屋的老闆痛罵，從碰巧打開的後柵門逃進井筒屋。老老闆娘看到他哭喪著一張臉，緊緊抱住他。真之介想起了當時老老闆娘身上的和服芳香。

「對方何時會拿聘金來呢？」

老老闆娘試圖向外望。

「我想今天不會來，去裡面歇會兒吧。」

市菊握住老老闆娘的手，帶她進入內側。

老老闆娘瘦小的背影令真之介感到難過，胸口一陣揪緊。

「結果，可以由我們擅自處理嗎？」

真之介一回到三條木屋町的精品屋，久候多時的柚子想要知道在井筒屋發生的事。

「或者應說是，井筒屋處理不了這件事。老闆娘也不想跟嵯峨的福田先生商量。」

真之介條理清晰地分析了前因後果。

「既然如此……」

「之前準備一套嫁妝的是唐船屋，由我們來說是最快的方法。」

「可是，你們倆形同私奔，這個節骨眼方便嗎……」

小梨花露出擔憂的表情。柚子大略告訴了小梨花，自己和真之介手牽手逃出唐船屋的事。

「不要緊，既然是唐船屋負責過的事，我們就不能置之不理。請交給我們來處理。」

千倉家的婆婆似乎堅持，一定要換嫁妝。

小梨花因為這件事一直受到苛責，無論如何，除非換一套嫁妝，否則小梨花就不能待在千倉家了。

聽小梨花說前因後果的過程中，真之介總覺得責任在於唐船屋挑選嫁妝的善右衛門。善右衛門不可能不知道室町千倉家的家風。明明知道，還挑選不符合家風的嫁妝，錯在於善右衛門。唐船屋必須負責收回嫁妝。

無論事情如何，小梨花恐怕都難以和善右衛門談判。只好由真之介和柚子出面解決。

「沒錯。這件事請交給我們。」

聽到真之介的話，小梨花點了點頭。

「多謝。你們的好意，我會記在心上。」

「小事一樁，不足掛齒。既然如此，先去千倉家收回嫁妝再說吧。」

「妳說先去再說。怎麼著？妳也打算去嗎？」

「那可不是一般的用品。畢竟是嫁妝，有女人在場比較好吧？」

柚子微微一笑，真之介不可能拒絕。

「欸，也罷。總之，我們去室町一趟吧。一切等到了之後再說。」

三人攜伴同行，前往室町通。

室町的千倉家是一家門面寬敞的大鋪子。僕人恐怕有幾十人。

在這家店人稱阿金的小梨花一在店頭露面，學徒和伙計們接二連三地低頭行禮。

「您回來了。」

「您回來了。」

在帳房並排盯著帳冊的，八成是老闆和少爺。他們似乎正在忙，臉只往這邊轉過來一下。

阿金挺直背脊穿越店面，鑽過內暖簾。真之介和柚子隨後跟上。

「我回來了。」

阿金消失在內側，真之介和柚子等了一會兒。

千倉家只有店內堆滿布匹，許多人忙不迭地工作，但是家中一片寂靜。

站在一塵不染的灰泥流理台邊，不禁令人擔心，這一家人是否都默不作聲地生活。

流理台上方到二樓的閣樓，是空蕩蕩的挑高空間。梁柱擦得乾乾淨淨，黑灰泥的爐灶閃閃發亮。

如此氣派的大戶人家，家中想必有不少女婢，但卻沒有發出一絲聲響。從天窗照進來的春天陽光，反而令人感到冷清。

敞開的紙拉門對面是內廳。壁龕有一幅寧靜的山水畫軸，以及青瓷香爐。這家人似乎討厭表面奢華。

從內側傳來腳步聲，一個皮膚白皙、體態豐腴的女人和小梨花一同現身。她肯定是婆婆。

「辛苦你們了。搬出去的時候不要打擾店員工作。」

站在門框上的婆婆身上，有一股掌管大鋪子內務女人的威嚴。

「欸，我們會小心搬運。」

柚子低頭行禮，呼喊候在門口的伙計鶴龜和兩名學徒過來。

小梨花帶頭，繼續進入內側。倉庫的三個門一字排開。小梨花打開最靠近他們的門，倉庫正中央堆積著木箱。

「就是這些。」

「我可以檢查裡面的東西嗎？」

小梨花點了點頭，真之介將最大的木箱前門往上抽出。

拿出紫色綢緞的防撞墊布一看，裡面是置物櫃。

三層櫃中，有兩扇左右對開的門片；是一個擺放香具、硯台盒、書箱的華麗櫃子。

豔麗的大朵牡丹花、蔓藤式花樣和鳳蝶的金蒔繪，繪滿一整片。

「絕美的描金畫。」

鮮少會有用品令真之介想以「絕美」稱讚。唯有外觀優美、作工精細、品質卓越，而且小巧華美，能夠令人產生滿心悠適安閒的用品，真之介才會稱之為「絕美」。

真之介打開好幾個箱子的蓋子，拿出包裹的布和防撞墊布觀看，一一檢查其中的用品。

書案、淺筐、硯台盒、衣架、鏡台、化妝盒、腰帶盒等，一套嫁妝都繪上了牡丹花和蔓藤式花樣，以及鳳蝶飛舞其中的金蒔繪。

描金畫的金漆浮現在從倉庫門口照進來的光中。

彷彿有好幾隻鳳蝶在華麗的牡丹花盛開的花園中飛舞。

那就是小梨花的嫁妝。

「雖然花紋繁複，但是應該沒有任何一個婆家的人看到會不高興吧？」

不知何時來的，婆婆站在倉庫門口。

「欸，那絕非品質低劣的嫁妝，作工是一流的。」

真之介拿起書箱，就光一照。無論是黑漆或描金畫的金漆，作工確實都無可挑剔。

只不過，不符合這些生活在寧靜家中的人的喜好。

「唉，作工再美，也不能把那種花紋花哨的描金畫擺在像我們這種樸素的人家裡。即使是嫁妝，每天就像是在辦廟會一樣，令人一點也靜不下心來。」

既然如此，為何不早說？真之介將這句話硬生生吞下肚。

「看來確實和貴家風不合。」

關於描金畫的花紋，真之介也不得不這麼認為。

「我雖然看在福田先生的面子上收下了，但是家中不能擺不符合家風的用品，能不能請你們快點收回去呢？」

婆婆的說話方式，令小梨花垂下頭來。

「欸，立刻照辦。」

真之介開始將嫁妝收進箱子。柚子和伙計、學徒手腳俐落地幫忙搬到門口，裝上木板車。

「我兒子以為娶到好媳婦而歡天喜地，哎，可惜連一樣符合家風的嫁妝都沒辦法帶過來，算什麼好媳婦。古董店老闆，你說是不是啊？」

「欸，是這樣的嗎？」

「那還用說。先有家才有媳婦。不管是嫁妝或媳婦，只要是不符合家風的，我都只能請他們滾出去。」

婆婆撂下這麼一句，忽然一個轉身消失在店內。

小梨花靜靜地低著頭，似乎在強忍淚水。

眾人將嫁妝裝上木板車，回到了精品屋。真之介將嫁妝排放在和室中，再度端詳。這些確實是精品，但是小梨花的婆婆說它們不符合家風，倒也不無道理。

「不過，小梨花姐的婆婆打算設法攆她出家門。」

柚子的語氣有些激動。同為人媳，一提到婆婆，她似乎也忍不住情緒激動。

「嗯，鐵定是。她八成打算從嫁妝開始下手，一步一步逼得小梨花姐在家中無立足之地，使她如坐針氈。」

「教人換一套嫁妝，對於媳婦而言，等於是被人用大釘子釘住手腳，灌下滾燙的熱開水。小梨花姐在那個家會被欺凌到死。」

儘管小梨花是個能吃苦的女人，但有那種婆婆在，她確實會吃不消。

「一旦嫁妝被丟出去，小梨花姐想必更要看婆婆的臉色過日子。」

「請設法替她找代替的嫁妝。」

「不過，很難找到讓那個老太婆讚歎的嫁妝。」

這對年輕夫婦一起陷入沉思。天底下真有那種嫁妝嗎？

「啊！」

柚子低呼一聲。

「叫什麼，怎麼了？」

「我想到了一個好主意。這件事包在我身上吧。」

或許是想到了什麼，柚子微微一笑。

㈤

柚子站在唐船屋前，慢慢調勻呼吸。對白已經在腦袋中練習了好幾遍。

稍微鬆開衣領，挺直背脊，鑽過茶色木棉的暖簾。

「歡迎光臨。」

伙計喊道。

「啊，柚子小姐。您回來了。掌櫃，大小姐回來了。」

柚子光是站在花崗岩的內玄關，家中頓刻吵嚷了起來。

「您總算回來了。幾天不見，您變得面容憔悴。」

大掌櫃從色彩鮮豔的古代花布抬起頭來，仔細端詳柚子的臉，好像還想說什麼，柚子打斷了他。

「別胡說。爹爹在家嗎？」

「欸，在。看到柚子小姐，夫人一定也會打起精神。」

「我進去了。」

柚子鑽過內暖簾，從流理台旁進入內側。不久前住的家，感覺像是陌生的別人家。

「妳果然回來啦！我跟掌櫃才在聊，那傢伙的生意也差不多快完蛋了呢。」

動作遲緩的哥哥長太郎，面露鄙視地出現。

「不是你想的那樣。我進來了。」

「妳沒有要回來？難不成妳是來借錢的嗎？」

柚子懶得搭理哥哥，脫下草鞋。

進到內廳，善右衛門將好幾個箱子擺放在地，正在鑑賞茶具。

「噢。妳回來啦？」

柚子明確地搖了搖頭。

「不是。我來是為了別件事。」

自從帶著柚子離開之後，真之介每天一大早都會將約定的金額裝上木板車，來到這間唐船屋。

——假如你帶著千兩聘金登門迎娶的話，我就將柚子許配給你。

善右衛門明明說好了，如果真之介這麼做，就答應他和柚子的婚事，但卻一直讓他吃閉門羹。

「我之所以上門，是因為爹爹挑選失誤了。」

「妳說什麼？我什麼時候挑選失誤了？」

「爹爹，嵯峨的福田先生委託您準備嫁妝，對吧？」

「搞什麼，原來妳是指那批新品啊。福田先生來，要我替他準備一套嫁妝，我交代幸阿彌去辦了。那是好嫁妝。畢竟花了不少錢。」

善右衛門拿起茶杓細看，似乎對那個話題失去了興趣。

「那確實是好嫁妝。」

「既然如此，不就好了嗎？」

「不好，一點也不好。那批嫁妝完全挑選失誤。」

「妳說什麼？妳是來找碴的嗎？」

善右衛門的左眼皮看起來在顫抖。焦躁時，父親總是如此。

「爹爹，您是聽了誰要嫁去哪裡之後才挑選的吧？」

「聽說後面井筒屋的藝伎要當福田先生家的養女，然後嫁到室町的千倉家。我嚇了一跳，大吃一驚。」

柚子緩緩搖頭。

「那是根本的錯誤。」

「妳想說什麼？」

「爹爹瞧不起藝伎。」

「藝伎就是藝伎，有什麼好瞧得起、瞧不起的？」

「不、那名藝伎是下定決心，想嫁入室町的大鋪子。您不曉得她抱著怎樣的心情嗎？」

善右衛門沉默了。他抱著胳膊，抬頭看天花板。

「說到室町的千倉家，是一家重視禮節、販賣樸素花色布料的和服批發商。爹爹十分清楚，那麼花哨華麗的家具不適合那種批發商的家風。」

柚子瞪視父親，等他說話。

「千倉家是一戶小氣的人家，準備那種程度的花哨嫁妝，他們一定會吃驚吧。」

「荒唐！您肯定是打算嚇他們一跳，才派人準備牡丹蔓藤式花樣配鳳蝶的描金畫吧？您瞧不起藝伎，認為花哨的嫁妝適合花枝招展的藝伎，所以挑選了那種花紋。瞧您幹的好事，好端端一個新娘給您推進了水滾的鍋爐中。」

柚子一提起千倉家的婆婆要求換一整套嫁妝，善右衛門咂嘴。

「用不著那麼吹毛求疵吧？」

「我認為這種行為蠻不講理。不過，爹爹很清楚千倉家的家風吧？明明曉得，為什麼要派人準備那麼花哨的嫁妝呢？」

「我原本只是打算嚇千倉家的人一跳，並非有意害她被逐出家門……」

「不。如果爹爹認真考慮新娘的立場，應該絕對不會挑選那種東西。您應該會配合千倉家的家風，挑選更樸素有品味的漂亮描金畫。」

柚子狠狠一瞪，善右衛門別開視線，抬頭看天花板。

「妳給我差不多一點！對父親說話，那是什麼語氣?!」

回頭一看，母親阿琴一身睡衣加寬袖棉袍地站著。或許是因為女兒和掌櫃私奔，她氣得病倒了。

「話說回來，祇園的女人想嫁到室町，就是一種痴心妄想。」

阿琴吊起眼梢。

「就是因為明知如此，才要委託唐船屋準備能夠讓她順利嫁過去的嫁妝。否則的話，就不會特別上門委託了。」

「妳是怎麼回事？我以為妳好不容易回家了，沒想到妳居然是回來指責父親的！」

母親和女兒的爭吵越演越烈，善右衛門吼道：

「吵死了。靜一靜！」

男主人的怒吼，令兩個女人閉上了嘴巴。

「不過事到如今，木已成舟。撇開阿金的事不談，那些嫁妝是從去年夏天拜託工匠加緊趕工，花了半年才準備好的。要再讓工匠製作一批新的，又要耗上半年。小梨花能等這麼久嗎？」

「不行，她等不了那麼久。我們已經把之前的嫁妝收回來了。」

「妳還真心急。既然這樣，這件事已經無可挽回了。那樁婚事打從一開始就註定破局。」

「我有一個好主意。」

「妳說說看？」

「如果我說的話，爹爹肯照做嗎？」

「我要聽妳說了之後才能決定。」

「這件事和長州藩一位名叫高杉晉作的人也有關。拜託嵯峨的福田先生照顧小梨花姐的人，就是高杉先生。」

「噢，欸，似乎是這樣沒錯。」

「聽說高杉先生這個人放火燒了品川的英國大使館；是個非常剛強的人，脾氣暴躁，要是有事情看不順眼的話……」

「妳以為我會怕這種恐嚇嗎？」

柚子收起下顎，瞪視父親。她的眼神令父親稍微畏縮了。

「欸，算了。說說看妳的想法。」

「這個家裡有適合小梨花姐的嫁妝。」

「嫁妝……什麼嫁妝？」

「我的嫁妝。」

柚子對父親微微一笑。

「妳說什麼……」

「有一套您之前替我和茶道掌門人之子的婚事準備的嫁妝。請將那些嫁妝讓小梨花姐帶去婆家。」

父母正在進行柚子和茶道掌門人之子的婚事。雖然柚子一直拒絕，但是準備好了八成。

「胡說八道……」

慌張失措的是母親阿琴。

「我還以為妳要說什麼，虧妳說得出那麼亂來的話。妳以為那要花多少錢？我不想看到妳，快點滾出去。隨便妳要去哪裡，死在路旁都可以。」

阿琴怒氣沖沖地痛罵吃裡扒外的女兒。

「吵死了。閉嘴！」

善右衛門讓妻子安靜，趨身向前。

他以在看珍品的認真眼神，看著柚子。那是柚子小時候喜歡的眼神。

「妳真的覺得這樣好嗎？」

「老爺，這怎麼行……」

阿琴插嘴道。

「妳閉嘴！我在問柚子。」

柚子緩緩開口。

「那些嫁妝採用優雅的漆工和樸素的描金畫，是適合當作嫁進茶道本家的嫁妝。實在不適合自己剛開店、還不曉得何時會倒閉的茶具商老闆私奔的女兒。室町的千倉家一定會懂那些嫁妝的價值。如果那些嫁妝能夠讓一個女人得到幸福，我很樂意雙手奉上。」

「慢著，老爺，你不能讓她這麼做。」

阿琴又大聲嚷嚷。

「吵死了！」

善右衛門高聲怒吼，又仔細地端詳柚子的臉。

㈥

「打擾了。」

聽見一個輕快的女聲，抬起頭來一看，小梨花和一名年輕男子站在店頭。男子八成是千倉家的少爺，身穿剪裁合宜的大島捻線綢，是一位皮膚白皙、個頭高大的溫文男子。

「歡迎大駕光臨。」

真之介剛將掛軸掛在泥地房間的牆壁上。

「那是真品吧？」

少爺注意到剛掛上的山水畫。寬幅畫作描繪巍峨岩山山麓上的松樹和樓閣，落款名為雪舟。

「畫得很好吧。掛在我家就是贗品，如果掛在千倉家的客廳，所有客人一定會認為是真品。」

「哇哈哈哈。你說話真有趣。」

「相公，那種事情不重要，請你好好道謝。託他們的福，我才能勉強待在千倉家。」

「是啊。你重新替小梨花準備一套新的嫁妝，真的不勝感激。」

少爺恭敬地低頭道謝。真之介原本以為長子往往是傻瓜，沒想到他行禮如儀。

「身為古董店老闆、老闆娘，只不過是替商品善後而已。您不必放在心上。」

柚子察覺到兩人，從內側走出來。

「歡迎光臨。嫁妝如何？府上中意嗎？」

「當然。家母看到那麼精美的嫁妝，驚訝得說不出話來。嫁妝如此典雅，她也無從挑毛病。自從那些嫁妝來了之後，她也很少挖苦媳婦了。」

「那真是太好了。」

柚子和真之介鬆了一口氣。小梨花似乎總算能以媳婦的身分，融入千倉家。父親善右衛門替柚子準備的一套嫁妝，是鑑定功力再高的人，也只能默不作聲的逸品。光是一層又一層地塗上大量的黑漆，就足以散發出馥郁的香氣。家具的邊和底端一帶高雅地搭配金蒔繪，是優美的山水畫，梅花、小鳥雅致地散落在流水上。無一處矯揉造作，重點是漆功頂級。樣樣都是讓人眼看、手摸之後，能夠享受片刻幸福時光的家具。

兩人誇獎那幅描金畫的優美一會兒之後，眺望店內擺得滿滿的商品。真之介每天不斷進貨，所以店頭已經擺滿商品。

「店內的貨件件都是珍品啊。」

「不，盡是破銅爛鐵。裡面地方小，不過，請進。」

「多謝好意。我們改天再好好登門道謝，今天接下來打算去參觀一下。」

少爺抬頭仰望天空。雨如今停了，但是好像馬上又會再下。

說到參觀，八成是去看天皇巡幸賀茂的大陣仗。

說到這個，據說天皇今天為了祈求攘夷，要參拜下賀茂和上賀茂這兩間神社。

若是追本溯源，這趟天皇外出是基於長州毛利家的建議。

關白（譯註：平安時代以來，輔佐天皇行使政權，文官體系中地位最高者）、大臣等皇官的文武百官自不待言，除了正在京城的德川將軍家茂之外，各藩諸侯亦隨行，形成大陣仗的隊伍。

「我們想去參觀一下隊伍而來。」

「那正好，我們也打算出門到處參觀。如果不介意的話，能不能讓我們同行呢？」

兩對夫婦連袂出遊。鴨川河堤的外出人潮比葵祭更多。

真之介和少爺、柚子和小梨花分別並排而行。

「不過，就算是唐船屋，我也沒想到能夠馬上準備出那麼高級的嫁妝。坦白說，我嚇了一大跳。」

真之介終究沒說那原本是柚子的嫁妝。

「哎呀，因為是老字號店鋪，商品應有盡有……」

真之介含糊其詞。

「如果不是你們出面說項的話，唐船屋恐怕也不會答應更換商品。家母好像萬萬沒想到新嫁妝馬上送到，所以沒辦法挑毛病，默不作聲。她接下來應該會漸漸認同小梨花這個媳婦吧。」

「那真是太好了，好用品往往有一股令人沉默的力量。」

「之前的牡丹蔓藤式花樣和鳳蝶的描金畫也很棒。不過，對於我家而言，或許確實有點花哨。」

千倉家的經商方式是體面地販賣真正品質好的商品。真之介光是瞄一眼家中，就十分清楚其家風。

「那些繪上蝴蝶的家具，遲早會還給唐船屋，但是現在稍微在外流浪一下。有戶人家樂意接收。」

小梨花走在後頭，聽著兩人的對話。

「哪裡呢？我倒是挺喜歡那個花紋。」

「這個嘛，呵呵，我可以說吧？」

柚子一詢問，真之介點了點頭。

「在井筒屋的老老闆娘身邊；她從前美若天仙。」

「欸。我聽說她在祇園也是數一數二的藝伎。因為這樣，所以有個好金主。」

「可是啊，其實除了金主之外，她似乎另有喜歡的人。大家原本以為她痴呆了，從前一陣子開始臥床不起，像是在說夢話似地，整天吵著說要出嫁。我聽到這件事，覺得於心不忍，所以把那一套嫁妝擺放在她枕邊。」

柚子聽說，老老闆娘年輕時，和一家餐館的少爺兩情相悅，論及婚嫁。

結果似乎因為四周的強烈反對而死心，但是一想到她一直放在心中的痛，柚子就想將嫁妝擺在她枕邊，起碼讓她享受出嫁的心情。

「老老闆娘笑靨如花。畢竟，她想嫁進去的餐館是一戶姓揚羽的人家。而鳳蝶（譯註：鳳蝶的日語漢字為「揚羽蝶」）是那戶人家的家徽。」

「那麼，蝴蝶的金蒔繪正好適合。」

「老老闆娘目不轉睛地盯著金色的鳳蝶直瞧。」

「柚子，妳做了一件善事。多謝。」

小梨花擦拭眼角。

四人走在河堤路上，人潮更加洶湧，到了下賀茂之森一帶，已是黑壓壓的人山人海。畢竟自從寬永三（一六二六）年以來，天皇已經超過兩百年沒有外出。

等候時，群眾一陣喧嘩。

「啊，你看，隊伍出來了。」

一群身穿禮服、儀容端正的武士在飄落的小雨中，列隊從下賀茂之森走出來。護衛的武士命令沿路的人群跪地行禮，聽不見任何咳嗽聲。

備前的池田茂政和長州的毛利定廣等十一藩的大名騎馬一經過，孝明帝的鳳輦鑾輿隨後出現。五、六十名身穿金黃色水干的隨扈成群，扛著綴以金色鳳凰的鑾輿。

騎馬的德川家茂跟在鳳輦鑾輿後面。年僅十八歲的將軍，一張五官平凡無奇的白皙臉龐注視正前方。真之介和柚子頻頻微微抬頭偷瞄他的模樣。

「嘿，征夷大將軍！」

從群眾中竄出巨大的吆喝聲。

柚子還沒抬起頭來，小梨花已經早一步察覺到聲音的主人是誰了。

「是高杉先生。那個聲音是高杉先生……」

一看之下，一名有著龍一般眼眸的男子，目光銳利地聳起肩膀，睥睨四方。他確實是前幾天那個名叫高杉的武士。

或許是因為高杉的態度迫力十足，隨從的武士們既沒有逮捕他，也沒有斥責他的失禮，直接讓他經過。說不定是更害怕和莫名其妙的男子扯上關係，打亂了天皇的隊伍。

小雨中，武士們的隊伍綿延不絕，左右十分不對襯，動作僵硬。明明裝載大型大炮的黑船（譯註：日本江戶末期實行鎖國政策，歐美軍艦開到江戶灣迫使日本政府廢除鎖國政策，由於船身是黑色，因此稱為「黑船」），都已經從各國來到了日本各地，縱然天皇搭乘鳳輦鑾輿到賀茂的神社祈求，也不可能能夠斷然執行攘夷。就連看在真之介眼中，也覺得天皇外出祈福靠不住。

目送隊伍離去，人群散去。

真之介尋找高杉，但是已經不見人影。

「真可惜，我想跟他打聲招呼。」

真之介一低喃，柚子點了點頭。

「是啊。明明有機會讓他不要擔心小梨花姐的事。」

「他是個性急的人，沒辦法一直待在一個地方。他就是那種人。」

柚子同意小梨花的話，四人踏上歸途。雖然下著小雨，但是雨沒有大到需要撐傘的地步。

「你知道我為什麼硬是要娶小梨花嗎？」

閒聊到一個段落時，少爺嘀咕了一句。聽起來不像是在炫耀愛情的語氣，而是在說一段苦情戀。真之介回頭一看，柚子和小梨花落後了幾步。

「不曉得，肯定是因為愛她愛得無法自拔吧。」

少爺點了點頭，但這似乎不是答案。

「我確實愛上了小梨花。但如果只是喜愛，納她為妾也行。不過，如果只是納她為妾，金屋藏嬌的話，小梨花不會愛上我。」

真之介偏頭不解。少爺接著說：

「她是個冷酷無情的女人。」

真之介為之語塞。

「她一直被男人當作玩物，身心都冷到了骨子裡。如果我納她為妾，她會一直冷冰冰地到死為止。就一個女人而言，那太可憐了。小梨花沒有那麼喜歡我，我心裡也有數。不過，我想設法讓她打從心裡溫暖起來，真心愛上我。我做得到吧？」

少爺的側臉散發出一片真情。

「應該沒問題吧。如果少爺那麼認真的話，小梨花姐肯定也會愛上你。」

真之介總覺得自己看得見少爺和小梨花未來的身影。

一回到店裡，雨勢增強了。

趕緊關上大門，待在內廳。

真之介從背後抱緊坐著的柚子，嘴唇滑過頸項，肌膚發出芬芳香氣。他一面聽著雨聲，一面靜靜地緊擁著她。

「小梨花姐……不，阿金姐到現在還是喜歡著高杉先生吧……」

柚子皺起眉頭。

「放心吧。少爺和小梨花一定會白頭偕老。」

「你怎麼知道？」

「欸，因為我的鑑定功力一流。」

真之介將手搭上腰帶，柚子閉上雙眼，將身體完全交給他。

雨聲變得更大了。

兩人就這樣融入深夜之中。

貓舔盤

（一）

一打開正門，店內充滿了令人心情愉悅的陽光。下到半夜的雨，在三條通的各處形成積水。

真之介和柚子站在店前面，對著剛從東山峰頂露臉的朝陽雙手合十。

──多謝老天爺每天保佑我們夫婦倆。今天也請保佑我們。

兩人的生活充滿了幸福，令人忍不住想要如此祈禱。

柚子用手巾左右折角包頭，肩上斜掛著束衣袖的帶子開始打掃。首先擦的是「古董店　精品屋」這面招牌。

「不過話說回來，這一陣子人增加了好多。」

因為天皇外出祈求攘夷，今年春天，有許多武士從各國聚集到京都。除了護衛的將軍、大名之外，也有反對派，所以町內到處都擠滿了人。

「真的耶。因此商品大賣，多虧了天子。」

令人感謝的是，精品屋也擠滿了購物的客人。適合當作京都伴手禮的小禮品和畫軸格外暢銷，店頭的物品稀落，顯得冷清。

今天早上的首要工作是將商品上架。

真之介帶著掌櫃、伙計、學徒，進入後方的倉庫。

伙計鶴龜應該在昨天，從位於四條的古董店進了滿滿一木板車的貨物。

「喂，在哪裡？」

店內的商品不斷賣出，倉庫內空蕩蕩的。只剩下空的長方形衣箱和不能賣的破銅爛鐵，找不到像樣的貨物。壞掉的火繩槍之所以躺在地上，是因為夾雜在前一陣子買的貨物中，真之介心想「反正修好之後可以高價賣出」，所以一直丟在那裡。

「哎呀，在哪裡呢……」

連掌櫃伊兵衛也不曉得貨物在哪裡。

真之介有一種不好的預感。

他平常總是不假手他人，親自去取貨，但是最近以忙碌為藉口偷懶了。即使派伙計去取貨，古董品老闆也必須立刻親眼檢查貨物才行。

「欸，在那裡……」

伙計鶴龜嘟囔了一句；手指著微暗的倉庫角落。

「那裡……是指那個櫃子嗎？」

倉庫角落放著一個塗上黑漆的盔甲櫃。

「對，沒錯。」

鶴龜怯懦地低喃道。

他是個長得福態、圓臉的年輕人。真正的名字不叫鶴龜，但是一副十分完美的吉相，所以真之介替他取了這個吉祥的名字。不過，從觀相術來說，瞇瞇眼象徵意志薄弱。無法一手掌握所有好運，八成是因為這個緣故。他老是心不在焉，語焉不詳。

「搬過來這裡。」

鶴龜和學徒將櫃子搬來明亮的倉庫門口。

「就這麼一件嗎？」

「……欸。」

「欸什麼欸！你不是帶了三十兩去嗎？」

買進商品一定要用現金，是真之介的作風。唯有能夠當場付款，好商品才會聚集而來。

「枡屋的喜右衛門先生很清楚我們店內的生意。交給他三十兩的話，他應該會把一堆適合我們店的廉價商品堆上木板車。」

鶴龜低頭不回答。鶴龜去的是四條木屋町的枡屋這家古董店。老闆湯淺喜右衛門偏愛真之介，會將各種適合精品屋的物品分給他。

「算了，我先看一看再說。」

鶴龜按住真之介搭上櫃子蓋子的手。

「呃……」

「什麼事？」

「其實，這件貨物不是枡屋的。」

「你說什麼？你去了枡屋的喜右衛門先生那裡吧？」

「我原本是想去，不過……」

鶴龜吞吞吐吐。瞇瞇眼越瞇越細，話說得不清不楚。

「這是怎麼一回事？你不解釋清楚，我怎麼聽得懂。」

「欸。我從店裡順著木屋町往下走，有一間土佐宅邸……」

從三條順著木屋町往下走，彥根藩井伊家的宅邸和土佐藩山內家的宅邸沿著高瀨川並排。

「那種宅邸從一百年前就有了。土佐宅邸怎麼了？」

「我在門前被一名武士叫住。」

「對方說了什麼？」

「他說：喂，古董店的。來買家具。」

真之介雙臂環胸，仔細端詳鶴龜。

「他為什麼知道你是古董店的人？」

「他說他之前來過店裡，記得我的臉。說我長得非常福相……」

「然後呢？」

「我就買了這個。」

鶴龜尷尬地垂下目光。

「你看起來不可靠，但是看在你年滿十九的分上，我才讓你擔任伙計，沒想到你連跑腿辦個事都做不好。」

動怒的人是掌櫃伊兵衛。敦實緊繃的臉上，平常面露落落大方的笑容，但有時則會露出銳利的眼神。

「不過，他給我看了之後，確實是好貨，絕對很值錢。這種貨色不會賠錢。」

「你到底買了什麼回來？」

柚子跑了過來。打開新買的貨品時，柚子都會來看。她天生喜愛古董。

「鎧甲頭盔。哎呀，是頂級的珍品，作工和一般的不同。葱綠色的綴繩華美，而且頭盔是氣派的大鍬形，據說是山內一豐（譯註：一五四五—一六〇五，戰國時代、安土桃山時代和江戶時代初期的武將，第一代土佐藩藩主）公的……」

伊兵衛一拳打在說個不停的鶴龜頭上。

「好痛。你做什麼？」

「沒做什麼。你為什麼不直接去桝屋呢？」

「因為武士說有好的鎧甲。世人提倡攘夷，眼看著戰爭一觸即發。一旦和鎌倉幕府開戰的話，最缺的就是武器鎧甲……」

第二記拳頭落在鶴龜頭上。

「你付了多少錢買那件鎧甲？該不會是整整三十兩吧？」

雖然精品屋的生意亨通，但三十兩仍是一大筆錢。

「欸……」

「老闆在問你，你不會好好回答嗎？」

掌櫃伊兵衛斥責伙計和學徒時會吊起眼角，怒目而視。

「好了好了，伊兵衛。你那麼凶狠地責備，鶴龜也不會好好回答。伊兵衛別生氣，鶴龜你說說看。」

柚子出面坦護，鶴龜歉然地伸出三根手指。

「搞什麼，你真的付了整整三十兩買這裡面的鎧甲嗎？」

真之介詫異地聲音變了調。

「……欸。作工精美……而且對方說是藩主的鎧甲……」

鶴龜說話含糊不清，令人聽得一頭霧水。

「錢都付了，怪你也沒用。總之先看一下再說吧。」

真之介下定決心，打開櫃子的蓋子一看，潮濕的霉味撲鼻。

裡面裝的是老舊的鎧甲和頭盔。

金屬零件的作工確實不差，但是終歸老舊。衣袖和腿甲大到令人咋舌。胸部的左右分別是旃檀板和鳩尾板（譯註：拉弓射箭時防禦腋下和胸部的楯狀零件）。綴繩似乎原本是華麗的蔥綠色，但現在不但顏色暗淡，好像一拿起來就會散掉。輕輕拿出來仔細檢查一看，鎧甲和頭盔內側斑駁生鏽。

「這不是大鎧（譯註：日本的鎧甲形式之一，主要是由騎馬的高級武士穿戴）嗎？又不是壇浦之戰（譯註：平安時代末期，元曆二（一一八五）年，於長門國赤間關壇浦（如今的山口縣下關市）展開，是導致榮華富貴的平家滅亡的最後一戰）。」

這是適合源氏和平家武士的舊形鎧甲，肯定是遭人遺忘，長眠於倉庫深處的古董。

「因為這樣，所以很值錢吧。畢竟，它是一豐公的……」

「笨蛋。那種話肯定是捏造的。這生鏽腐朽，根本不能用。」

真之介並不想痛罵他。因為這種情況下，把巨款交給辦事不牢的伙計的老闆才是驢蛋。

「因為老舊，所以值錢，不是嗎……」

「這種到處生鏽的鎧甲，誰會出錢買呢？你動動腦筋想一下。」

真之介從同行口中聽說，為了準備攘夷戰爭，武器鎧甲的訂單確實增加了。然而，客人想要的是輕便的皮革盔甲和連環鎖甲，起碼要是戰國亂世時製造的當代具足類。像這種傷痕累累的破舊大鎧，沒有人會看一眼，就算當作老舊的廢鐵也不值錢。

「老爺，這傢伙不能用。話說回來，雇用他就是個錯誤。他是個無可救藥的貓舔盤，馬上解雇他吧。」

伊兵衛拉下臉來說。

貓舔盤是指，像貓邊走邊舔盤子，這邊舔一口、那邊舔一口，是京都人用來鄙視三天兩頭換工作者的稱號。當然，他們不會受到信賴，也不會被委託重要的工作。

雖然真之介是透過人力仲介的介紹雇用鶴龜的，但是雇用這種不牢靠員工的人是自己，識人不清，教真之介情何以堪。

當事人鶴龜只是低著頭，忸忸怩怩。他似乎想說什麼，但是實在無法有條理地訴說。

「舊歸舊，但卻是個氣派的鎧甲櫃。」

柚子像是要化解凝重的氣氛似地自言自語。

「而且使用了上好的漆。」

柚子往櫃內一看，微微偏頭。

「鶴龜，裡面貼著一張紙，你撕下來看看。」

鶴龜依照柚子的吩咐，開始撕下櫃子內側的廢紙。

「啊，這是什麼？好像有東西。」

「有什麼？」

真之介往裡面看，一起撕紙，從底下和邊緣陸續跑出金光閃閃的大金幣。手掌般大小，沉甸甸的。有十枚烙上桐紋戳記的大金幣。

「這是天正的大金幣吧？是太閣秀吉大人的大金幣。我第一次看到。」

真之介忍不住咬了一下大金幣。咬起來的感覺是如假包換、不折不扣的黃金。

㈡

真之介和鶴龜前往土佐宅邸，告訴門衛武士的姓名。真之介以大包袱巾包裹鎧甲櫃，讓鶴龜揹著。

「坂本？我們家沒有那種藩士。」

警衛室內的中間偏頭不解。

「不，他昨天確實站在這扇門前。頭髮亂七八糟，有點邋遢……」

中間重重點頭。

「噢，鄉士坂本啊。如果是他的話，確實在裡面。你們找他有什麼事？」

真之介說明是為了昨天購買的用品而來，中間注視鶴龜背上的貨物好一會兒，留下一句「你們等一等」，進入屋內。

「古董店不能收下這種錢嗎？」

鶴龜捨不得地自言自語。意想不到地出現大金幣，令店裡的人非常開心，但是真之介說要將它還給賣方。

「你買的是鎧甲，又不是十枚大金幣。」

「欸，話是這麼說沒錯……可是，我付了錢……」

「雖說付了錢，卻是風一吹就飛走的萬延小金幣，三十兩那種東西和十枚大金幣等值嗎？」

一枚天正大金幣是四十四匁（一六五公克），黃金的成色高，閃爍著金黃色。相對地，鶴龜支付的萬延小金幣又小又薄，而且銅含量高，顏色偏紅，看起來就不值錢。

「……不過我覺得，老爺總是以幾乎不用錢的低價買進商品，然後大賺一筆。」

「別講那種傳出去不好聽的話。低價買進有價值的商品，是古董品老闆的本事。唯獨具有從一堆破銅爛鐵中找出名品的眼力，才能身為獨當一面的古董品老闆存活下去。」

「……欸。」

「不過，這是祖先為了緊急情況，事先留下來的軍資。這種錢豈能占為己有？」

「是這樣的嗎？」

「再說，跑出這種東西，你守得住祕密嗎？」

「守不住，哎呀，我一定會想告訴別人。」

「所以囉。這種謠言絕對會傳進賣方的耳中，市場上會流傳我們是一家侵占私藏軍資的缺德古董店。相反地，你把錢老實地還回去看看。人們都會相信我們是童叟無欺的古董店。必須連這種事情都列入考慮，永續經營才行。」

鶴龜重重點頭時，中間回來了。

「你們去內側的長屋，坂本在那裡。」

中間的說話方式，令真之介偏頭不解。真之介原本以為：雖說腐朽，但會賣出此等鎧甲頭盔的武士，肯定是藩的重要人士，但是賣方坂本這名武士，是個被中間毫不在意地指名道姓的男人嗎？

前往中間說的長屋打招呼，裡面的人應了一聲。打開正面的紙拉門一看，一名頭髮蓬亂的武士還躺在被窩裡。

「搞什麼，是昨天那個賣古董的啊。怎麼了？果然不值三十兩嗎？」

真之介向他打招呼，告訴他自己是古董店老闆。

「事情是這樣的，我檢查櫃子，從內鑲的廢紙中跑出了這種東西……」

真之介從懷裡掏出小綢巾打開，坂本的眼睛為之一亮。

「哇～真的嗎?!這是大金幣耶。」

坂本拿起來仔細端詳了好一陣子。他用手指彈，拿大金幣互相敲響，然後咬了好幾下，似乎才終於同意了。

「真的好硬，太驚人了！」

「我們也嚇了一跳，不愧是土佐山內大人的……」

「噓！」

坂本在嘴巴前面豎起食指，似乎是嫌真之介太大聲了。這件鎧甲是個祕密嗎？真之介壓低音量。

「山內家的用心誠如傳言所說，所以令人非常吃驚。」

一般民眾也知道，土佐的藩祖山內一豐之妻以藏在鏡箱底部的金子，讓丈夫買名馬的事。真之介誇獎道，但是坂本露出了不以為然的表情。

「愚蠢，何來用心之說？他的妻子或許是挺偉大的沒錯，但一豐大人卻是個虛有其表的傢伙。」

「啥？」

真之介不明白，坂本為何貶低藩祖。

「身為土佐一國的藩主，想必是個聰明絕頂之人吧？」

「非也，一豐大人在關原合戰的戰事評議中，剽竊別人的想法立功，是個狡滑的男人。而且一來到土佐，馬上聲稱要在桂海濱表演相撲，殺了七十多名長曾我部的舊臣，是個令人憎恨的傢伙。他害得土佐的鄉士不知吃了多少苦頭。」

「這樣啊……」

真之介雖然不太清楚內情，但是明白坂本這名男子絕對看山內大人不順眼。

「那，這要怎麼處理？」

坂本目不轉睛地直視真之介。

「是。這名伙計以三十兩買下了大鎧，但是並沒有買下令祖先傳承下來的軍資，所以我們前來返還。」

「是嘛？那真是感激不盡，你真是個老實人。」

坂本笑容滿面地敲響大金幣之後，忌憚四周目光地聳了聳肩。

「有福當同享。」

坂本遞出五枚大金幣，他似乎是想要平分。

「如果你沒發現的話，它會一直沉睡在櫃底。無論是誰，都會認為你應得一半。」

真之介搖了搖頭。

「不，我一點都沒有想要獲得這些大金幣的意思。不過，如果可以的話，我願意將大金幣和大鎧還給你，相對地，希望你將貨款還給我。」

「這件鎧甲果然不值三十兩嗎？」

「欸，我們店恐怕出不起這個價錢。」

「不成嗎？我自認為選了倉庫中看起來最值錢的鎧甲了。」

鎧甲果然不屬於這位頭髮蓬亂的坂本，而是他從土佐宅邸的倉庫中擅自拿出來的。這名武士雖然亂來，但是一點都不覺得慚愧。

「錢我用掉了一些。」

坂本解開錢腰帶的細繩，將錢攤在榻榻米上。經過計算，一共是二十七兩又兩分三朱。

「買回商品時，扣掉一成五是我們店的規定。」

真之介只拿了二十五兩又兩分。客人如果上門賣回在店裡買的商品，真之介會扣掉一成五買回。他扣掉相同的比率。

「你說了算。」

坂本把錢收起來，低頭行禮。

「那麼，告辭了。多謝。」

「且慢。」

「是。有什麼事……」

「我獨占你發現的大金幣，還是令人過意不去，我希望你也收下。」

「可是……」

「哎呀，相對地，我有事相求。請務必聽我說。」

「願聞其詳。」

「藩邸房舍狹窄，我正好想找個地方租房子。貴店原本是客棧，想必有許多房間，能不能讓我寄宿呢？」

真之介重新注視眼前的男子。空房間確實有，但是男子的一頭亂髮令人在意。留這種髮型的男子個性倔強，容易給身邊的人添麻煩。

「欸，但我們是古董店，無法替你照管任何事情……」

「是嘛？不成嗎……能不能設法通融一下呢？」

坂本嘀咕不滿的表情像孩子一般，真之介想要重新觀相。看著剛才到現在的坂本，他的為人令人產生好感。

仔細一看，坂本的五官天庭飽滿。形容漂亮寬闊的額頭明亮開闊，象徵天真爛漫的個性。觀相術中，將額頭的中央由上至下細分為天中、天庭、官祿、印堂，能夠由此看出人天生的運氣，其中位於雙眉間的印堂是觀察天分、天賦、智力的重要地方。坂本的印堂比之前看過的任何人更明亮清澈。他肯定是心懷偉大夢想和野心的男人，八成也有付諸實現的行動力。

——既然如此，些許的困擾就睜一隻眼、閉一隻眼吧。

真之介之所以想收下一枚大金幣，是因為他想和這個男人共同擁有小祕密。

「寄宿費一枚有找。請至寒舍。」

赫然回神，真之介已經如此點頭回答了。

㈢

柚子一面在精品屋的帳房旁邊擦商品，一面想著真之介。

舉行形式上的婚禮，開始一起生活之後時日尚淺，但是滿腦子裡都只有真之介。

——任何一對夫婦……

在閨房都會像那樣做各種事吧？丈夫會讓妻子做出那種令人害羞的動作嗎？一想起這種事，心臟就怦怦跳——

「怎麼了嗎？」

掌櫃伊兵衛問道。

「不。沒什麼。」

柚子搖了搖頭，伊兵衛依舊盯著她看，令她臉頰發燙。

「真的啦。真的沒什麼。」

柚子也知道自己連背部都通紅。伊兵衛淺淺一笑，彷彿看穿了她了心思，令她恨不得找個地洞鑽進去。

「不過，東西賣得精光，客人也沒半個。」

太陽已經爬到高處，三條通上擠滿了人潮，但是商品售罄，沒什麼客人會進入缺貨的古董店。除了擦商品之外，伙計和學徒都沒事做。

「掌櫃，你說鶴龜是貓舔盤，他在前一家店好像被解雇了。你知道嗎？」

柚子悄聲問道。

「欸，人力仲介介紹他來的時候，他裝乖巧，老闆也雇用了他，但是馬上就卸下了假面具。」

「假面具是指什麼？」

「他啊，長得一臉福樣，但其實是瘟神。」

掌櫃說出了令人不能置若罔聞的事。

「瘟神是什麼意思？」

「那傢伙工作過的店，一家接一家倒閉。我一問之下，才知道不只兩、三家，他害七、八店倒閉了。」

「不過，那不是因為鶴龜的緣故吧。肯定只是碰巧運氣不好，只能在那種店工作而已。」

「或許是那樣沒錯，但是話說回來，就是因為他太懦弱，所以才沒辦法到正派的店工作。那傢伙要成為獨當一面的古董店老闆，恐怕很困難。」

柚子微微偏頭。

「你告訴老爺這件事了嗎？」

「欸，說了，但他只是一笑置之。用人不疑，疑人不用。老爺說他相信鶴龜，所以才會雇用他，讓他拿三十兩去買貨的也是老爺。我跟老爺說讓我去吧，反對讓鶴龜去，但是老爺說不能老是要掌櫃為了區區三十兩的買賣到處奔波，這樣生意會永遠做不大，所以就讓他去了。結果落得這般窘境。」

伊兵衛皺起眉頭。

「因為我們是一家新店。我想，老爺也有許多盤算。請你也助他一臂之力。」

「包在我身上，我會嚴格管理伙計和學徒。」

「多謝，萬事拜託。其他伙計都很可靠吧？」

如今，精品屋有四名伙計和兩名學徒。因為經常要搬許多商品，所以年幼的學徒派不太上用場，除非有幾名有力氣的年輕人，否則生意就做不起來。

真之介替伙計取了容易記的名字，依照年紀分別是牛若、鶴龜、俊寬、鍾馗。

「欸，大家多少都搞砸過一、兩件事；也換過幾份工作。因為是新的店，沒有從學徒培養起來的伙計，那也是沒辦法的事。」

聽到伊兵衛的話，柚子想要嘆氣。柚子的娘家唐船屋在京都也是名茶具商，掌櫃、伙計全是從學徒做起，從小養到大。對僕人的教育嚴厲，毫不留情地將沒有未來發展性的人趕出去。正因如此，真之介才能成為獨當一面的古董店老闆。

——原來這裡的僕人盡是貓舔盤。

說不定自己走錯路了——這種擔憂掠過腦海，但是柚子想起可靠的丈夫，搖了搖頭。她愛真之介勝過一切，為此離家出走。她心愛的真之介不可能錯做事。

「伊兵衛，你呢？果然也到處換了不少份工作嗎？」

「年輕的時候，我喜歡這個。」

伊兵衛點了點頭，做了個翻牌的動作。他大概是喜歡花紙牌。

「在大坂到處被店家解雇之後，我成了賭場的討債者，有時會遇到以掛軸、茶碗等用品當成金錢抵債的情形。從流浪武士手上奪走的髒印盒，能夠以一兩賣給古董店，正在高興的時候，沒想到那家古董店竟然以十兩賣給了客人。」

這種事對於古董店而言，是稀鬆平常的賺頭。

「我覺得古董買賣遠比賭博更有趣，於是四處收購古董，開始將貨物帶進京橋的古董市場。我在那裡遇見老闆，他跟我搭話。當時，我也想多學一點關於古董的知識，所以決定受雇於這家店。」

伊兵衛說到這裡，放聲大笑。

「你笑什麼？」

「哈哈哈。沒什麼，仔細一想，在這家店裡，我是貓舔盤的頭頭，沒有資格責備鶴龜。」

看到伊兵衛坦然地笑，柚子也跟著笑了。

「仔細想想，我們夫婦也是私奔的人。這家店的人全部都是貓舔盤。」

「是啊，沒想到貓舔盤格外毅力堅強。話說回來，我認為一直在一家店工作，看似有耐性，但其實是想說的話也不敢說的懦夫。」

「或許確實是那樣沒錯。」

柚子望向全心招呼客人、修護商品的伙計們。無論是機靈的牛若、老是一臉愁容的俊寛、動作遲鈍的高個兒鍾馗，個個好像都有怪癖，但相較於唐船屋的僕人總是祈求每天平安無事，小心不捅婁子，柚子總覺得他們更富有人性。

——就像品質好的樂茶碗一樣……

柚子心想，他們別具一番風味。

「歡迎光臨。」

伙計們的聲音令柚子回過神來，一名皮膚白皙、長相平凡無奇的男子站在店頭。

柚子全身僵硬。

男子是茶道掌門人之子。柚子拒絕和這名男子的婚事，跟真之介攜手逃出娘家。

茶道掌門人之子被五、六人簇擁。一看就知道他們不是本家的人，肯定是素行不良的玩伴。

「我偶然聽到妳和唐船屋的掌櫃開了一家古董店，所以想來瞧一瞧是家怎樣的店……哇，這真是一家氣派的古董店。」

茶道掌門人之子抿嘴笑道。柚子最討厭那種輕蔑別人的笑容。

「歡迎光臨。有想找的商品嗎？」

柚子故意形式化地招呼他。

「有。我終於在這家店找到了。」

「欸，是什麼呢？」

「柚子小姐，就是妳。」

茶道掌門人之子一使眼色，身穿花哨便裝的男子一把抓住柚子的手腕。柚子試圖甩開，但是男子的力氣大，她反抗不了。

「你要做什麼？」

「這句話該由我來說。妳是要嫁給我的人，趕緊回娘家，準備出嫁。」

「我嫁到這家店了，我應該老早就拒絕了和你的婚事。」

「妳或許拒絕了，但是我沒有拒絕。既然我想要娶妳，妳就不能拒絕。我和善右衛門約定好了。」

茶道掌門人之子揚了揚下顎，另一名男子更用力地抓住柚子的另一隻手。

「喂，別太不講理……」

掌櫃伊兵衛想要介入其中，但是兩名男子不理他，更加用力。

「說是新娘，卻還有眉毛，牙齒也是白的（譯註：江戶時代，已婚婦女會剃除眉毛，染黑牙齒），肯定不是真心要嫁過來的。如果妳現在回心轉意，我不會計較這些小事。快點，帶她回娘家。」

伊兵衛吊起眉梢，露出當真動怒的表情。

「喂。不要太亂來！我家夫人說都不要了，你們耳聾了嗎？」

伊兵衛發自丹田出聲，嚇得幾名男子畏縮了。伊兵衛的聲音迫力十足，足以讓半吊子的浪子嚇得渾身打顫。柚子趁機甩開男子的手，衝進店內。

胡亂脫下木屐後爬上二樓，衝進最裡面的房間壁櫥，關上紙拉門。

柚子一心以為，隨著她和真之介私奔，嫁進茶道掌門人家的婚事會不了了之。難道茶道掌門人之子還沒死心嗎？

——還有眉毛，牙齒也是白的。

茶道掌門人之子的話，像是一刀刺進柚子心坎裡。如果自己真的嫁給了真之介，就必須表現得像個妻子。之所以沒有那麼做，難道是因為自己還沒有徹底準備好為人妻嗎——

柚子在壁櫥裡抱住自己的肩膀，就這樣一動也不動地靜靜待了好長一段時間。

㈣

從土佐宅邸回來的真之介，帶著一名古怪的武士。

他身穿黑紡綢的外掛和仙台平（譯註：以宮城縣仙台生產的細絲綢製成的褲裙布料）的褲裙，但是領口有點邋裡邋遢。

柚子端茶給那個名叫坂本龍馬的武士，聊一陣子之後，得以抹去腦海中茶道掌門人之子那張討厭的臉。她原本以為坂本如同外表，是個邋遢的無賴漢，但是似乎並非如此。他是個灑脫的男人，令人出乎意料之外。

「哎呀，這麼說來，坂本先生也是個貓舔盤嘛。」

柚子聽到坂馬其實曾經離藩，不由得感到開心。

「貓舔盤是什麼意思？」

坂本偏頭不解。

「像貓邊走邊舔盤子，這邊舔一口、那邊舔一口，形容不肯安分待在一個地方的人。這大概是京都才有的說法。」

「原來如此，我被赦免離藩的罪，處以禁閉。不過，我對於像狗一樣服侍大人敬謝不敏。像貓一樣輕鬆地到處走來走去反而適合我。」

「說到離藩，坂本大人也是攘夷黨嗎？」

真之介詢問心裡在意的事。近來，在京城中囂張跋扈的離藩浪士，幾乎都是尊王攘夷的志士。其中也有令人束手無策的暴徒，十分棘手。

「噢，我之前是，但是我改變想法了。攘夷真是令人笑破肚皮。」

「欸……」

和坂本面對面談話，真之介只是頻頻點頭。儘管如此，好像還是會被莫名地挑起對遠大理想的憧憬，真是不可思議。

「你們也知道，攘夷的開端是黑船吧？」

美國的培里提督率領的四艘黑船，於十年前——嘉永六（一八五三）年來到浦賀。在江戶印刷的瓦版（譯註：江戶時代，即時報導天災，沿街叫賣的印刷物）也流傳到京都，真之介記得自己也看過。他忘不了非常雄偉的軍艦和鬼怪般的外國人圖畫。

「我聽說德川將軍沒有詔令就和外國簽訂條約，是這場騷動的起源。」

「那確實是如今騷動的主因。但是，雖然世人口口聲聲高喊攘夷，但是你們認為如今的日本有能力趕走黑船嗎？」

真之介雖然經常假設攘夷戰爭爆發的情況，但是在不靠海的京都，實在沒有真實感。真之介和柚子同時偏頭。

「哈哈，你們是一對相配的夫婦。默契十足。」

「假如真的發生攘夷戰爭的話，到底會變成怎樣呢？」

柚子皺起眉頭。

「會輸。按照目前的情況來看，日本鐵定會輸。不管怎麼向神佛祈求，大炮也不會飛到遠方。」

「這麼一來……」

真之介也感到不安。

「你們知道清朝吧？如今在那個國家裡，比起清朝的人，美國人和英國人更有錢許多，高傲得不可一世。日本大概也會變成那樣。」

「我不要那樣。」

「嗯，我也不樂見。必須設法阻止那種情況發生才行。」

「這樣的話，只有戰爭一條路可走了吧。我不想被外國人當作狗一樣看不起。」

「不，按照目前的情況來看，不能引發戰爭。引發戰爭的話會輸。首先是海軍。日本也必須準備船隻，數量多到旗鼓相當才行。」

「海軍……如果準備船隻的話，就贏得了嗎？」

真之介趨身向前。

「嗯，贏得了。值得慶幸的是，藩政府命令我學習航海術。機會難得，我打算改天要讓天子和朝臣搭乘軍艦。一旦實際出海，他們想必會知道海防的重要性。」

坂本的話對於真之介和柚子而言，規模太過壯大，令他們連連吃驚。然而，看眼神就知道坂本不是在吹牛。他是真的打算那麼做。

「不過，那不是我的提案，是我的師父勝海舟大人的想法。他是幕府的臣子，非常偉大。我起先以為他是個心術不正的傢伙，想要斬殺他而去求見，結果立刻受到他的見識感化，拜入他的門下。」

坂本十分愉悅地描述勝這位人物。熱切的口吻，連聽的一方都喜歡上了素未謀面的勝。

「幸好被赦免了離藩的罪，我今後打算在勝大人身邊認真學習航海術。」

坂本講得正起勁時，腳步聲從外頭的走廊由遠而近。

「坂本大人，有客人找您。對方是土佐的岡田大人。」

學徒從紙拉門對面喊道。

「哦。以藏來了啊。請他進來。」

坂本應道，真之介和柚子說了句「那麼，你們慢慢聊」，點頭致意後，從二樓的客廳離開。

進入店內的是一名陰沉的圓臉武士。他之所以氣喘吁吁，大概是因為用跑的來。左手搭在刀的護手上，目光小心翼翼地留意四周，以便隨時都能拔刀出鞘。真之介和柚子看著他跟在學徒身後上樓，面面相覷。

「哎呀，這位客人感覺好陰沉。」

「嗯，光看就令人不寒而慄，大概是所謂的殺氣吧。他和坂本似乎是朋友，應該不是刺客。」

兩人從樓梯底下觀察，二樓的走廊響起巨大的腳步聲。真之介立刻做出保護柚子的反應。先衝下樓的是坂本，手中握著刀。

「糟了！勝大人遭到刺客襲擊了。」

他留下這麼一句，和剛才的客人一起衝出店外。

「遭到襲擊……好嚇人啊。」

「刺殺事件不是一天、兩天的事了，但是聽到身邊發生這種事，還是令人毛骨悚然。」

真之介和柚子聳了聳肩，鑽過內暖簾。

攘夷和刺殺交給武士，商人必須工作。

方才從桝屋剛搬來的貨物堆在內側的流理台旁。好幾個箱子裡塞滿了雜七雜八的商品，所以要分類，該洗的洗，然後訂價。

「這個兩分。這個兩三分又二朱。」

適合女性的飾品由柚子訂價。梳子、簪子和化妝用品等，雖然不是頂級的上等物，但這堆商品在熱鬧的三條通很暢銷。

埋首於分類商品兩小時左右，學徒來叫真之介。

「坂本先生回來了，他找老爺。」

真之介一上二樓的客廳，發現除了坂本和剛才那名陰沉的武士之外，還有一名個頭矮小的中年武士。他背對牆龕坐著。

「這位是我剛才提到，負責軍艦事務的勝海舟大人。他昨晚遭到刺客襲擊。雖然因為這位岡田以藏跟隨，所以獲救，但是情況十分危險。我有一事相求，能不能暫時讓他在這裡藏身呢？」

坂本介紹的勝明明是身分高的旗本，但他笑容可掬地說：「請多指教。」似乎是個隨和的人。

真之介忍不住目不轉睛地注視勝海舟的臉。

勝的一張小臉上，最具特色的是眼睛。

明明在笑，但唯獨眼睛直視著真之介。那是所謂的獅子眼，眼珠和眼白分明，眼尾銳利。那是有仁有義，備受世人尊敬的長相。眼睛稍微凹陷，象徵富有智慧、觀察力強。清楚彎曲成「ㄟ」字的眉毛，代表他的個性頑強，不好對付。真之介認為，他肯定是做大事的傑出人物。

他在幕府之中，想必也是個有政治權力的男人。

「將軍一行人浩浩蕩蕩，好像江戶城搬了過來，所以二條城的每一間寺廟都住滿了人。我原本住在距離這裡不遠、位於三條小橋的客棧，但是他說這裡比較安全。哎呀，不用擔心我。反正我忙得很，回客棧也只是睡覺。而且不過一、兩晚而已，我馬上就得回大坂。」

勝一副江戶人的豪邁語氣，發出聲音啜飲柚子奉上的茶水。放在一旁的刀，刀的護手纏上一圈又一圈的提繩，刀拔不出來。

「噢，這個嗎？我非常討厭殺人。我下定了決心，就算被人砍，我也不會回砍對方。岡田你們也不可以因為被人稱為殺手而感到開心。像昨晚，你把人從中砍成兩半，那種舉止最好到此為止。」

「可是勝大人，昨晚大概有三名刺客，如果不那麼做的話，您就被人殺害了，然後現在和尚八成正在唸經，舉辦葬禮。」

岡田一反駁，勝輕輕點頭，又發出聲音啜飲茶水。

(五)

日暮的同時，關上了大門。

近來，京城入夜後也不得安寧。人來人往到三更半夜，有時候會有一群人一面高喊什麼，一面奔竄而過。說好聽是草莽志士，說難聽是一般闖進屋裡行搶的強盜變多了。

「治安變得相當不好，你要小心。」

柚子將燈籠遞給整理好服裝儀容的真之介，他要去向桝屋的喜右衛門道謝。今天的貨物當中，有許多好商品。反正八成會到先斗町或祇園續攤，所以很晚才會回家。

「你明明可以帶一個學徒去，鍾馗就是個好保鏢了。」

鍾馗是一個身高將近六尺（一八二公分）的彪形大漢，曾經當過業餘相撲的橫綱（譯註：相撲選手的最高等級）。

「比起我的安危，我更擔心妳。就算勝大人和坂本先生回來了，也不可以馬上開門，要先確定聲音是誰唷。聽到了沒？大家就拜託妳了。」

真之介一出門，柚子立刻牢牢地栓上小門。

柚子看到掌櫃伊兵衛召集伙計和學徒們開始學習，讓兩名女婢坐在內廳。

難得在古董店工作，柚子希望她們學會如何使用茶具。她今晚打算教她們茶碗的收納方式、箱子的繩子打結方法。

「對對對。包上頂級的仕覆（譯註：包茶具的袋子），妥善放進桐木箱之後，茶碗看起來也很溫暖幸福吧？」

「真的。哎呀，總覺得幸福了起來。」

「看起來非常高級。」

「妳們嫁進古董店的話，學會使用茶具應該會派上用場。改天找機會，我們來練習泡茶吧。」

「感謝夫人。」

這是天目；這是志野，柚子教導茶碗的基礎知識和使用方法一陣子之後，讓女婢回房。

柚子想在真之介回來之前，找塊好布匹，縫個茶罐袋，正要準備拿出收放在壁櫥中的縫紉箱時，靠緣廊的紙拉門突然打開。

一名手持白刃的陌生武士，一臉駭人的表情霍地矗立眼前。

「咦……」

柚子屏住氣息。

武士瞪視柚子。精品屋的後方是寺廟的腹地。圍牆上有竹籬，但他肯定是破壞竹籬進來的。

柚子想呼救，但是喉嚨哽住，發不出聲。

武士進入內廳，將刀尖抵在坐著的柚子喉嚨上。

柚子一後退，縫紉箱翻倒，其中的針線散落一地。

接著，三名武士二話不說地迅速入內。個個拔刀，腳上穿著鞋。

「勝幾點回來？」

最後進來的一名武士問道。他是個年長的男人，八成是帶頭的。抵在柚子喉頭的刀使勁往前逼進。

柚子搖了搖頭。

「我……我不曉得。」

「把他藏起來對妳沒好處。」

「我沒有把他藏起來，他沒說幾點回來。」

「勝是奸賊。他是會對這個國家做壞事的大惡人，所以非取他性命不可。」

年長的武士吊起眼梢，低聲呢喃道。

「取、取他性命……你要殺他嗎？」

武士們沒有回答，觀察店內的動靜。

「老爺出門了吧？老闆娘在哪裡？」

「我、我就是……」

柚子勉強回答，武士瞪視她。

「別撒謊！天底下哪有牙齒白的老闆娘?!」

柚子緊咬嘴唇。繼白天之後，這是第二次被人這麼說。

「欸，算了。我們馬上結束他性命，妳乖乖待著！」

柚子連忙搖頭。

「有、有人要在我家遭人殺害，我怎麼能乖乖待著？」

柚子想後退高喊，帶頭的武士使了使眼色。滿臉鬍子的武士用掛在腰上的繩子，將柚子反手綁住。

四名武士手腳俐落。

他們讓柚子站起來走路，短刀依舊抵在她喉嚨上，一一檢查所有房間。

然後將女婢、伙計、學徒、掌櫃一個接一個綁起來。

掌櫃伊兵衛睜大眼睛瞪視武士們，但是柚子喉頭上的白刃閃爍，伊兵衛無法出手，只能乖乖受縛。

武士們讓所有人坐在廚房的木板房間。

——沒有看到鶴龜……

店裡的人全被綁住手，聚集在木板房間，唯獨鶴龜不見人影。

——他大概是外出了吧。

倘若如此，希望他告訴真之介這件棘手的事。

「在我們取奸賊性命之前，如果你們安靜別動，我們並不打算危害你們。」

時間已是亥刻（晚上十點）左右了吧。附近因為酒宴而吵吵鬧鬧的客棧，也差不多安靜下來了。

四名武士當中的三人緊挨著店的大門，手持白刃地坐在門框上。他們大概打算等勝回來，襲擊他。

在廚房的木板房間監視柚子和店員的武士非常年輕，年紀大概比柚子小，才十七、八歲吧。像少年般的長相，表情十分緊張。

「你還年紀輕輕的，不可以殺人。」

柚子以勸戒的語氣低聲道。

「安靜待著！」

年輕武士皺起眉頭。

「不，我不閉嘴。我怎麼能閉嘴？」

刀尖抵在柚子的眼睛正前方。

「勝是毀滅這個國家的大惡人，女人不要多嘴。」

柚子搖了搖頭。

「如果你們要替父母報仇的話，我會助你們一臂之力，也會替你們加油。但是，不要為了國事或攘夷而殺人。」

「吵死了，閉嘴！」

從店內竄出壓低聲音的斥責聲。

年輕武士瞪視柚子好一陣子，從懷裡拿出手帕，想要堵住她的嘴。

柚子立刻嘟囔道：

「家母去告訴勝先生了。」

武士們以為除了柚子之外，另有夫人。柚子打算將計就計。

「妳說什麼？」

「欸，沒錯，家母去告訴他了。因為你們一擁而入，所以家母連忙衝出去了。如今一定……」

年輕武士一呼喊，年長的武士便跑了過來。仔細往上剃的月代（譯註：日本成年男子的傳統髮型。將前額至頭頂的頭髮剃光，使頭頂皮膚呈半月形）看起來異常冷酷。

「她說，這家店的老闆娘出去了。」

年長的武士搖了搖頭。

「小門從門內上了鎖。沒有人出去。」

柚子失望了。如果小門從內側關上，那麼鶴龜也沒有外出。他是否去了廁所，趁機躲在那裡呢？

「啊，對了，勝大人說他今晚不會回來。」

掌櫃伊兵衛像是想起來似地低聲說。

「你說什麼？」

年輕武士情緒激動。

「不要相信！那肯定是謊話。這些傢伙想到什麼說什麼，最好堵住他們的嘴。」

柚子和伊兵衛的嘴裡被塞進了店裡的舊破布。

九個人被綁住坐在一個地方，感覺度秒如年。

武士們手中的白刃迸發殺氣。

如果勝回來的話，肯定立刻會被砍殺。

——假如真之介先回來的話……

他鑽過小門的那一剎那，八成就會被一刀砍死。柚子想像丈夫伸出脖子，頭顱掉落在泥地房間的模樣，渾身顫抖。假如真之介遇害的話，柚子實在不能獨活。

——非得想辦法才行。

柚子快要發瘋了。身體被捆綁，究竟能做什麼呢？

——只能設法呼救。

柚子下定決心。

總之，試著引發一陣騷動再說。如果自己發生什麼事的話，沒有被堵住嘴的人應該會大聲呼喊。附近的人八成會察覺。只好賭一賭了。

柚子想趁機站起來時，有人從店內側出現。

「你、你們全部滾回去！立刻從這家店出去！」

是鶴龜。他將火繩槍抵在腰上，作勢要開槍。火繩上點火冒煙，而且火門蓋已經打開。鶴龜將手指搭在板機上。

「這、這、這裡是，我、我們重要的店。豈、豈能讓你、你們隨、隨便亂、亂來！」

肉餅臉的鶴龜雖然說話結巴，但是堅定地面對武士們。

他腰上插著橡木棒，難道是打算以它作戰嗎？鶴龜明明個性懦弱，卻有這種膽量，令柚子大吃一驚。

鶴龜往前踏一步，年輕武士嚇得後退。

「笨蛋，他是在虛張聲勢。」

帶頭的武士輕蔑地撇嘴。

「但是，發出槍聲的話，會被鄰居察覺。」

年輕武士採取警戒。

「沒、沒錯。他說的對。你等著瞧，如果發出『砰』一聲，附、附近的人就會嚇一大跳，火速趕來。這、這一帶的客棧，住、住滿了德川的武士。你、你們馬上就會被、被逮捕。」

頭目的武士將手上的刀還刀入鞘。

——得救了。

柚子鬆了一口氣。

武士大步向前，站在鶴龜的正前方，槍口陷入了腹部。

「我、我要開槍囉！」

「蠢蛋！槍管裡有蜘蛛網，裡面沒裝火藥和子彈。」

柚子的心安一瞬間消失。武士直接握住步槍的槍筒，用力一扯，從鶴龜的手中搶了過來，然後用槍托往後退的鶴龜心窩狠狠一戳。鶴龜癱軟倒地。

「看你們還敢不敢掙扎！」

武士回頭的那一剎那，掌櫃伊兵衛跳起身，衝下泥地房間，用頭撞頭目武士的下顎。發出骨頭碎裂的巨大聲響，武士仰身倒下。

三名武士揮刀砍向伊兵衛，似乎打算大開殺戒。

伊兵衛忽左忽右地閃躲，他直接穿越流理台旁，衝向店的大門；大概是打算用身體衝開門，但是門沒有被撞開。

武士砍向站在大門前的伊兵衛。

伊兵衛身體被綁，忽然往下一沉，假裝要往右閃卻往左閃，假裝要往左閃卻往右閃。接著改為逃向廚房。

——就是現在！

柚子想要在木板房間站起來。

——啊！

驚人的是，柚子動作僵硬地正要站起來時，牛若、俊寬、鍾馗三人已經站起來了。他們從木板房間用身體衝撞追著伊兵衛而來的武士們。

伊兵衛衝向倒地的鶴龜，背對著他。

大概是要鶴龜替他解開繩索。

鶴龜爬起來，動手解繩，但是遲遲解不開。

帶頭的男子想要砍向伊兵衛時，鶴龜抽出腰上的橡木棒，坐著胡亂揮舞。他一面以右手揮棒，一面以左手替伊兵衛解繩。

武士看準時機，一手抓住橡木棒，右手持的白刃一刀揮砍過來。

在那一剎那，伊兵衛的繩索解開了。他馬上抓住掉落的火繩槍，打橫揮向武士的腰部。

武士重心不隱，但仍砍了過來。

伊兵衛依舊坐在地上，以火繩槍的槍身穩穩擋住了那一刀。

他直接起身，連刀帶人將武士架開。

伊兵衛趁武士步履蹣跚，自己取出口中的破布。

「喂喂喂，你們鬧夠了沒有?!穿著鞋侵門踏戶，在別人的店裡胡作非為，實在不可原諒。如果要插嘴國事，我希望你們先學會不要給別人添麻煩。」

伊兵衛斥喝頻頻顫抖的鶴龜。

「笨蛋，還不快點解開大家的繩索！」

伊兵衛揮舞火繩槍，趕走武士。鶴龜解開大家的繩索。

「我說，大叔啊。我不曉得你是勤王派的志士或什麼人，但是身為一個人，最重要的是守禮，不是嗎？少了禮儀，豈不是連禽獸都不如嗎？」

武士一臉極為不悅的表情，又架起了刀。

一看之下，刀刃缺了一大塊。原來是剛才砍中火繩槍的槍身時，刀刃損傷了。

伊兵衛將火繩槍拋向武士，雙手往旁邊張開，雙腳踏定，連珠炮般地開罵：

「你少看不起商人！我從一出生就愛打架。就算沒有刀，我用一根手指頭都可以挖出你的眼珠子。或者用手戳進鼻孔，挖出你的腦漿。」

伊兵衛嚇人的氣勢和神色，令武士們憤恨地你看我、我看你。

「好，客人要走了。大家恭敬地送客。」

伙計和學徒在店內排成一列。

學徒打開小門，武士們一一出去。

帶頭的武士走出去時，對伊兵衛喊道：

「你豁出性命啦？」

「那當然，我們只能靠自己，無論是死是活都要全力以赴。」

武士點點頭，從小門出去。

「身為商人，送客人走時不說句謝謝，總覺得既冷淡又空虛……」

伊兵衛低喃道。

「謝謝惠顧。」

伙計和學徒異口同聲，深深一鞠躬。

㈥

坂本龍馬、勝海舟和岡田以藏三人回到精品屋，是在趕走武士們之後不久。牛若和鍾馗身上的和服裂開，肩膀和手臂流血，所以正在店裡貼膏藥。

「發生了什麼事嗎？」

勝海舟問道。柚子訴說事情的來龍去脈。

「昨晚的那群傢伙帶夥伴來了。」

岡田以藏聽柚子說完，想要衝出店外。勝制止了他。

「別去了。就算找到了他們，也只是互砍而已。毫無意義。」

勝重新面向柚子。

「給你們添麻煩了，幸好大家都性命無虞。」

勝柔言安慰，柚子原本緊繃的心情放鬆，眼淚撲簌簌地掉了下來。

「不過話說回來，這間店的人都好強，令武士顏面掃地。」

「欸。店裡的人合力趕走了他們。」

最令柚子開心的是，店裡的人團結一致，擊退了武士。

其中，尤其令柚子感動的是，平常畏畏縮縮的鶴龜鼓起勇氣對抗武士。

「你十分具有男子氣概。」

柚子對自己感到羞恥，居然一度嘲笑鶴龜是貓舔盤。

鶴龜受到誇獎，忸忸怩怩地不好意思。

「怎麼可以亂來。掌櫃先生，你會這個嗎？」

坂本做出握刀的動作。

「不，我不會劍術。我生性熱愛賭博和打架，所以一點也不怕刀。不過，因此被好幾家店解雇。」

「欸，那一記頭槌棒透了。那是你的絕招嗎？」

柚子的發問，令勝和坂本放聲大笑。

「任何一個流派的絕招當中，都沒有頭槌這一招。」

「打架是先下手為強。大坂的流氓稱之為先發制人，先用力給對方一拳再開始動手打架。那就是先下手為強的祕訣。」

「那是連孫子也不得不甘拜下風的兵法。」

坂本愉悅地點頭。

「今晚最大的功臣是鶴龜。從倉庫拿出那把壞掉的步槍，這個行為值得讚賞。沒有火藥和子彈，卻用步槍恐嚇武士，好膽量。哎呀，我對你刮目相看了。」

掌櫃伊兵衛誇獎鶴龜。

「鶴龜，真的謝謝你。」

鶴龜的英勇奮戰，令柚子打從心裡感到痛快。

「欸，那是因為……」

「因為什麼？怎麼了？」

「那是因為如果這家店倒了的話，就再也沒有地方肯雇用我了……這麼一想，就產生了一股莫名的力量。」

柚子看到害羞的鶴龜，忍不住落淚。真之介雇用的是一群非常優秀的年輕人。

——就算他們是貓舔盤又怎樣？

這麼一想，更是淚如泉湧。

聊了一陣子，店裡的人也終於心情平靜了下來，所以決定嚴鎖門戶就寢。海舟有三名護衛的武士隨身。據說他們會在店的前門和後門守夜，所以能夠放心休息。

柚子在內廳並排鋪了兩床棉被，等真之介回來。柚子坐著心想：等他回來之後，要告訴他所有的事，讓他擔心；但是等了老半天，也不見他回來的動靜。

——搞什麼。店裡亂成一團，老闆卻無憂無慮地在祇園遊玩嗎？

倘若如此，實在不可原諒。

柚子坐著等待時，意識到自己在生氣。

——真是個不負責任的傢伙。

柚子在夜深的閨房中，孤單地坐著。

各種思緒在腦海中打轉。娘家父母的事、白天來店裡的相親對象茶道掌門人之子的事、真之介的事。該怎麼做，大家才會承認柚子和真之介的關係呢……

——對了。

柚子兀自點頭，拿出鏡子。她拉長方形紙燈的燈蕊，點亮燈光。盯著鏡中自己的臉好一陣子，然後下定了決心。

——嫁作人婦就要有為人婦的樣子。

今天的貨物中有一樣派得上用場的東西。柚子將它拿來，又坐在鏡子前面。

拿起用品，內心終究感到惶惶不安。

——這麼做真的好嗎？

柚子問鏡中的自己。

——我已經不能走回頭路了。這樣好嗎？

柚子問自己，點了點頭。答案只有一個。自己是為了和真之介共結連理，才誕生在這個世上的。

柚子一下定決心，便動起手來。

她毫不猶豫。鏡中的容貌逐漸改變，反而令她引以為傲。這麼一來，就能在這個家裡牢牢地扎根。這麼一想，心情激動。

柚子聽見門口的小門打開的聲音，是在天開始亮的時候。

她走到店內，從小門進來的真之介看到守夜的武士，嚇了一大跳。

「哎呀，怎麼了？」

「欸，發生了一點事。不過，已經沒事了。」

真之介好像喝得相當醉，腳步晃晃搖搖，衣衫不整。

「倒是阿真，你沒事吧？」

「嗯，我沒有喝很多……」

真之介看到柚子，表情僵硬。

「哎呀，妳、妳怎麼了？」

「欸。怎麼樣？好看嗎？」

真之介將臉湊近，仔細注視柚子。他呼出的氣中發出酒臭味。

「嗯～看起來好像別人。」

柚子在夜裡用鑷子一根根拔掉眉毛，以鐵漿染黑了牙齒。

「欸，我變成了別人。我正式嫁進了這個家。」

柚子原本想等娘家的父母，正式承認自己和真之介的關係之後，再化已婚婦女的妝，但是如果要等他們承認，不曉得要等到什麼時候。當今世上，說不定會被突然闖進門的賊人殺害。如果要死的話，柚子想先成為真之介的妻子再死。

真之介坐在廚房的門框上，說他想喝水。

柚子從井裡汲起黎明時分的水，倒進茶碗，真之介喝得津津有味，一口喝光；然後又仔細端詳柚子的臉。

「妳好美。看起來非常像個好妻子。」

「只是看起來像嗎？」

「不，內在也是不折不扣的好妻子。」

真之介握住柚子的手。

「你累了吧？早點休息。」

真之介搖搖頭，他起身走到井旁邊，將吊桶裡的水倒進盆子。

春天的早晨尚有寒意。

真之介嘩啦嘩啦地從頭沖到脖子，脫光上半身，用手帕用力搓洗。

「酒已經醒了。有這麼好的妻子，豈可從一大清早就在睡覺？」

話一說完，真之介用雙手拍打臉頰，神情繃緊。他已經打算要工作了。

起床的學徒們精神奕奕地打開大門，店內充滿了令人心情愉悅的晨曦。

——多謝大家。

柚子忍不住在心中雙手合十，感謝這一群可靠的貓舔盤。

平蜘蛛的茶釜

（一）

客人一走光，柚子眺望擺在店頭的許多商品。

雖然是比不上精品屋這個屋號的俗貨，但每一樣商品看在柚子眼中都是寶貝。

她以雙手手掌捧起紅色的樂茶碗。

渾圓柔潤的觸感，十分貼合手掌。令人想在春天的原野鋪上毛毯，享受在野外泡茶的樂趣。

「真是個好茶碗。」

低喃之後，背後發出聲音。

「要怎麼做，才能像老闆娘一樣，成為商品的鑑定高手呢？」

伙計鍾馗看著柚子的手邊。

真之介取的綽號很貼切，他是個一臉嚴肅的年輕人。一開始令人難以接近，但是看到他的工作模樣，柚子漸漸明白他的內心溫柔。

「要成為鑑定高手的不二法門是，親眼看、親手摸過許多好商品，然後將色澤、觸感烙印在腦海中。好東西就是截然不同。除此之外別無他法。」

「那麼，每天拚命觀察店裡的商品，就能成為鑑定高手，是嗎？」

「這家店裡的東西嘛……」

柚子正要搖頭，但是作罷。

那些是真之介揮汗進貨的商品，柚子不想貶低它們。

「雖然有許多好商品，但是在商品的世界中，好還有更好。要成為真正的鑑定高手，必須接觸更好的商品。」

柚子從小在許多珍貴器物的包圍下長大。父親善右衛門會親自泡茶，教她茶碗、茶釜、水指、茶罐、茶棗、茶杓等的美麗之處、銘的由來。柚子的眼界自然不凡。

這家店的伙計們對商品幾乎還一無所知。

「好商品嗎……不過，妳現在拿在手上的是天下的名品吧？老爺曾驕傲地說，那是長次郎的赤樂茶碗。」

長次郎是從前受託於千利休（譯註：一五二二—一五九一，安土桃山時代的茶人，日本人稱茶聖），燒製茶碗的陶藝工。赤樂茶碗並非是能輕易在町內的古董店店頭看見的茶碗。

「欸，稱得上是長次郎沒錯……」

「稱得上是……箱子上不是也那麼寫的嗎？」

桐木箱的蓋子上，確實以毛筆寫著「赤樂茶碗長次郎作」，還不忘寫上銘「一文字」，的確是天下知名的寶物。

「欸，因為這算是以假亂真的東西。」

「以假亂真……以假亂真嗎？它不是真的嗎？」

耿直的目光，令柚子有些難受。

「如果是真正的長次郎，會有許多客人肯出幾百兩、幾千兩買這一個茶碗。但是在我們店裡才賣一兩，你必須以這個價錢思考。」

「是……我們覺得一個茶碗賣一兩，都貴得嚇人了。但是去附近的瀨戶物屋，一個六文的茶碗多的是。」

「這個茶碗並不差，而且以它泡的茶很好喝。」

茶碗本身沒有錯。燒製它的陶藝工考慮到喝茶者的心情捏黏土，好讓茶碗貼合手掌。不過，有人貪心地想賣高一點的價錢，在箱子上寫下了好賣的名字。寫的人說不定是陶藝工本人，但是就算這麼做，茶碗本身也沒有錯。

柚子熟知長次郎的茶碗有多出色。

在娘家唐船屋，從真正的樂家第一代長次郎起，經手過好幾個歷代的樂茶碗。渾圓柔潤，以及拿在手裡時令人驚訝的輕盈感，果真是絕品。

「真品那麼不得了嗎？」

「是啊，如果和這個相比的話，真正的長次郎的茶碗，丰采完全不一樣……有一種難以用言語道盡的深奧品味。該怎麼說才好呢？好像它光是在那裡，就會使氣氛變得柔和。」

「真想親眼見識一次。」

「除了茶碗之外，人稱名品的東西都有一定的韻味。像是與次郎的茶釜，也有一種無法言喻的飽滿。」

辻與次郎也是製造利休喜愛的茶釜，獲得豐臣秀吉授與「天下第一」稱號的名茶釜師。

「那是與次郎的茶釜吧？」

店內的黑檀木櫃中，確實擺著「與次郎作」的茶釜，但是有些地方的線條張力不足，柚子並不喜歡。

「那是一個好茶釜。可是啊，該怎麼解釋才好呢？它和真品不一樣。該說是品格，或者是風韻呢？看過幾件真品之後，你就會明白。」

鍾馗偏頭不解。

商品的事再怎麼用口頭解釋，對方也不會懂。唯有拿起真品觀察，銘記在心直到作夢也會夢見才行。

「欸，這種事情沒辦法一步登天。你慢慢觀察商品記住就是了。」

「是……」

鍾馗正要說什麼時，客人上門了。

「打擾了。」

一名和尚站在店頭。

不，仔細一看，是一名光頭的武士。身穿外掛，腰佩雙刀。

那張眼尾上揚的長臉似曾相識，他是長州藩的高杉晉作。

「高杉大人，你的頭怎麼了？」

高杉的頭變成了只剩下一點髮根的光頭。

他原本留的是勤王風格的髮型，只剃出一點月代，所以剃成光頭十分顯眼。長臉看起來格外長。武士完全剃光髮髻，變成光頭，想必有相當嚴重的事情想不開。

「這並不好笑。藩政府的一群混帳老是說些沒頭沒腦的事，所以我請了十年的假。」

「欸，你可真是下了相當大的決心啊。」

高杉的嘴角露出笑容，撫摸光頭。

「被老闆娘妳這麼一說，我全身都無力了。京都話有一股魔力，不管做什麼都提不起勁。在皇宮也是這樣。和朝臣交談，我都志氣消沉了。完全搞不懂對方心裡是否認真。」

晉作說他受命於藩，到皇宮的學習院執行公務，但是受夠了那裡的朝臣和勤王者的庸俗，馬上辭去了職務。

——推翻幕府。

高杉的腦海中有這個念頭。

——應該暗殺人在京都的德川將軍家茂。

他四處勸說，但是贊同者寡。

他耐著性子，慢慢說服藩的重要人士周布政之助，但是晉作激進的意見完全沒有受到採納。

——十年之後，說不定會成為那種時代。

晉作順著周布的這句話，提出休假十年的申請，獲得了批准。留髮髻已然無用，索性剃了個光頭。

「話說回來，我今天挖出了稀世珍品。請妳用高價買下。」

候在高杉身後的中間，卸下背上的大包袱。

「欸，是什麼呢？」

「天下的頂級名品——平蜘蛛的茶釜。」

「欸……」

柚子偏了偏頭。不可思議的男人帶來了不可思議的名品。

從包袱巾出現一個暗茶色的杉木板箱。

側蓋上寫著「茶釜稀世珍品平蜘蛛」。似乎是剛才寫的，還發出墨汁味。

「欸，好漂亮的簽署。」

「是吧？」

高杉抿嘴笑道，抽出蓋子，傾斜箱子，一堆生鏽的骯髒廢鐵統統滾了出來，似乎是鍋子或飯鍋的碎片。

「這是什麼？」

「虧妳還是古董店老闆娘，連平蜘蛛的茶釜都不知道啊？」

由於羽釜扁平的釜身四周突出羽翼，狀似匐匍的蜘蛛，因此人們如此稱呼它。

「高杉先生說的是，松永彈正的茶釜嗎？」

光說平蜘蛛的茶釜，有好幾種同樣的形式，但是說到天下名品，茶道中人首先會想到彈正的茶釜。

「是啊。正是那個造反男人的茶釜。」

「平蜘蛛的茶釜是什麼呢……」

伙計鍾馗一臉詫異，拎起廢鐵。

「你真是個不用功的古董店伙計。不知道松永彈正嗎？」

「他不是叫做松永大膳嗎？」

「大膳是歌舞伎角色的名字，而且故事編得和事實完全不同。其實他叫做松永彈正。」

「老闆娘，妳最好仔細教導他。」

「欸。松永彈正久秀是從前元龜天正時期，對織田信長叛變的武將。信長包圍城堡時，對他說『如果你交出平蜘蛛的茶釜，我就饒你一命』，但是他說『與其交給你，我寧可一死』，自己點燃炸藥，和茶釜一起炸得粉身碎骨。」

「這些就是那世上少有的茶釜碎片。因為是珍品，應該能訂相當高的價錢吧？」

「是……前一陣子，有一名武士來賣一把名叫弁慶千本目的刀，但我第一次看到松永彈正的平蜘蛛茶釜……」

柚子只能嘆息。

「太好了，這是堅持到底的彈正的茶釜。我非常想學習他的骨氣。減價再減價，賣妳五百兩就好。妳買下吧。」

「五、五百兩……它有那麼值錢嗎？」

鍾馗的聲音變了調。

「高杉先生只是在說笑而已，你這樣就吃驚，不配當古董店伙計。」

「哈哈，果然騙不了妳。」

高杉坦然笑道。他似乎不是企圖大賺一筆。

「欸，就算是平蜘蛛茶釜的碎片，也沒辦法訂價。」

柚子搖了搖頭。

「搞什麼，原來你是在開玩笑啊？」

「那還用說。丟人現眼，請你不要當真。」

「不，其實……」

高杉晉作變得一臉認真，顧忌四周。柚子使了使眼色，支開鍾馗，晉作將臉湊過來悄聲說：

「這是重要的物品，我希望妳交給坂本。」

在精品屋吃閒飯的坂本龍馬，如今前往江戶。他不久之前留下一句「我馬上就會回來」，匆匆忙忙地動身了。

「把這堆廢鐵……交給他嗎？」

「不，是箱子。裡面藏了東西，坂本需要的東西。」

如此一來，這件事就說得通了。

「我要離開京都，大概好一陣子不會回來。」

「這樣啊，我知道了。如果需要留言的話，我願意代為轉達。」

「好……」

高杉將目光投向店外，春末的藍天飄著浮雲。

他拿出文具盒，振筆疾書。

吾敬仰西行之人　欲往東邊行　心意唯有神明知

最後寫上「東行」這個像號的名字。

「模仿西行（譯註：一一一八－一一九〇，平安時代末期到鎌倉時代的武士、僧侶、歌人），東行是我這個光頭的名字。請妳務必轉告他。」

「高杉先生果然也要去江戶嗎？」

「不，我要回西萩。往東走是我打倒幕府的志向。」

柚子倒抽一口氣，點了點頭。

「一路小心……」

柚子只能這麼說。

㈡

柚子小心翼翼地將高杉委託的、裝了平蜘蛛茶釜的箱子放在內廳的壁龕，一回到店裡，真之介正好回來了。

木板車上堆滿了貨物，伙計們正在推車。

「簡直像是桃太郎。」

「哈哈哈。那麼一來，你們就是狗、猴子和雉雞了。」

真之介指著伙計牛若、鶴龜和俊寬笑道。

「老闆娘，這樣說太過分了吧？」

牛若一面苦笑，一面擦汗。今天的春陽日照強烈。

「不，我不是在講你們。我家老爺笑瞇瞇地載著一堆寶物，看起來像是從鬼島回來一樣。」

「哦，真會說話，不愧是我娘子。妳說的沒錯，我今天帶回來了一堆寶物。」

這一陣子，真之介再也不以柚子小姐、大小姐稱呼柚子。被叫做娘子，令柚子又羞又喜。

「是嗎？那真是太好了。」

掌櫃伊兵衛解開木板車的繩索，取下蓋在上面的粗草蓆。除了大型的長方形衣箱之外，還堆著許多櫃子和箱子。

「好期待，有什麼呢？」

聽說西陣的老太爺去世，想賣掉一套珍藏的茶具。真之介帶著伙計、學徒去收購。

「有許多名品。你們說是不是？」

「欸。有利休的茶杓、呂宋的茶壺、牧谿的畫軸。哎呀，大飽眼福，令人目不暇給。」

「真驚人，我也想看一看。」

「不只如此，還有名品茶罐紹鷗茄子、井戶茶碗大高麗、花器園城寺。」

「不會吧……」

那些是金子堆得再高也買不到的傳家寶，說不定真之介挖到了一座天大的寶山。

「哇哈哈，箱子上是那麼寫的。」

「搞什麼，嚇了我一大跳。」

柚子噗哧一笑。那些寶物不可能到處都是。然而，不敢說絕對沒有，正是古董世界的有趣之處。

「那一家人，一定到處找古董店老闆去估價。」

「他兒子很頭痛。老太爺說，如果賣掉一套茶具，就足以買下一個國家。於是，他兒子找了好幾家茶具店老闆去，但是大家都只是一笑置之，不予訂價。聽說唐船屋的掌櫃連箱子的蓋子都沒打開就回去了。」

柚子的娘家唐船屋，是一家重視地位的茶具商，不會賣家世差的商品。只要看一眼箱子以及箱上的簽署，就能精準看出商品的家世。

真之介在那裡從任人使喚的小鬼學習，培養鑑定能力，但是毫不拘泥於家世高低。他認為商品不分貴賤，不在意來歷和傳承，從高價品到廉價品，什麼都賣。這種直爽的性格，也吸引了柚子。

「家世那麼差嗎？」

古董店很在意家世。

家世好的人家，會接連出現令人驚奇的名品。

如果不識貨的人在收藏，上了缺德古董商的當，手上就會買到一堆奇怪的東西。因此只要出現一件贗品，不用看倉庫的珍藏，就能斷定所有物品都有問題。

不過，家世好的人家歷代一定有經常進出的茶具店。新來的真之介再怎麼努力，也輪不到他跨進那種人家的門檻。

「外觀是氣派的紡織店，有許多織機女子。欸，那和鑑定能力是兩回事。有錢反而是一種災難。」

小富的閒人，會成為壞古董商眼中的肥羊。一旦對古董具有一點知識，或者對自己的鑑定能力有自信，就很容易受騙上當。那一戶人家的老太爺八成是黑心古董店的好顧客。

「快把大量寶物搬進去。」

伙計和學徒們快步將商品搬進店內。

「說到這個，剛才店裡也收到了珍寶。」

「是喔。是什麼？」

「平蜘蛛的茶釜。」

真之介偏頭不解。

「被炸掉的茶釜？」

說到平蜘蛛茶釜的珍寶，果然任誰都會先想到松永彈正。

「聽說是爆炸的碎片，高杉先生想了一件有趣的事。」

「哎呀，那位長州的高杉先生啊？」

「是的。他把物品寄放在店裡，要我轉交給坂本先生。」

「他想靠它大賺一筆吧？」

「那是一般的廢鐵。和私欲無關，據說是箱子的……」

柚子的話說到一半，一個大嗓門硬插進來。伙計鍾馗不知道嚷嚷些什麼。

「哇啊，這也是松永彈正。」

鍾馗拿在手上的是一個細長的掛軸盒子。

「搞什麼，大吼大叫的，嚇死人了。」

「不過，這個盒子寫著松永彈正辭世歌。剛才是彈正先生的平蜘蛛茶釜碎片，現在是辭世的掛軸歌，今天是彈正先生的忌日嗎？哎呀，寒毛豎起來了。」

「是商品召喚它們來的。我長期買賣古董，偶而會發生這種事。」

古老的商品經常不可思議地互相召喚。

偶然發現分散的一對擺飾，或者一套的盤子時，確實會起雞皮疙瘩，感到匪夷所思。

「我沒看到那幅掛軸啊，我看看。」

真之介從盒子取出掛軸攤開。

那是一幅禪畫畫風的掛軸，以墨汁草繪平蜘蛛的茶釜，附上讚詩歌的掛軸。龍飛鳳舞地寫著松永彈正的名字。

「好奇怪的辭世歌。」

「怎麼唸呢？」

「不該交給汝、平蜘蛛茶釜、武士的固執、縱然奪天下、名品亦不得。」

「欸，彈正先生在自爆之前，寫下了這個嗎？不愧是個處變不驚的武將。」

鍾馗深感欽佩。

「傻瓜，誰會在死之前，留下附畫的辭世歌？」

「那麼，這個是……」

「八成是某個小說家惡作劇寫的。如果有茶釜的碎片，和它放在一起的話，說不定可以賣個好價錢。」

「那個茶釜的碎片是……」

柚子正想插嘴，身後又發出巨大的聲音。

「哦，這一堆都是名品。這是聖德太子持有的曜變天目茶碗。真驚人啊。」
掌櫃伊兵衛打開長方形衣箱蓋子，低呼道。柚子看見其中塞滿了茶具的箱子。
「哈哈哈。很棒吧？這是天下的珍品。」
「真的嗎？」
真之介對驚訝的伙計鍾馗搖了搖頭。
「你是個老實的好男人，但是如果你今後想繼續當古董店伙計的話，稍微換個角度看待事物也很重要。」
聽到真之介的話，鍾馗一副似懂非懂的表情點了點頭。
——事後再慢慢告訴他好了。
柚子如此心想，和店裡的人一起將一堆寶物搬進店內。

㈢

相對於搭在鴨川上的大橋，搭在河道窄的高瀨川上的橋叫做三條小橋。
客棧池田屋惣兵衛擔任三條小橋一帶的町（譯註：土地面積的單位。一町約為九九點一八公畝）長，他派來的學徒跑了過來。
「我家老爺說，有一點町內的事要商量，能不能請貴店老爺跑一趟？」
從精品屋的地理位置來說，池田屋位於隔著三條小橋的西北邊；距離近在咫尺。

柚子在店頭聽到學徒的話，原封不動地向人在店內的真之介傳達。

真之介正在一一檢查許多茶具的箱子訂價，實在抽不出身。

「我先去聽一下事情內容吧。」

「嗯，有勞妳了。」

柚子去了一看，池田屋惣兵衛坐在門口的帳房。他很有生意興隆的客棧老闆模樣，體格健壯，待人接物恰如其分。

柚子形同離家出走地逃出娘家，曾在嫁進精品屋的隔天，來到這戶人家打招呼。

當時，德川將軍家正好賞賜五千貫白銀給京都的民眾，換算成黃金是六萬三千兩，為了分配這筆錢，惣兵衛正在按照戶別編纂人頭冊，所以馬上將柚子以妻子的身分記入其中。不過，因為她尚未從娘家的戶籍遷出，所以柚子答應事後會辦妥此事。

柚子針對真之介正在忙不克前來，以及尚未從娘家的戶口名簿中遷出道歉，惣兵衛搖了搖頭。

「不，我不是為了這件事。如妳所知，因為將軍大人上京都，京城裡擠滿了人。原本以為天皇外出到賀茂就會告一段落了，沒想到這次換要去石清水八幡宮。武士從各處不斷地湧入，這一帶的客棧都客滿了。儘管如此，町官員還是催促多準備一點旅館。府上雖然是做古董買貨的生意，但原本是客棧的建築。我想跟妳商量，希望妳接待幾位客人。」

今年春天，隨著政局驟變，進出京都的武士格外頻繁。

就連將軍家武士們的下榻處，光靠二條城和寺城終究不足，只好分配住在各町內。町奉行所透過町官員將分配住房一事傳達至各町內。

將軍家雖然會支付費用給提供住宿的人家，但是以租金租借棉被和餐具，打點三餐是一大負擔。除此之外，生意還要停止營業，將老人、小孩寄放在別人家，忙得天翻地覆。

「妳意下如何？如果妳能準備幾個房間，那就太好了。」

雖然語氣溫和，但有一股不容分說的威嚴。

「不過，寒舍已經住了一位負責軍艦，名叫勝海舟的人……」

勝幾乎連日外出，雖然有時候去了大坂也沒回來，但二樓還是得空出他與隨身武士的房間。還有，為了坂本龍馬從江戶回來時有地方住，也必須準備房間。

池田屋惣兵衛的眉毛動了一下。

「府上和那位勝大人有什麼特別的關係嗎？」

「我們並沒有特別的關係，但他是土佐宅邸的人帶來的。」

「土佐的人帶負責軍艦的人去府上，這件事說不通吧？」

惣兵衛目不轉睛地直視柚子，視線彷彿要看穿她的心底。旅館的老闆說不定有看穿人性善惡的鑑定功力。

柚子簡短地訴說勝到店裡來的原委，並且補上不得志浪士闖入店內的事。

「這樣啊，那真是糟糕。最近治安敗壞，妳想必受到了驚嚇。」

「欸，是啊。」

「這樣的話，府上沒辦法再多住人了。」

「抱歉，幫不上忙……」

「我知道了。既然是因為這樣，那也是沒辦法的事。對了，府上老爺相當拚命工作。」

池田屋惣兵衛開始話家常。他是個直爽的男人，柚子一問町內的事，他便如實地告訴了她集會和五人組（譯註：江戶時代依照領主的命令，組成鄰居守望相助小組的制度）的事。

起勁地聊了一陣子，來到門口，太陽已經稍微西傾。

池田屋旁的客棧中屋的老老闆娘，放下固定在屋簷下的折疊椅坐著。她似乎正在若無其事地監視傍晚在店前灑水的年輕女婢。柚子向她點頭致意，想要經過時，被她叫住。

「妳是那間新古董店的人吧？」

「欸……」

「嫁進來的嗎？」

柚子之前和真之介一起走訪町內的人家，分發紅白二色的婚禮餡餅。當時，也向老老闆娘打了招呼，但是她八成忘記了。

「是的，我是新娘，請多指教。」

柚子硬擠出笑容。

「妳還沒給我看過嫁妝，只有我沒有收到邀請吧？」

在京都，有向鄰居展示嫁妝的習慣。有客人會打開衣櫃看，所以除了和服之外，必須事先塞滿襯衣等不丟人的衣物。

逃出娘家的柚子沒有嫁妝。

「社會正值動蕩不安，所以不太方便。」

京城一片混亂，使得這種藉口也說得過去。

「是喔。」

老老闆娘一臉不接受的表情。

「妳的娘家是新門前的唐船屋，不是經常進出朝臣和大名宅邸的老字號店鋪嗎？」

「欸，是的。」

原來這種風聲已經傳遍了町內。老老闆娘好像明明知道一切，卻以審問柚子為樂。這麼一想，連插在白髮中的玳瑁髮梳都令人痛恨。

「妳父母不許妳出嫁嗎？因為這件事沒有妥善處理好，所以即使嫁到同一個町內，妳也不能四處打招呼。」

「不，父母高高興興地送我出嫁了。」

雖然是一派胡言，但是柚子發誓，遲早要讓大家看到父母歡送自己出嫁。柚子臉上堆滿笑容。

「其實妳原本應該要嫁給茶道掌門人之子。但妳居然拒絕這樁好婚事，嫁給擺滿破銅爛鐵……啊，抱歉，是好商品的古董店老闆，豈不是非常可惜嗎？欸，雖然我不該雞婆，多管別人家的閒事。」

柚子背脊生寒。雖然同樣是京都人，但是京都人真是壞心眼，令人生厭。

「欸，感謝您替我擔心。自己誇相公好像在老王賣瓜，但我家相公是將來會成為日本第一古董店老闆的人。我相信他辦得到，所以和他在一起，您完全不用擔心。」

柚子抓住胸口，稍微抽出和服的衣領。她不願示弱。

「府上的女婢真勤奮啊。」

兩個女婢手拿水桶和柄杓，只顧著聊天，一點也沒有在灑水。

老老闆娘咬住嘴唇，斥責女婢。

「辛苦妳們了。」

柚子微笑點頭致意，回到了店裡。

剛才進貨的茶具已經排放在精品屋的店頭，擺得琳琅滿目。

真之介橫臥在內廳，發出輕輕的鼻息聲。

他每天從一大清早到處進貨到三更半夜，真的累了。柚子想從壁櫥拿出薄棉睡衣給他蓋上，突然被抓住了手腕。

「你醒了嗎？」

「我躺著休息，想妳想得不得了，剛才在等妳回來。」

春陽西傾，但是距離沉入西山還有一段時間。

真之介將柚子擁入懷中，輕咬耳垂；嘴唇滑到柚子的頸項。

「……啊！」

柚子不禁推開真之介，站了起來衝向壁龕。

「原本在這裡的平蜘蛛茶釜去哪了呢？」

柚子慎重放好的茶釜箱子不見了。

「噢，那個我賣掉了。我很厲害吧？連那種廢鐵也賣了一分錢。我是日本第一的古董店老闆。」

真之介輕鬆地笑道。

「你為什麼賣掉了呢？我不是說了，那是高杉先生寄放的嗎？」

「噢，妳說那是高杉先生寄放在店裡，要轉交給坂本先生的。但是能夠賣到一分錢，坂本先生應該也很高興吧。」

「他才不會高興。唉，傷腦筋。高杉先生說：那個箱子有機關，其中藏著重要的東西……」

真之介偏頭不解。

柚子愕然失色。

原來自己沒有說——話說到一半時，大家因為商品的事情吵吵鬧鬧，話說到一半被打斷了。

「怎麼辦……」
「哎呀，如果是那麼重要的東西，就必須買回來才行。」
「你知道是誰買走的嗎？」
「嗯，之前來過的壬生浪士。一個顴骨非常突出，一個裝模作樣，是裝模作樣的流浪武士買走的。」
「太好了。不過，他為什麼會買那種東西呢？」
真之介娓娓道出經過：
當真之介正在店裡排放茶具時，五、六名流浪武士上門。因為粗眉毛的男人長相太過奇特，所以真之介記得自己在他之前來時，在鑑定帖中畫下了他的相貌。好像人稱近藤大人。
「欸，歡迎光臨。您又來啦。」
近藤的顴骨依舊突出，眉毛濃密。
「上次我要你準備的虎徹，找到了嗎？」
「欸，其實，我前一陣子在拍賣市場看到了品質好的虎徹，但是價錢太高，所以出不了手。」
「真的嗎？」
武士的臉色一變，他似乎對虎徹相當執著。

「欸，那是一把上好的虎徹，我好後悔當時沒買。」

「多少錢？」

「因為附上精美的刀鞘，所以賣兩百兩。」

拍賣市場中的價錢更低，但是加上利潤零售，便是這個價錢。

近藤扭曲嘴角，陷入沉默。這個男人八成沒有兩百兩。

「對於古董店老闆而言，買賣這種事情也是靠緣分。我會再到處詢問尋找，我想，馬上就會找到好貨。」

「你真的在找嗎？」

裝模作樣的武士問了令人心頭一驚的事。其實，真之介是在許久之前，在古董的拍賣市場看到了虎徹。他不過是在說客套話罷了。

「那當然。」

「哼。京都人油腔滑調，不可輕信。近藤大人最好也小心提防，以免受騙上當。」

「阿歲，你疑心病很重啊。」

近藤似乎捨不得虎徹。

真之介注視名叫阿歲的男人五官。

最大的特徵是額頭。寬闊的額頭方正扁平；代表他頭腦靈光，冷靜沉著。有些冷酷啊。儘管如此，是個社會適應力強的男人。坂本龍馬也是個特徵在額頭的男人，但他是渾圓飽滿。阿歲這個男人是有稜有角，理智而不感情用事。兩人正好成對比。

真之介認為，臉型略長的骨格是令人輕乎不得的謀士之相。即使一樣是長臉，但是像高杉晉作這樣太長的臉，代表他神經質，而且給人的第一印象不好，但是換作這個男人，想必擅於待人接物。雖然整體的感覺有點冷淡，但是五官長得好，是一張受到煙花女子喜愛的長相。

流浪武士們好像不是在找什麼，隨意地眺望店內的商品。大概是有閒沒錢。

「土方大人，那幅掛軸好像是松永彈正的辭世歌。不愧是京都，居然有這種珍品。掛軸中還畫了畫唷。」

看似劍術高強的年輕武士，注意到剛掛上去的掛軸。

「總司，關東人可是被笑為莽夫唷！怎麼可能有那種辭世歌。」

「是嘛。說到這個，我沒看過有畫圖的辭世歌。」

土方瞇起眼睛，環顧店內的商品。

「老闆，你的店裡盡是一些奇奇怪怪的仿造品。」

土方銳利的視線轉向真之介。

「仿造品未免言重。如果是真品的話，應該都收藏在九重（譯註：天子的住處）中，或是將軍家的傳家寶。這裡擺放的物品只賣公道的價錢。以經濟實惠的價錢買到手，做一場賞玩的美夢。」

「果然是仿造品，你在做相當缺德的生意，馬上會遭天譴唷。」

土方將手指伸到面前恐嚇。

真之介大動肝火，沒理由被人惡意辱罵到這種地步。

「武士先生，我們並沒有謊稱是真品。非真品從一開始就據實以告販賣，說是贋品未免沒意思。心懷『說不定會挖到寶』的玩興，正是賞玩古董的悠然之心。不懂這種樂趣的人，不適合買敝店的商品。」

土方的眼神變得可怕。

「你不承認你在賣贋品嗎？」

「我賣的全部都是一定水準之上的物品。」

「你要違逆武士嗎？」

「我們在討論經商，這和身分是武士或商人無關。」

真之介筆直地瞪回去，土方也怒目以對。

真之介瞪回去的舉動，似乎令土方大為不悅。土方將手搭在刀柄上，他是個易怒的男人。

「你不怕刀嗎？」

「可笑。不知道為什麼，我天生唯獨膽子大。如果你要因為我失禮而殺我，敬請動手。不過，我會怨恨你一千年、一萬年，世世代代糾纏著你的後人。你要殺我，請先做好這個心理準備。」

真之介更倔強地瞪了回去。

土方動作迅速地拔出短刀，從真之介眼前僅一寸處橫砍而過。

刀颳起的勁風，吹動真之介的眉毛。

真之介一步也沒動，眼睛眨也不眨。

土方還刀入鞘。

「原來如此，看來你是真的有膽量。」

他的眼神在笑，似乎認同了真之介的膽量。

「我當作這是誇獎。」

「你剛才說了美夢是嗎？」

「欸，是的。」

「那麼，這家店裡最能帶給人美夢的物品是哪一件？」

「這個嘛……」

真之介馬上想到了。他問鍾馗：

「喂，平蜘蛛茶釜的碎片在哪裡？」

「我想，應該收在裡面。」

「拿過來。」

鍾馗衝進內側，抱著杉木箱回來。

抽出側蓋，傾斜箱子，倒出了廢鐵的碎片。

「那是什麼？」

圓眼凹陷的近藤把臉湊近。

「這是寧死不屈、天下第一武將松永彈平的平蜘蛛茶釜碎片。」

土方拎起一片端詳。

他盯著看了好一陣子，發出聲音笑了起來。

「我原本以為京都是一座妖魔鬼怪囂張跋扈的城市，沒想到能夠看到平蜘蛛茶釜的碎片。有趣啊，老闆。」

「多謝。」

「不過，這種東西派不上用場，它只是一般的廢鐵。」

年輕武士皺起眉頭。

「如果找鐵匠重新鑄造成護額，彈正的靈魂就會附身其上，即使死了也堅持到底。」

真之介信口胡謅。手拿鐵片的土方好像在思考別件事。

「有趣。我買了。」

「咦？」

「我說我要買。」

土方塞了一分白銀在真之介手中，他再也沒有任何不賣的理由。

㈣

真之介派四名伙計跑到祇園一帶，尋找壬生浪們可能在的茶樓和餐館。夜相當深之後，才終於找到他們的所在處。

「他們在四條的芝居茶屋（譯註：江戶時代，專屬於戲棚，供應觀眾餐飲）。」衝回來的鍾馗，站著喘氣。

「辛苦你了。」

帳房中的真之介站了起來。

「拿外掛和褲裙出來。」

「你要怎麼做？」

「就算現在闖進酒宴，和喝醉的人也講不清楚。話雖如此，在這裡等也只會乾著急，反正他們一定在宴會廳裡睡得東倒西歪，我要在門口等到早上。」

「既然這樣，我也一起去。」

「不行！」

真之介罕見地以嚴厲的語氣打斷她，令柚子大吃一驚。站著的丈夫看起來像個頂天立地的男子漢。

「是。」

柚子順從地回應。她對這樣回應的自己感到愉快。

「麻煩你了。」

柚子在房內協助真之介穿褲裙，從身後替他穿上外掛。丈夫的背影感覺好可靠，令柚子想靠上去。

真之介回到店裡，把錢交給鍾馗，穿上草鞋。

「我現在馬上要去那間芝居茶屋。你去叫醒酒店老闆，買角樽（譯註：一種高把酒桶。安裝角般的大把手，桶身漆上紅漆和黑漆，燙金字象吉祥喜氣，用於喜慶宴會贈禮之用）來。」

「相公。」

柚子第一次這麼稱呼丈夫，之前頂多只叫過他「阿真」。

「什麼事？」

真之介回過頭來，是日本第一的俊男。

「多謝……」

「妳在說什麼？不小心把別人寄放的物品賣掉的人是我。」

「不，我指的不是那件事。」

「不然是什麼事？」

「……」

柚子欲言又止。伙計和學徒在四周聽，她不好意思說。

「萬一他們跑去別的地方就麻煩了，我走了。」

真之介背對柚子。

「呃……多謝，多謝你娶我。」

「搞什麼，一本正經的。這樣我會害臊。」

「沒關係，請你儘管害臊。」

「傻瓜。」

真之介從店的小門出去的背影，令柚子的心頭一緊。

「就是這裡。」

鍾馗抱著角樽，在四條大橋的東首等候。他似乎拚命跑，先來一步，汗水在月光下閃爍。

隔著四條通，北方和南方蓋著氣派的戲棚。

芝居茶屋和戲棚並排。

——那麼。

要怎麼等呢？若是坐在那一帶的屋簷下，未免難看。

「好！」

真之介用雙手使勁拍打臉頰，替自己鼓舞。

「你可以回去了。」

「老爺要怎麼做呢？」

「在這裡等。」

鍾馗將角樽放在芝居茶屋的門口。真之介攏好上了漿的褲裙，端坐在角樽前面，雙手撐地，低頭鞠躬。他似乎打算以這個姿勢等到早上。

「這怎麼行……」

伙計鍾馗不知所措。

「無所謂。你回去！」

真之介低著頭怒吼道。

「我怎麼能回去。要是現在回去的話，我就不是男人。」

真之介感覺到鍾馗低聲說完，坐在自己身旁。他大概打算和真之介一樣叩拜等候。

兩人維持叩拜的姿勢，一動也不動。幸好春天的夜晚涼爽。

此時浮現腦海的除了商品還是商品。至今賣了幾千、幾萬件商品呢？

在唐船屋從學徒一路晉升至伙計、掌櫃的過程中，有機會接觸許多名品、至寶。世上人稱名品的茶具皆具備了名實相符的丰采。

然而，真之介想起的不見得都是珍奇的名品。

對於真之介而言，每一件拿過的商品都清楚地留在記憶中。

雖然在唐船屋賣的盡是值錢的物品，但是去到古董拍賣市場，就會看到各式各樣的物品。

剛從業餘收藏家搬出來的第一批貨中，攙雜著林林總總的物品。除了豪華的衣櫃和佛壇之外，還有螺鈿的櫃子、描金畫的箱子、盔甲足具、長槍大刀、屏風掛軸、伊萬里的大盤子、明朝和清朝的罈子、不知從哪裡拿來，令人不敢置信的古老佛像和扁額，至於小物品則有精心雕琢的印盒、墜子、香盒、刀的護手、釘帽。真之介懷念地想起這一件件商品。

真之介也忘不了誇下海口要闖出一番天下，辭去店裡的職務，握著存款收購的第一件商品。

那是一個茶釜。

既沒有箱子，也沒有銘，但是其態雍容自若，儼然像是出自天下名匠與次郎之手。

真之介是在廢物回收店的屋簷下發現它的，它和紙屑、廢鐵混在一起。

「大叔，我是鐵匠。我想熔掉這個茶釜做釘子，能不能賣給我？」

真之介想便宜買下，於是撒了謊，但是廢物回收店的大叔看也不看他一眼，搖了搖頭。

「二十兩。少一文錢也免談。」

廢物回收店老闆曉得茶釜的價值。交涉了老半天，老闆果真一文錢也不肯打折，結果真之介以二十兩買下。總財產二十一兩又三分二朱幾乎花光，但是真之介賭定，如此水準的茶釜少說賣五十兩，如果順利的話，能夠賣到一百兩。

他將那個茶釜帶進專賣茶具的拍賣市場，放上競標台時，興奮得心臟快炸開。

「那麼，這個便宜賣，從五兩起標吧。它是個相當好的茶釜。」

市場主人將茶釜在台上轉一圈，開口喊道。

價。

六兩、七兩，眾人紛紛出價，但是價錢沒有熱絡地暴漲。在座的老字號店鋪老闆們沒有出價。

「哎呀，沒有人喊價嗎？」

「貨主不好，誰要買啊。」

嘀咕的人是唐船屋的老闆善右衛門。

進出市場的古董商們知道真之介從唐船屋跳槽出來，顧慮到善右衛門的心情，所以沒有人出價。

結果，唐船屋以十兩標下了。市場要收取銷售傭金，所以真之介損失了超過十兩。

當時，真之介想一死了之。後來聽說善右衛門附上茶道掌門人的簽署，以兩百兩賣掉那個茶釜時，悔恨得好一陣子吃不下飯。他化悲憤為力量，更加努力工作。

想起一件件商品的過程中，天亮了。大門打開，一名茶屋的男僕走出來。

「你是誰？」

「我有事找這家店的客人。雖然可能會給你添痲煩，但是請讓我等一會兒。」

「不行，妨礙做生意，閃到一邊去！」

「我不能走。」

或許是怎麼趕也趕不走的氣魄打動了男僕，他避開真之介四周打掃，開始以柄杓灑水，但是真之介和鍾馗不動就是不動。男僕彷彿看見了令人不舒服的東西般，進入店內。

即使早上的人潮變多，流浪武士們也不出來。真之介知道經過的人遠遠避開。

好不容易接近中午之後，武士們才從大門現身。

「土方大人，是我的疏忽。那些平蜘蛛茶釜的碎片是不能賣的東西，我誠摯地跟您賠不是，請讓我買回來。」

真之介抬起頭來，盯著武士們的腳邊懇求。

「搞什麼，是古董店老闆啊。怎麼了？事到如今，覺得賣了可惜嗎？那該不會是真品吧？」

「不，那是別人寄放的重要物品，不是可以賣的東西。」

「這可奇了，那些廢鐵是別人寄放的……其中似乎有什麼隱情。」

土方偏頭不解。

「阿歳，他是商人，你不要太欺負人家。」

近藤替真之介緩頰。

「好吧。不過，我讓某位兄台看過那些碎片，根據他的鑑定，那肯定是真正的彈正的茶釜。我想出價一萬兩，但是七折八扣，算你一千兩就好。你拿一千兩來的話，我倒是可以割愛。」

「這簡直是漫天喊價，那只是一般的廢鐵……」

「閉嘴！你不是說要做一場美夢嗎？那個美夢成真了，那正是平蜘蛛的茶釜……」

土方的腳步搖搖晃晃，他仍微醺。

「老闆，那個茶釜啊，我賣給了茶道掌門人，已經不在我們手上了。」

近藤似乎對於茶釜一點興趣也沒有，丟下一句走人。

「您說茶道掌門人……」

「鴨川的河畔有一戶大宅邸，對吧？就是那裡。」

年輕武士告訴真之介。

那是之前和柚子論及婚嫁的茶道掌門人之子的宅邸。

㊄

真之介站在本家的門前，調整呼吸。敞開的大門內是雅致的茶庭。鋪路石濕漉漉地灑了水。春天的庭院樹木青蔥翠綠。真之介整理衣領，拂去褲裙的塵埃。

他踏進一步，身在兜門（譯註：樸素的街門造形，是裏千家的象徵）前廳的門衛叫住他：

「你是哪位？」

真之介說是為了茶釜一事而來，門衛皺起眉頭。

「你是壬生浪強行推銷的夥伴嗎？」

「不，我是三條小橋的古董商，我來是為了買回那個茶釜。」

「你等一下。」

門衛衝進內側，真之介等了相當長一段時間。

「這邊請。」

一名身穿黑色外掛的男子，引領真之介鑽過中門（譯註：位於內外茶庭交界的門），到一間位於茶庭內側的茶室。

「少爺在裡面，請進。」

打開躙口（譯註：茶室特有的小型出入口，進出需跪著膝行。標準規格是寬一尺九寸五分，高兩尺兩寸五分），裡面是一間三疊（一點五坪）的茶室。壁龕掛著墨寶。放在火爐上的茶釜的水滾了。

少爺閉目養神，端坐在火爐前面。

「打擾了。」

真之介雙手撐地打招呼，少爺目光凌厲地瞪他。

「果然是你啊。我以為是誰會想到那種古怪的名品，是你就不足為奇了。」

真之介既不打算找藉口，也不想解釋。

「我就開門見山地說了，我來是為了買回那些茶釜的碎片，能不能請你賣給我呢？」

少爺哧哧笑了。

「這個嘛。賣給你也無妨，但那畢竟是天下聞名的平蜘蛛茶釜。雖說是碎片，但是你也得出一萬兩，我才肯賣。」

真之介忍不住握緊撐在榻榻米上的手。他既不能發飆，也不能耍無賴。

「這樣價錢太高，我買不下手，能不能考慮到我的經濟能力呢？」

茶釜的水發出松籟般的聲響。

「說的也是，我倒是可以考慮一下。」

「求求你、求求你好好考慮。」

「不過，你為什麼堅持要買回那種廢鐵呢？」

「因為那是別人寄放的物品，我不小心賣掉了。」

「別人寄放的物品啊，你保管了相當危險的東西啊。」

「咦？」

真之介抬起頭來。

「因為你說要來買，所以我檢查了一下箱子。你到底是誰？打算對這個國家造反嗎？」

「我聽不懂你在說什麼？我真的只是替別人保管而已，我不曉得裡面裝了什麼東西……」

「裡面裝了這種東西。」

少爺從懷裡伸出手，手中握著一把手槍。那是黑色、堅固的西式手槍，槍口對著真之介的額頭。

「你可別說你不曉得。」

「我真的不知道。」

「如果我向奉行所通報，你暗藏這種東西在賣，你的店馬上就會倒閉。」

「不，我是真的不知道。」

「哼！不管你知不知道都不重要，你無論如何都需要它吧？」

平凡無奇的蒼白臉龐，醜陋地扭曲。

「是的。不管怎樣，我都想買下它。」

「這是闖進家門的壬生浪硬逼我以一百兩買下的。」

土方當時盯著廢鐵，心裡想的是打算將它換成一大筆錢。

「這樣的話，我以兩百兩買下。」

「愚蠢。你知道古董在我手上，價錢會翻好幾翻吧？」

真之介當然知道。無論是再無趣的茶具，只要茶道掌門人賦予銘，在箱子上簽署，價格頓時三級跳。

「這樣的話，貨款是……」

「給我一個人吧。」

「……」

「你帶柚子小姐來。這樣的話，我就將這把手槍交給你。」

「亂來……」

「真沒想到你說得出那種振振有辭的話，先和她訂婚的人是我，搶走我未婚妻的程咬金是誰？」

真之介舔了舔嘴唇。

「不過，柚子已經拔掉眉毛，染黑牙齒了。事到如今，嫁進府上的話，府上的面子上掛不住……」

「如果會拘泥那種小事，就不是茶人了。茶道中人只堅持美好的事物。總之，你讓柚子小姐一個人來這裡。我會直接跟她交涉。」

少爺倏地起身，站著打開茶道口（譯註：泡茶者的出入口）的紙拉門出去。

真之介被留在狹窄的茶室中，唯獨茶釜的水聲發出沉悶的聲響。

㈥

當天稍晚，柚子造訪了茶道掌門人的宅邸。

她一向門衛通報，立刻從茶庭被引領至茶室。

少爺一個人坐在茶室裡。

「求求你，請你將平蜘蛛茶釜的碎片賣給我們。」

柚子雙手撐地懇求。

「只有碎片可以嗎？」

「不……還有手槍……拜託你。」

柚子低頭貼在榻榻米上，少爺愉快地笑了。

「心情真好。我有生以來第一次知道，被人低頭哀求是這麼愉快的事。」

茶道掌門人的茶室具有「市中山居」的情趣，明明位於京城中，但是悄然無聲。只有茶釜不間斷地持續發出松籟般的聲音。

「求求你。」

「如果妳嫁進我家，我可以賣給那個男人。如何？這件事很簡單吧？」

「我已經為人婦了。」

少爺咧嘴微笑。

「妳知道利休居士夫人的事吧？」

柚子點了點頭。

「利休居士一直愛慕能樂師的妻子，最後占為己有，迎娶她續絃。我也打算如法泡製。」

那關於是利休繼室宗恩的有名故事。不過，柚子聽說兩人正式結婚是在宗恩的前夫死去，利休的前妻過世，兩人老年之後的事。少爺的解釋相當扭曲。

「我十分明白你的心情。光是你對我心存愛意，我就不勝感激。儘管如此，嫁為人婦對於女人而言是終身大事。我可以提出一個要求嗎？」

「哦，什麼要求？妳儘管說。」

「是。嫁給利休居士的宗恩夫人，應該相當愛慕利休居士。如果對方是能讓我愛他更甚於現任丈夫的人，我也樂意捨棄丈夫嫁給他。」

少爺天真無邪地笑逐顏開。

「真的嗎？說的好！」

「此話不假。不過，令我傾心的是堅強靠得住的男人。」

「那當然。我遲早會成為茶道掌門人，應該無可挑剔。」

「不，我不會受到頭銜或箱子的簽署矇騙。我命中註定生為古董店老闆的女兒，看多了騙人的箱子簽署。」

「既然如此，妳想怎麼做？」

「內在。重要的不是箱子簽署，而是內在。」

「那還用說。」

「少爺會鑑定古董嗎？」

「茶道首重主人和客人之間的心靈相通。沉迷於茶具是最低劣的——話雖如此，如果不能鑑定名品，茶道掌門人也沒臉見人。」

柚子點了點頭。

「鍾馗。」

柚子一呼喊，躪口霍地打開。伙計鍾馗將一個小包袱放在榻榻米上。

「今天，我帶來了兩個茶罐。兩個都是名品九十九茄子。一個是真品，另一個是贗品。如果你精準地鑑定出真品的話，我樂意將自己嫁給你。」

「繼平蜘蛛之後，是九十九茄子。松永彈正的怨靈附在妳身上了嗎？」

話說回來，九十九茄子是足利義滿珍藏的唐朝茶罐。

足利家代代相傳，轉手送給家臣山名家，後來因為茶道大師村田珠光（譯註：一四二三—一五〇二，室町時代的茶人。一般認為他是「侘茶」的創始者）以九十九貫文買下，因此命銘。

這個名茶罐輾轉轉手，後來松永彈正久秀以一千貫文買下，獻給了織田信長。

「九十九茄子這種東西不可能在你們店裡，那應該是……」

「是的，敝店裡確實沒有，我去娘家唐船屋借來了。不過，敝店裡也有一個贗品。」

信長珍藏的九十九茄子轉手送給秀吉，由兒子秀賴繼承，在大坂夏之陣和城堡一起燒掉了。

但是，有人從灰燼中挖出它。

他是受命於德川家康，一個名叫藤重藤元的漆匠。

藤重細心地以漆修補碎裂的九十九茄子。因為修復得天衣無縫，家康大為感動，將九十九茄子賞賜給藤重。藤重家代代相傳，但是近來家境窮困，所以賣給了唐船屋。

「且慢。我記得我以前曾在茶會中使用過九十九茄子……」

九十九茄子應該是藤重家珍藏的寶物，但若是茶道掌門人的請求，八成會樂意出借。

柚子嚥下一口唾液。

「既然如此，你應該清楚記得。請你從兩個當中鑑定出一個真品，我想以你的鑑定決定我的前途。如果猜錯，請你歸還平蜘蛛的茶釜。」

「好吧。如果沒有這種程度的鑑定功力，我也當不成茶道掌門人。」

柚子背對少爺，遮住對方的視線，解開包袱巾，取出兩個上漆的箱子。

真品的箱子是堅固的三層箱；膺品則是兩層箱。柚子從裡面的桐木箱拿出茶罐，卸下仕覆。為了讓人看不出哪個茶罐是從哪個箱子拿出來的，柚子左右對調了幾次位置後，轉身面對少爺，並將兩個茶罐擺放在對方面前。

「其中一個是真正的九十九茄子。請以你的鑑定眼力，仔細鑑定出來。敬請儘量觀察。」

柚子雙手撐地，低頭行禮。

少爺低聲沉吟。手撐在榻榻米上，屢屢比較。

茶罐高雅，渾圓飽滿。就連往內裡看，也完全無法辨識出以漆修補過的痕跡。帶黑的棕色底，漆上了大量的黃褐色釉藥。維妙維肖的作工令人誤以為有兩個一模一樣、毫無差異的物品，但是外觀和光澤確實有微妙的差異。

少爺眺望許久，拿起來觀看。耳邊傳來的盡是茶釜的水聲。少爺頻頻發出沉吟聲。

「愚蠢。這兩個都是膺品。」

「不，一個是貨真價實的真品。」

「那麼，給我看一看箱子！」

不愧是茶道掌門人之子，少爺十分清楚箱子的簽署不容易騙人。柚子猶豫了。

「妳不要讓我知道哪一個箱子裝的是真品不就得了。」

少爺偏過頭去，柚子再度轉身往後，將箱子換了好幾次位置。

兩者的內箱都是舊銅木。雖然筆跡不同，但是都寫著「茶罐九十九茄子」。

柚子回身擺好箱子後，少爺拿起箱子的蓋子翻面鑑賞。

「噢，確實是真品。之前借用時，祖父在箱子上簽署了。」

蓋子背面寫著上一代掌門人的名字和花押（譯註：一種代替簽名的符號或記號）。另一個蓋子上由另一名茶道大師簽署。

「如何？一個是不折不扣，真正的九十九茄子。請鑑定出它。」

少爺再度沉吟；表情僵硬，急得流汗。他思考了好長一段時間，終於選了其中一個。

「是這一個。」

黃鶯在庭院裡叫了一聲。

「確定是那一個嗎？」

「等、等一下。」

少爺再度比較兩個茶罐。

「噢，鐵定沒錯。無論是外觀或品質，肯定是這一個。」

柚子直視少爺的眼睛。

輕輕搖了搖頭。

「猜錯了。」

「怎麼可能?是這一個，肯定是這一個!這一個的品質格外出眾。」

「不，真品是這一個。」

柚子拿起另一個茶罐。

「妳說謊。妳打算騙我吧?我也看過了許多名品，這一個絕對是真品，它有真品的韻味。」

「不對，是這一個。」

儘管如此，少爺仍舊不肯接受。執拗地強調不可能有那種事。

「真不乾脆，我討厭看不開的男人。」

柚子膝行向少爺，拿起他手中的茶罐。

她從懷裡抽出帛紗（譯註：擦拭或接茶碗用的小綢巾），拎起正在冒著水蒸氣的茶釜蓋子，高舉過頭，砸碎茶罐。

「啊!」

少爺張口結舌。他一口斷定是真品的九十九茄子粉粹了。

「這樣你同意了吧?」

「是嘛……看來是這樣沒錯……」

「那麼，我告辭了。」

柚子仔細地撿起茶罐的碎片，包進懷紙中，收拾乾淨。

「妳……」

「是。」

「妳是個有膽識的好女人，我重新愛上妳了。總有一天，我一定要娶妳為妻。」

「多謝。身為女人，我非常幸運。」

柚子深深一鞠躬，從躙口出了茶室。

柚子和鍾馗一回到精品屋，店裡的人一臉擔心地迎接他們。

「怎麼樣？沒事吧？」

掌櫃伊兵衛從帳房站起來。

「欸。事情進展得還算順利。」

「這樣的話，那個也沒事地……？」

「沒事。確實裝在這裡面。」

鍾馗將背上的包袱卸在店的門框上。

「老爺去哪裡了？」

柚子出門時，真之介不停地怨嘆自己的不中用。無論理由為何，他好像認為讓柚子到茶道掌門人之子家跑一趟，是因為自己的不中用。

——那種事情，請你不要放在心上。

雖然柚子在出門之前這麼安慰他了，但是真之介應該相當在意。

「欸。他在裡頭等。」

柚子正想進內側，真之介鑽過內暖簾露面。或許是錯覺，他看起來有些落寞。

「沒事吧？」

「欸。設法安然地拿回來了。」

「那就好。」

「不過，打破了一個九十九茄子。」

「無妨。妳平安回來就好。」

「老闆娘自己打破的。茶室中發出『哐啷』一聲時，我嚇得心臟差點從喉嚨跳出來。我一顆心七上八下，很想衝進去。」

鍾道當時在茶室屋簷下等，像是要邀功似地說。

「重要物品拿回來就好，可喜可賀。」

真之介的表情因為放心而放鬆，但是對於無法親手解決，好像耿耿於懷。

「是啊。如果弄丟它的話，我就沒臉見高杉先生和坂本先生了。」

柚子撫摸平蜘蛛茶釜的箱子，手槍好端端地收放在裡面的隱藏蓋子中。

「我指的不是高杉先生寄放的東西，而是妳。如果走錯一步的話，妳就要被迫嫁給茶道掌門人之子了。」

「如果事情變成那樣的話，你會怎麼辦？」

柚子以調皮的眼神注視真之介。

「不怎麼辦，如果事情變成那樣的話，我區區町內賣破爛的老闆，又不能對茶道掌門人動手。」

「那麼，你會眼巴巴地看我嫁人死心嗎？」

「不，我不會死心。我無論如何都會去把妳要回來。」

「怎麼要回來？」

「我不曉得怎麼要回來，但是我會不顧性命，總有辦法把妳要回來。如果束手無策的話，我就半夜溜進去把妳搶走。」

「太好了。我早就相信，就算我失敗了，你也一定會把我帶回來。所以，我才能放手一搏。」

和真之介生活，柚子心中產生了這種確信。

「請問，我可以拿起九十九茄子看一看嗎？」

鍾馗畏畏縮縮地問。

「可以啊，不過，那是……」

掌櫃伊兵衛和伙計們聚在一起，凝視鍾馗的手邊。一雙粗糙的手輕輕解開仕覆的繩帶，取出其中的茶罐。它是個豐腴高雅的茶罐。

「真品果然不一樣啊。」

伊兵衛瞪大眼睛。

「那還用說，真品才有這種丰采。你們看，這個釉藥的紋路如何？這是絕品吧？」

真之介不斷地賣弄淵博的知識。柚子想讓他繼續出風頭，但是又不能騙店裡的人。

「相公，借一步說話。」

「咦？」

柚子在真之介的耳畔呢喃。

「那是贗品。」

「妳說什麼?!」

眾人望向柚子，好像聽見了她的悄悄話。

「爹吝嗇得要命，不管是誰怎麼拜託，他都絕對不會外借真品。真品擺在唐船屋的壁龕。」

「這麼說來……」

「打破的是贗品，那也是贗品，只有我向爹苦苦哀求借來的箱子是真品。光是借那個箱子，我也死求活求了好半天，爹才不情不願地答應了。所以我只好放棄借真正的九十九茄子。」

真之介撫摸月代。

「我真是敗給妳了，我是有眼無珠嗎？」

「呵呵。有什麼關係嘛！我看得清真品和贗品。你是真品，真正的好男人。」

儘管柚子鑑定茶具的功力比真之介略勝一籌，但是她相信，真之介是個有本身看穿事物本質的男人。就這點而言，柚子沒有一絲懷疑。

而看在真之介眼中，柚子是個十分可靠的妻子。

他在心中下定了決心，自己必須成為一個不輸給妻子的堅強丈夫。

今晚的虎徹

一

高瀨川旁的櫻花行道樹枝繁葉茂。

真之介和柚子一同從沿著河的木屋町南下。真之介走在前，柚子跟在後。

「前不久才盛開，不知不覺間，葉子長這麼茂盛了……」

聽見開朗的聲音回頭一看，柚子正抬頭看著櫻花樹枝。柔和的陽光從樹葉縫隙間穿越，照在柚子臉上，令真之介心頭一驚。

——她還未經世事啊。

就二十歲而言，那是一張天真無邪的臉。

她是京城前三大茶具店老闆的女兒。如果乖乖聽父母的話，嫁進茶道掌門人家，應該會安居於大宅邸內，度過優雅奢華的一生。

曾經是茶具店二掌櫃的真之介形同誘拐，娶了這種老字號店鋪的女兒。儘管彼此真心相愛，但還是令人不忍心。

「發生什麼事？你怎麼了？」

柚子一臉詫異地轉過頭來。

「妳……」

——和我結為夫婦，不後悔嗎？逃出家裡，這樣好嗎？

真之介想這麼問，但是說出了別的。

「妳往上看，毛毛蟲會掉下來，黏在妳臉上唷。」

柚子呵呵嬌笑，這下看起來異常成熟，真之介又是心頭一凜。

「阿真，你害羞了。好可愛啊。」

真之介總覺得柚子完全看穿了自己的內心深處。

「傻瓜。」

「其實，你有話想對我說吧？」

「沒有。」

「是喔。你怪怪的。」

柚子的笑容令真之介感到光燦奪目、自慚形穢。

——我說不定是個不成器的男人。

真之介總是充滿自信地努力工作，前一陣子，因為賣掉別人寄放的東西，其實他有點氣餒。雖然柚子去茶道掌門人的宅邸，解決了所有問題，但其實真之介想親自解決，讓柚子看到自己帥氣的一面。

——這樣好嗎？我真的能帶給柚子幸福嗎？

自信有些動搖。

從在唐船屋擔任學徒、伙計時開始，真之介就只對古董感興趣。他想儘早獨當一面，所以沉迷於鑑定古董，學習知識。在店的伙計、掌櫃當中，他的鑑定功力首屈一指。因此，他會去拍賣市場，挖掘出好古董收購，讓店裡賺錢。

他的努力沒有白費，年紀輕輕就被提拔為二掌櫃。

不過，他愛上了老闆的掌上明珠柚子。

他一心只想和柚子在一起，逃出唐船屋過了一年。心無旁騖地全心專注於工作。

他遵守和老闆善右衛門的約定，或者應該說是，他單方面地擅自遵守和老闆的約定，從唐船屋帶走了柚子。

——我絕對會帶給妳幸福。

真之介一直如此心想，但是很快地，自信動搖了。人生的道路不可能一路平坦，接下來有起有落。真之介擔心能否克服所有難關。

「快點，走囉。」

柚子抬頭看著從櫻花樹葉縫隙灑落下來的陽光。真之介對她呼喊，經過了高瀨川上的橋。

從四條木屋町前一條小徑往西走，出現了桝屋的大招牌。

雖然店面寬敞，但是從長暖簾的縫隙看到的店面，只擺放著幾個罈子和描金畫的箱子，如果不知道的話，說不定不會察覺這是一家古董店。

老闆湯淺喜右衛門正在帳房的小桌子寫字。

「哎呀，你來得好。那位是夫人吧？」

真之介在生意上經常受到喜右衛門照顧。明明只是在古董市場結識的點頭之交，但正是這位喜右衛門，借了一大筆錢給甫開店第一年的真之介。當然，真之介立刻還了那筆錢。喜右衛門時常擔心真之介，會將零散的商品整批賣給他。

喜右衛門有恩於他，所以真之介讓柚子來一趟，好好地跟他打聲招呼。

「我是真之介的妻子，名叫柚子。相公平常受您照顧，感激不盡。今後也請多多指教。」

柚子解開包袱巾，遞出糕點的箱子。喜右衛門看得入迷。

「好美啊。不愧是唐船屋的寶貝女兒。」

「多謝。」

柚子微微一笑，低頭行禮。

「這種個性就是大鋪子培養出來的雍容氣度。」

喜右衛門露出佩服的表情。

「欸，什麼意思？」

「不管是再美的美女，只要被人稱讚好美，往往都很難坦然地道謝。妳想必是被捧在手掌心，在悉心呵護之下長大的吧。」

柚子連脖子都通紅，垂下了頭。

「請您別再逗我了，人家會害羞。」

「哈哈，恕我失禮，我沒有惡意，請妳原諒。」

三十五、六歲的喜右衛門有些許木訥、粗魯的一面，長相福態。

他在幾年前入贅到桝屋，真之介幾乎沒聽他說過以前的事。真之介心想：他原本或許不是古董商，而是武士。

清楚濃密的一字眉象徵聰敏，面對重大事情也不會畏縮的堅強意志。假如他曾是武士，為何改行開始賣古董呢？他看起來不像是到祇園玩女人玩到身敗名裂的那種男人。

學徒拿座墊來放在門框上，但是真之介和柚子沒有坐下。

「欸，儘管坐，不要客氣。」

「多謝。」

「妳也坐吧。」

真之介避開座墊，坐在門框上。

經真之介這麼一說，柚子也一樣坐在門框上。

「今天是什麼風把二位吹來了？」

「欸，如同之前所說，我們形同私奔，成了夫婦。如今尚未獲得她娘家的認同，所以我決定起碼要帶著她，四處向照顧我的人打招呼。第一個造訪的便是桝屋。」

之前曾有町內的人挖苦柚子。因為在京都，每個新嫁娘都會展示嫁妝，但是柚子卻沒有那麼做。

柚子的娘家唐船屋雖然準備了嫁妝，但那是為了讓柚子嫁給茶道掌門人之子而準備，不是為了讓她和掌櫃私奔而準備。

而且那些嫁妝因為柚子的任性，送給了藝伎小梨花。

相對收回的鳳蝶金蒔繪衣櫃、梳子、簪子等，結果全部收納在唐船屋的倉庫。

如今，江戶的將軍大人和許多旗本一起上京都。京城擠滿了各國武士，町內的大戶人家也作為武士們的下榻處。

柚子雖然在町內聲稱，「如今京都正忙成一團，沒辦法悠哉地展示嫁妝」，但是這個藉口能夠矇騙到何時呢？

於是真之介心想，「起碼要讓能夠認同兩人關係的人，清楚地明白箇中原委」，開始帶著柚子到處打招呼。

「原來如此。欸，像你這樣的好男人，遲早會受到唐船屋老闆的認同。」

「欸，但願如此……」

如同喜右衛門所說，唐船屋老闆善右衛門還有可以說服的機會。他相當疼愛女兒。如果柚子去拜託事情，他都會無可奈何地通融。雖然老是板著一張臉，但是似乎拿女兒沒輒。

撿回曾是棄嬰的真之介撫養，悉心照顧，從任人使喚的小鬼跑腿培養成學徒、伙計、掌櫃的人，正是善右衛門。兩人私奔想必比被家犬反咬一口更令善右衛門不悅，但是真之介抱持一絲希望，如果生意步上軌道，自己成為出色的古董店老闆，也許他就會認同兩人的關係。

——如果你在一年之內，擁有一家四間門面的店，帶著千兩聘金上門，我就答應你們的婚事。

善右衛門確實和真之介如此約定了。

真之介甘冒風險做生意，依約擁有一家四間門面的店，帶著千兩聘金去了。

但是善右衛門如今仍然不肯收下聘金。

真之介如此心想。如果疼愛的女兒抱著孫子回去，善右衛門八成會予以接納。

——如果有孩子的話……

難對付的反而是母親阿琴。

阿琴是江戶日本橋一家大型茶具店的女兒。

年輕時，她來到京都的茶道掌門人宅邸，學習半年茶道。當時，經常進出掌門人家的唐船屋善右衛門對她一見鍾情，娶她為妻。

真之介當時還是學徒，幾乎不曾聽過阿琴說話。

家務事一切由婆婆掌管，阿琴幾乎是個啞巴。遑論微笑的表情，真之介不記得自己看過她臉上露出任何表情。

自從三年前，婆婆去世之後，阿琴開始掌管家務事，但是臉上依然像是戴了面無表情的能樂面具。儘管會對客人陪笑臉，但卻總是給人一種冷冰冰的感覺。

即使真之介和柚子造訪唐船屋，阿琴也充耳不聞，不理不睬。

真之介想起這樣的阿琴，表情變得有些憂愁。

「我不認為一朝一夕就能獲得認同。我們夫婦倆會耐性地努力下去，今後也請多指教。」

「是啊。賣古董是一門輕忽不得的生意。需要幫助的時候，我們彼此協助吧。」

「感謝。不過，像桝屋這樣氣派的店，沒有半點需要我們幫助的地方就是了。」

「沒那回事。如今社會劇烈變動，沒有人知道，日本今後會變成怎樣？誰知道這種買賣收藏品的店什麼時候會倒？我有困難的時候，你們要助我一臂之力唷。」

「那才是我們想拜託您的事。」

「我轉手賣給你們的破銅爛鐵賣得如何？」

「快別這麼說，才不是什麼破銅爛鐵呢。就算是在值錢商品到處都是的桝屋賣不出去的雜貨，在我們店裡也正好價位適中，馬上就賣掉了。託您的福，賺了不少錢。」

「是嘛，那就好。」

真之介眺望店內，總覺得擺放的商品和之前來的時候一樣，幾乎沒有改變。喜右衛門究竟在做何種生意呢？

「最近，有沒有賣什麼奇特的商品呢？」

「奇特的商品啊……」

喜右衛門目不轉睛地直視真之介。

真之介說這句話並非出自特別的用意，但是喜右衛門的眼神異常地盯著人不放。

「你要看一下嗎？有件有趣的商品。」

喜右衛門繃緊嘴角，一臉嚴肅地嘟囔道。

「要。請務必讓我拜見。」

立刻大聲回應的人不是真之介，而是柚子。

㈡

真之介背上扛著大包袱，和柚子一起回到三條的精品屋。他直接將桝屋喜右衛門給他看的貨買回來了。

「歡迎回來。您又扛了寶物回來啊。」

掌櫃伊兵衛笑瞇瞇地迎接。

「嗯……」

真之介心情不好。因為他在桝屋鑑定商品，又輸給了柚子。感覺十分沮喪，心情怎麼也好不起來。

「歡迎回來。」

伙計俊寬接下包袱。

他長得像獨自被留在鬼界島的俊寬（譯註：一一四三—一一七九，平安末期的真言宗僧侶。在鹿谷的山莊和藤原成親、成經父子，以及平康賴等人密謀討伐平清盛，事跡敗露而遭到流放，死於鬼界島），臉色蒼白，身材瘦弱，總是露出悲傷的表情，所以真之介替這個年輕人取了這樣的綽號。

「是刀嗎?有好多啊。」

真之介沒有回答。

「你認為是怎樣的刀?」

柚子反問,試圖使真之介的心情好轉。

「正宗或三條小鍛冶……」

俊寬垂下眉尾,八字眉顯得十分寒酸寂寥。

精品屋的牆壁上掛著好幾把刀,幾乎都是所謂的奈良刀,全部都是便宜貨。伙計們不知道刀匠的名字。

「你剛才說的是平安、鎌倉的舊刀,今天的是更新一點的江戶刀。相公,機會難得,稍微教大家一點刀的知識如何?」

真之介曉得柚子想給自己作面子。

「……這個嘛。」

真之介也不想一直自哀自憐。

「好吧。我就替有空的人好好上一堂課。」

真之介讓柚子和學徒顧店,將掌櫃和四名伙計聚集在二樓的客廳。

掌櫃伊兵衛一打開包袱,出現了好幾個刀袋。

五花十色的刀袋,像是金線織花的錦緞、黑色木棉,或者黃色鬱金染等。真之介讓大家幫忙解開繩帶，將其中的刀排放在地上。

所有刀幾乎都收納於原木的刀鞘中。除此之外，也有黑色刀鞘、紅色刀鞘，或者散嵌珠光貝殼的精緻刀鞘、鯊魚皮（譯註：雖在日語是「鮫皮」，即鯊魚皮，但其實是魟魚皮，作為纏繞武士刀刀柄的索帶）刨光的上等刀鞘。

刀的護手和釘帽皆為上等貨，起碼不是奈良刀這種便宜貨。

一共十三把。

真之介抓起一把，撥開刀鞘；將手臂往前伸，筆直豎立刀。

「如何？這是天下的名刀。」

「什麼名刀？我們對刀一竅不通，請教我們。」

俊寬問道。

「笨蛋，你不只不懂刀。明明對古董也一無所知，少一副有獨道見解的口吻。」

遭到掌櫃伊兵衛責備，俊寬露出了悲傷的表情。

「哈哈，他說的沒錯，我也幫不了你。」

「借看一下。」

伊兵衛伸出手，真之介將刀遞給他。

這個男人說，他之前被解雇的店之一是刀店。看他拿刀的方式，真之介知道他有一定的鑑定心得。伊兵衛仔細端詳之後，開口說：

「這是虎徹吧？總覺得它散發出一股淩厲的氣勢。彎度小，灣（譯註：刃紋線呈微曲狀）與互目（譯註：刃紋線呈規律起伏的波浪狀）夾雜的刃紋。而且皮鐵（譯註：武士刀由高碳鋼、中碳鋼、低碳鋼這三種材質製成刃口〔刃鐵〕、刀面〔皮鐵〕、刀心〔心鐵〕，經過淬火後，質地分別為硬、韌、軟；因此剛中帶柔，不易彎斷，鋒利無比）凜冽，藍光幽幽。」

「哦！不愧是掌櫃，觀察入微。這確實是虎徹；是武州江戶東叡山忍岡住的名匠長曾禰興入道虎徹的作品。你們好歹知道它的名字吧？」

「欸，這就是虎徹嗎？經您這麼一說，鐵的光芒果然不一樣。」

俊寬一臉識貨的樣子低吟道。伙計們瞪大眼睛看著刀。

真之介又抽出另一把刀。

「這一把也是好刀啊。」

「那是……」

俊寬畏畏縮縮地詢問。

「這也是虎徹。」

「欸，居然有兩把？我聽說虎徹相當稀少。我也只有在銘圖鑑中看過它的外形和刃紋，這是第一次看見真品。姑且不論江戶，在京都、大坂少之又少。」

伊兵衛點頭如搗蒜。

「不只兩把，這些全是虎徹。」

五個男人倒抽了一口氣。

「咦?!這些全部是虎徹嗎?」

俊寬露出驚訝的表情。

「是啊，全部是虎徹，長曾禰興里的作品。」

「是真品嗎?我聽說虎徹有許多贗品。」

伙計牛若問道。因為這名年輕人活力十足，所以真之介替他取了這種綽號。

「嗯，全部都是真正的虎徹不會錯。」

如今物價高漲，伙計們也曉得，若是真正的搶手虎徹，十兩、二十兩也買不到。如果品質佳的話，則是適合大名佩戴的名刀。那種上等貨有十三把——這下豈不是發財了嗎?

「……騙你們的，可惜真正的虎徹只有一把。你們鑑定得出它嗎?」

掌櫃和四名伙計你看我、我看你。

「雖然是贗品，但是每一把的品質都相當好。如果辨識得出真偽，你們就是真正的古董店店員。」

「是……那種事怎麼辨得到?我對刀一竅不通。不，對一般古董也一無所知……」

俊寬垂下兩條眉尾，變成八字眉。露出那種沒出息的眉形，好運就不會降臨，財運也會溜走。

「別說喪氣話。靜下心來的話，自然就會看得出來。無論任何古董，真品都有一股力量，和贋物的差別一目瞭然。」
「老爺知道是哪一把了嗎？」
牛若目光筆直地望向真之介。
「廢、廢話！」
真之介雖然動怒，但是語氣無力。
在桝屋鑑定十三把，鑑定出真正那一把的人是柚子。真之介一下就猜錯了。
「我認為，老爺沒辦法鑑定刀。就連鑑定茶具，老闆娘也比您略勝一籌。」
俊寬的直言不諱令真之介火大。
「虧你敢說這種話。好，如果要逞威風的話，先正確猜出真正的虎徹再說。假如誰猜對的話，鑑定功力就在我之上。我會爽快地將那把刀送給他。」
伙計們雙目生輝。
「真的嗎？」
從剛才到現在，最興奮的人是俊寬。
「傻瓜。別當真！這是店裡要賣的商品。就算伙計養成了鑑定功力，要是一一送你們，店豈不是要倒了？」
掌櫃伊兵衛作勢要敲俊寬的頭。
「不，是真的。如果誰鑑定得出來的話，我就送他。但是，如果猜錯的話，就一輩子沒薪水，要替我做白工。不過，我會提供三餐，養他一輩子。賭不賭？」

「哪有人這樣……」

俊寬又悲傷地垂下眉尾。

「哈哈。不敢參加危險的打賭啊。」

「不過，欸，真的能得到真品的刀嗎……」

俊寬拘泥於這一點。

「嗯。你要賭嗎？你猜猜看。如果正確猜中的話，我就送給你。總之，你可以先仔細看一看。」

真之介鋪上深藍色的毛毯，抽出十三把虎徹排放，然後將紫色的小枕頭墊在靠近刀尖的一帶，以免刺傷人。

從一尺八寸的短刀到超過兩尺四寸的刀，十三把刀一字排開，十分壯觀。

「話說回來，你們知道刀的鑑賞方式嗎？」

「不，不知道。」

俊寬老實地搖了搖頭。

「伊兵衛，你有心得吧？教他們一些入門知識。」

「遵命。」

伊兵衛危襟正坐，拿起一把刀叩拜；伸出手臂，在自己面前筆直豎立刀。

「刀啊，首先要仔細看外形，看外形就會知道時代。這種彎度小的外形，是在寬文時代鑄造的新刀外形。」

「寬文是好久之前。儘管如此，還是新刀嗎？」

寬文是文久的兩百年前，江戶初期的年號。

「嗯，好問題。刀啊，東照神君家康公在世的慶長之前算舊刀；在那之後是新刀。舊刀和新刀的外形截然不同。欸，一開始就教你們細節也沒用，記得靠近刀鎺（譯註：兩片安裝在護手正反面的金屬楔子，納刀時可以卡緊鞘口，令刀身不易意外出鞘），在腰身一帶彎曲的是舊刀，而在之前彎曲的是新刀就夠了。」

四名伙計趨身向前，專心聆聽。

「接著是鐵。看皮鐵就知道刀是哪裡製的。大和、山城、相模、備前、美濃，刀的知名產地是這五個地方。除此之外，全國各地也有刀匠，但是鐵各有不同的特徵。要看出產地，首先只能看幾百把、幾千把，記得其特徵才行。」

「現在才開始學，沒辦法看出產地。」

伊兵衛不理會俊寬的嘀咕，繼續說：

「再教你們一點，最後要看的是刃紋。從刃紋看得出刀匠的鑄刀習慣。聽懂了嗎？知道外形、鐵、刃紋這三項，就知道時代、產國、刀匠。不過，刀的鑑定十分深奧，耗費十年才能有個樣子。」

俊寬搖了搖頭。

「不行，我放棄。」

真之介在一旁聽，火上心頭。

「你從剛才就左一句沒辦法、右一句不行，為什麼那麼沒有進取心？是男人的話，就要更積極一點，你沒有勇往直前的氣概嗎？」

「不過，耗費十年才能有個樣子。現在馬上想鑑定真偽，終究來不及。」

這時，紙拉門打開，柚子進來了。

「看古董會累。休息的時候，請喝茶。」

「噢，辛苦了。」

真之介啜飲熱粗茶。內心溫暖，心情平靜了下來。

「我告訴你們，柚子她啊，雖然對刀一竅不通，但是從這裡面鑑定出了真品。」

「真的嗎？」

「不，我只是誤打誤撞猜中的……」

柚子輕輕搖頭。

「不過，老闆娘是唐船屋的千金小姐。就算對刀再無知，總是看過好幾把名刀吧？」

俊寬兀自點頭。

「不，我娘家是茶具店，而且我是女人，怎麼可能懂刀。哎呀，雖然倉庫裡有幾把，但是我沒有看過。」

柚子用力搖頭。

「明明對刀一無所知，卻從這麼多把贗品當中，鑑識出了唯一一把真品嗎？」

「還不到鑑識那麼了不起，只是覺得可能是它，碰巧猜中了。」

「妳看中了它的哪一點呢？」

「這個嘛……」

「慢著，到此為止。坦白說，我猜錯了。」

俊寬用力點頭令真之介感到氣憤。

「我和柚子對刀都一樣不清楚。不過，柚子正確地鑑定出來了。鑑定高手如果看到值得看的地方，無論哪種古董都能鑑定出真偽，這讓我上了一課。我也想讓你們學習這一點。」

「看柄腳不行嗎？」

掌櫃伊兵衛抱起胳膊，偏頭不解。

「不，也行。不過，任何柄腳都刻上了長曾禰興里、入道虎徹或乕徹等銘。欸，銘的氣勢說不定會供作參考。」

五個男人趨身向前，凝視白刃。

「從今天起三天，這些刀就這麼放著。你們有空的時候，可以看個仔細。然後好好思考，也告訴學徒剛才的談話內容。」

「欸。」

伙計們的回應沉重，口齒不清。

「如何？誰有骨氣參加剛才的打賭嗎？」

真之介問道。

「我真的會將那把刀送給能夠鑑定出真品的人，我不會騙人。如果猜得到的話，就猜猜看。」

真之介的話，令伙計們搖頭。

「但是，如果猜錯的話，就要一輩子做白工對吧？」

「當然，要幫我做牛做馬。」

「那麼不利的打賭，怎麼能賭？」

大聲嘟嚷的人是牛若，掌櫃伊兵衛也搖了搖頭。

「搞什麼，我們店裡全是一群沒骨氣的傢伙嗎？」

真之介嗤之以鼻。

「我、我賭。請讓我賭。」

聲音顫抖，膝行前進的人是俊寬。

「喔?!你要賭賭看嗎？」

「欸。我至今凡事都在動手做之前就馬上放棄，老是在後悔。既然反正都會後悔，這次我想，與其不做而後悔，不如做了之後再後悔。」

「了不起！這樣才是男人。」

真之介大聲誇讚，拍了拍俊寬的肩膀。

「你要一輩子在我們店裡工作唷。欸，好歹在中元節和年底，我會給你零用錢。」

「我討厭你一副勝券在握的說法。」

柚子朗聲低喃道。

「咦？」

「不過，我知道俊寬一定鑑定得出來。」

聽到柚子沉穩的語氣，真之介有點後悔打賭了。

㈢

真之介坐在帳房時，俊寬從寬敞的樓梯下樓。

「如何？大致猜到了嗎？」

被伙計牛若一問，俊寬偏了偏頭。

「不，我一直盯著看，但只看得眼睛乾澀，眼皮抽筋。完全看不出個所以然。」

已經下午了。今天，俊寬從一早就一直在二樓看著刀。

「你比對過銘圖鑑了吧？」

知名刀匠的銘會採集柄腳和刀身的拓印，記錄於銘圖鑑這本書中。其刻本放在刀旁。

「當然。不過，越看越覺得全部看起來都是真品，也看起來都是贗品。欸，雖然有兩、三把感覺應該不是真品，但是其他的就……」

俊寬果然後悔了。

他說他昨天晚上也犧牲睡眠在看刀。他應該忍耐睡意，今天也盯著看到眼睛痠澀。儘管如此，他大概還是完全看不出來哪裡有差別。

「振作一點！你的臉色蒼白唷。」

牛若鼓勵他。

「欸，我沒事。這是我提出的要求，我會自己想辦法。反正如果猜錯的話，只要在這裡工作一輩子就好了。哈哈……」

俊寬的笑容有氣沒力。

風和日麗的春天下午，店裡有許多町內的客人。

這時，一名表情嚴厲的武士慢騰騰地現身，好幾個人簇擁著他。

「啊，近藤大人。您來的正是時候。」

帳房裡的真之介立刻招呼他。

他是壬生浪士近藤勇。

「我想可能會有護手的珍品，順道過來一趟。你弄到了什麼好貨嗎？」

不知為何，近藤看起來比平常表現得更落落大方。

「是。我知道您想要虎徹，碰巧進了一批品質好的虎徹，您要過目嗎？」

頓時，近藤凹陷的圓眼目光閃爍。

「真的嗎？讓我看一看。」

「近藤大人，切勿上當。這種堆滿破銅爛鐵的店裡，不可能會有真正的虎徹。真是的，京都的刀店沒有像樣的刀啊。」

隨從的男人制止近藤，他名叫土方歲三。

「老實說，我們實在沒有能力鑑定刀。如果近藤大人能夠仔細鑑定出真品或贋品，那真是感激不盡。」

「原來如此，這樣啊。讓我看一看吧。是大刀嗎？還是短刀？長度多少呢？」

「兩者都有……」

「哦，大小都有啊？」

「是，兩者加起來一共十三把。」

「咦?!」

「全部有十三把虎徹。」

「怎麼可能，不可能有那麼多把虎徹吧？」

土方銳利的目光刺向真之介，責難的眼神彷彿在說真之介是騙子。

「不，每一把的銘確實都是虎徹。以我的眼力無法鑑定，務必請您鑑定一下。」

「哼。不管怎麼，看了就知道。」

近藤點了點頭。真之介向他指示位於店內的樓梯。

「這邊請。刀在二樓。」

真之介在樓梯底下向俊寬喊道。

「去準備茶水。」

「欸。」

接著，在他耳畔呢喃道：

「做生意第一。假如真品賣出去的話，打賭就不算數。畢竟東西賣掉了，就算你猜對，我也沒辦法送你。」

「我求之不得。」

俊寬一臉鬆一口氣的表情，垂下眉毛。

「真是個沒出息的傢伙。」

真之介走在近藤他們前頭，爬上樓梯。

「來，在這邊。」

鋪在客廳裡的毛毯上，擺放著收進刀鞘的刀。有原木刀鞘，也有鑲嵌飾物的刀鞘。

近藤端坐在毛毯前面，拔出角落的一把。

目不轉睛地凝視。

簇擁的武士們默默候在後頭。

近藤慢慢花時間，一把一把看。

看完一把之後，將它遞給土方，土方再遞給年輕武士，眾人依序看。沒有人說半句話。

那段期間，真之介坐在客廳角落。

近藤勇將最後一把遞給土方，抱起粗壯的手臂，閉目瞑想。他似乎在腦海中回想刀。不久，他睜開眼睛。

「不好啊……盡是劣質的虎徹。」

「是嗎？在我看來，它們很好。」

「刀果然是會使劍的人才懂，在這裡的盡是劣質的虎徹。」

近藤啜飲涼掉的茶，像嘆息般地低喃道。

「是嘛。您看不上眼，真是可惜。」

「不過啊，只有一把優質的虎徹。」

「咦？真的嗎？」

「它吸引了我的目光，肯定沒錯。」

「是哪一把呢？」

近藤沉吟一聲，放下茶碗，不慌不忙地伸出手。

「這一把。」

他抓起的是在鯊魚皮上塗上黑漆，刨光的刀鞘。黑底上浮現白色斑點，十分高雅美觀，而且價格不菲。護刀是透雕海濱的漁網和白鴴的精品。

「剩下的是不好的贋物，但這是一把優質的虎徹。老闆，我要買這一把。」

「果然識貨。」

真之介深深一鞠躬。

「拿來。我再看一次。」

土方伸手，從近藤手中接過刀。

「無論是十分密實的皮鐵，或者微曲的悠然刃紋，都是真正的虎徹。」

「不看柄腳好嗎？」

土方問道。

「哼。不看柄腳，光看鐵就知道是虎徹。」

「讓我看一下。」

土方用一旁的拔釘器，卸下釘帽，拆下刀柄；目不轉睛地盯著柄腳。

「如何？沒錯吧？」

土方仔細端詳，偏頭不解。

「好……」

「阿歲大概沒看過真正的虎徹吧？我看過，這是真正的虎徹。老闆，多少錢？」

「欸。打折算您一百兩。」

「便宜。這麼好的虎徹賣一百兩實在便宜。」

「謝謝惠顧。我會努力學習，精益求精。」

「哎呀，我今天手頭沒錢，日後再派人拿來。謝謝你幫我找到這麼好的刀。」

近藤拿著刀站了起來，已經邁開腳步了。

真之介連忙拉住他的衣袖。

「請留步。恕不賒帳，本店是以現金進貨。如果貨款不收現金的話，店會倒。」

「話是這麼說沒錯，但是我今天手頭沒錢。我這兩天一定會派人拿來，你放心等著吧。」

「可是，光是口頭約定，我實在無法放心等。付錢之後，我再將刀交給您。在那之前，我會小心保管，不會賣給任何人。」

近藤拒絕，用力搖頭。

「老闆，你認為我是流浪武士，擔心我會帶著刀逃走吧？」

「並不是您想的那樣……」

「我們日前成為會津松平候的護衛，已經不是流浪武士，你不用擔心貨款的事。」

「不，不管是將軍大人，或者天皇，本店的規定是先收錢再交貨。請您諒解。」

「如果你這麼說的話，我就留下字據好了。」

近藤站著從懷裡拿出文具盒和懷紙，振筆疾書。
「不，就算是白紙黑字，本店也不接受……」
「這是一百兩的欠款單，刀我拿走囉。」
近藤將一堆懷紙塞給真之介。
「可是，光是一張這種字條……」
「囉嗦，你不信任我嗎？」
近藤吊起眼梢。
——這傢伙是無賴嗎？
真之介對於一度認為這個男人擁有統一天下之相的自己感到羞恥。
——這一陣子，我老是看走眼。
近藤拿著虎徹，打開紙拉門，走到走廊上。
真之介攤開雙手，擋在近藤前面。
「請留步。這樣的話，簡直跟強盜一樣。」
「說話客氣一點，你說我是強盜？」
近藤瞪視真之介，眼中有一種難以形容、貪得無厭的光芒。
他一下子往前踏步。
真之介後退。

不愧是在江戶當過道場主人。光是大步向前，就有一股嚇人的迫力。

近藤繼續以驚人的氣勢前進。真之介總覺得近藤以肚臍推著自己，不斷後退，背對樓梯下樓。

彷彿受到近藤的欲望推擠般，真之介從樓梯底下到泥地房間，打赤腳到了外面。

來到門口的三條通，近藤拔出虎徹。周圍的人迅速閃避，消失無蹤。

近藤在街道的正中央，將刀對著天空注視，春天的藍天令刀閃爍。

「嗯。好虎徹。我遲早會來付錢。」

他就此緩緩地邁開腳步，經過三條大橋而去。

強盜的行徑令人咂舌。

「刀被拿走了，我們去追吧。」

掌櫃伊兵衛在一旁低喃道。

「愚蠢。太愚蠢了，愚蠢到讓我連追都不想追了。」

「我還以為他是武士，真是替他感到丟臉。」

「哼。我以為他是更有骨氣的男人，但是我看走眼了。一臉揚揚得意地拿走那種贗品，那傢伙是笨蛋。」

「咦，那是贗品嗎？不是真品嗎？」

「嗯，最以假亂真的贗品。頂級的刀鞘加上頂級的護手。那相當值錢，所以很可惜。呿，鑑定功力越差的人，越容易被華麗的外觀矇騙。」

近藤第一次來店裡時，真之介在觀相之後，認為近藤勇這個男人應該是個相當出色的人物。然而，剛才的所作所為太過旁若無人，只不過是個小無賴罷了。自己看走眼反而更令真之介感到遺憾。

「那麼，真品是……」

「不曉得，會是哪一把呢？你以自己的眼力正確地鑑識出來吧。」

被真之介拍打背部，俊寬又丟人現眼地垂下了眉尾。

㈣

將虎徹的刀擺放在客廳的第三天晚上。

嚴實關上門口的板門，吃完晚餐之後，掌櫃和伙計聚集在二樓的客廳。

「好。鑑定出來了嗎？」

真之介在擺放剩下十二把虎徹的前面問道。所有在座者的視線集中在俊寬身上。

「……是。」

俊寬露出一副泫然欲泣的表情。

「這關乎你的一輩子，這麼沒自信好嗎？」

「嗯。是，哎呀……我想沒問題。」

「是喔。總覺得你沒把握。如果沒自信的話，取消這個打賭吧？」

「不。如果能夠得到真正的虎徹，我就可以賣掉它，讓母親開心了，因為她總是替我擔心。如果我說我靠做生意培養鑑定能力，賺到了錢，她一定會替我高興。」

「是嘛。那麼，依照約定，如果猜錯的話，你要一輩子做白工嗎？」

「是。我願意做牛做馬。」

「好！既然這樣，請你馬上鑑定吧。你能解釋你如何鑑定，好讓大家學習嗎？」

俊寬重新坐在毛毯前面。

「好。首先，我看了柄腳的銘。排除掉三把沒有氣勢，我覺得是贋品的刀，分別是這一把、這一把和這一把。」

俊寬從一字排開的刀中，將三把推到對面。

真之介默默地看著他這麼做。

「接著是外形。聽說虎徹的刀的特徵在於蒼勁有力的外形。因此，我從剩下的刀當中，排除掉外形線條缺乏張力的四把。」

俊寬將四把刀推到一旁。

「接著看到的是皮鐵。聽說虎徹的皮鐵藍光凜冽，所以排除掉刀光混濁的。」

俊寬這次將兩把推到對面。他似乎衝進附近的刀店，臨時抱佛腳了。

「我聚精會神地看剩下的三把，選了刃紋最流暢的。」

俊寬握住一把刀，撥開刀鞘。

兩尺三寸五分。那把刀確實是符合俊寬剛才一一羅列的特徵。

「了不起。你相當了不起啊。」

真之介誇讚道。

「真的嗎？」

「嗯，了不起。和我差不多了不起。」

「咦？」

眾人望向真之介。柚子笑了。

「可惜啊，你和我犯了一樣的錯。」

「怎麼會這樣……」

俊寬的眉尾頓時垂成八字眉。

「你選了最像虎徹的虎徹，那正中了贗品師的下懷。」

「是嗎……」

「我對刀不太清楚，但是長年買賣古董，好歹也知道你剛才說的內容。所以，如果按照那種標準鑑定挑選，確實會跟你一樣，將那一把刀鑑定為真品。」

「不是嗎？」

「嗯，不是，完全錯誤。」

俊寬沮喪地垂下頭。

「在這裡做一輩子白工啊……哈哈，今後要長期打擾，請多指教。」

他語帶哭腔。

「嗯，我雖然很同情你，但約定就是約定。你要好好工作。」

「欸……」

「那麼，究竟那一把才是真品呢？其實，我的想法也和他一樣。」

伊兵衛問道。

「沒錯。長得最像真品的就是贋品吧？不信的話，現在可以再打賭一次。」

伊兵衛和三名伙計連忙搖頭。

㈤

或許是因為看了許多刀，意識異常清晰，睡不著覺，所以柚子和真之介打開小門，到外面吹風。

「最近治安不好，沒關係嗎？」

「哎呀，又不是出遠門，只是在附近的鴨川吹河風，沒什麼大不了的吧。」

從精品屋到鴨川近在咫尺，大概完全不用擔心。

站在三條大橋，春天的晚風香氣宜人。

沿著鴨川櫛比鱗次的餐館燈火，一直連綿至另一頭。不知從何方傳來三絃琴的聲音。兩人靠在欄杆上，眺望映在河面上的微弱光線。

「好舒服，原來吹風這麼舒服。」

「嗯，這一陣子，或許是因為一直看刀，心情莫名緊繃。刀果然是殺人的工具，我不太想賣這種商品。」

「刀真的很不可思議，就連身為女人的我，看了刀也覺得心情緊張。」

「不過，虧妳猜得到真品。坦白說，我嚇了一跳。這果然都要拜老爺從小教妳如何鑑定之賜。」

「欸，我再度切身感覺到耳濡目染是那麼一回事。我從小就在爹膝上，摸過許多上等的古董。說不定是因此，練就了一眼看出真品沉穩氣度的眼力。」

「沒錯。否則的話，妳不會說那個銘是好的。像我就還有待加強。」

真之介不得不自覺到自己的鑑定功力尚未純熟。

「沒有那回事，任誰都會看走眼，爹從前也失敗過。」

「是嘛……話是這麼說沒錯。」

兩人任由風吹，聊了一陣子往事。兩人不禁又想：如果沒有唐船屋的話，就沒有真之介和柚子。

「我改天想和娘好好聊一聊。前一陣子，我回娘家的時候，爹會聽我說話，但是娘連看都不看我一眼。不過，我覺得這樣不行。如果不能好好說服母親的話，我就不算成熟的女人。」

真之介凝視柚子。在黑暗中，她看起來十分成熟。

「妳很了不起，一般人很難這樣想。」

「是嗎？一開始啊，我心想：『為什麼不體諒我們呢？』挺生娘的氣。不過，我的想法一點一點地改變了。」

「是嘛。變得怎樣？」

「我開始覺得，娘遠從江戶嫁過來京都，吃了不少苦。」

「嗯，年紀輕輕地從江戶嫁過來京都，非同小可。」

儘管是來向茶道掌門人學習，但是嫁進風俗習慣不同的京都老字號店鋪，應該要有相當大的決心才做得到。

「小時候，我看過娘在家裡哭。如今回想起來，大概是奶奶對她說了什麼。」

阿琴的婆婆看在親生孩子眼中很溫和，但是看在媳婦眼中，說不定是惡魔。

「我想，爹和娘如果有意的話，大可以若無其事地硬把我帶回家。」

「沒錯。我們一開始相當警戒，以為他們會派人來帶妳回去。沒來反而令人匪夷所思。」

「我想，他們之所以沒有那麼做，也許是稍微顧慮到了我的心情。」

「或許是那樣沒錯。我也不會死心，每天去唐船屋報到。我達成了和老爺的約定，老爺得好好收下一千兩的聘金才行。」

「抱歉啦，因為我父母那麼固執，害你每天都要辛苦跑一趟。」

「妳在說什麼？對我而言，那也是有恩於我的家，我怎麼能草草了事？」

聊到一個段落，兩人差不多想回家的時候，一群武士從三條大橋對面衝了過來。

黑夜中，也看見他們手持白刃。似乎有人在追，有人在逃。

「糟糕，他們在互砍。」

「我們進去家裡吧。」

真之介牽著柚子的手狂奔。柚子穿低齒木屐，跑不快；被橋上的木板絆倒，摔了一跤。

「妳沒事吧？」

「沒事，你先回去。」

「傻瓜，妳在胡說什麼？快點，我們走。」

真之介想扶她站起來時，兩名武士逃到眼前，在橋的正中央轉身架刀，打算迎擊。

追上來的四、五人，直接砍向兩名武士。

黑暗中只看見白刃。

火花四濺，發出鐵和鐵互相碰撞的聲音，交鋒了兩、三下。

「看刀！」

有人叫道。

似乎是撲上前來用力砍，又是火花四濺。

發出「噹」的奇怪聲響。

「可惡！」

這個聲音很耳熟。

黑暗中看見的身影也似曾相識。

「怎麼了？」

真之介也知道出聲詢問的人是誰。

被追的兩人趁機又跑了起來。

「媽的，虎徹斷了，無所謂，快追快追！要是被那傢伙跑走就麻煩了。」

他們是近藤勇和土方他們。

眾人直接順著三條通往西跑。

一群人跑走之後，真之介也掩護著柚子，重重喘氣。他是第一次這麼近距離地看到人和人交鋒。

㈥

「聽說今天早上，四條大橋上有一具頭被砍下的屍體。據說是壬生浪起內鬨，真是治安敗壞。」

俊寬跑腿回來，如此說道。

真之介強烈地覺得：昨晚，近藤一行人追逐的男人，肯定逃到四條被砍殺了。

其實前幾天，真之介從桝屋喜右衛門口中得知，隸屬於京都護守會津松平候的壬生浪士們經常起內鬨。

喜右衛門似乎打心眼裡討厭關東人，毫不留情地說他們壞話。

——那些傢伙，相信將軍大人的時代會一直持續下去，他們不夠聰明。今後的日本，怎麼能交給連區區黑船都趕不走的將軍大人呢？如果那些說要保護將軍大人的傢伙能徹底分裂，不斷消失的話，反而對日本比較有幫助。

真之介不曉得，喜右衛門為何如此貶低壬生浪士們。不過，真之介覺得，喜右衛門對自己的言論具有百分之百的自信。

畢竟，最近的京都無法安心走夜路。

「治安真的很糟。」

真之介低喃道，但有一件事更令他擔心。

昨晚，在三條大橋上交鋒折斷的是近藤勇的虎徹。

近藤想必很惱怒。

昨晚，真之介在那之後在黑暗中尋找，發現了從刀鋒到八寸的最鋒利處折斷的刀。那是近藤拿走的刀。

果然不出所料，近藤勇在中午過後來到了精品屋。

「你看這個！」

近藤將手中的刀把刀出鞘，正好從中折斷。

「這是前幾天的虎徹。如果是真正的虎徹，不可能這麼輕易折斷。你竟敢高價賣贗品給我！」

有稜有角的臉氣得通紅，他似乎相當不甘心。

「且慢。我有說：因為我們無法鑑定，所以請您鑑定。說全部都不好，只有一把好，選擇那把刀的人是近藤大人您自己。」

真之介一辯駁，近藤的臉氣得更漲紅了。

「住口！你訂了一百兩的價錢。你以一百兩賣贗品給我，對吧？」

「您說賣，但是我還沒有收到錢。」

「住口、住口、住口！」

近藤激動不已。

「我差點就沒命了。這件事，你究竟要怎麼賠償我?!這不是賠一、兩百兩道歉就能了事的唷！」

近藤的臉看起來像個要任性的孩子。

——呿。即使是無賴，也沒什麼威嚴。

真之介受夠了無理取鬧的近藤。

「愚蠢。要找這種碴，去找那一帶的地痞。如果刀斷了就怪罪於刀店，全日本的刀店老闆豈不是全部都要上吊了嗎？」

真之介忽然被人從背後抓住肩膀。正要回頭的那一瞬間，右手臂被擰到背部。

「痛痛痛……你做什麼？」

對方是土方歲三。

「哼。竟敢出言不遜？如果折斷一條手臂，你那張嘴也會安分一點吧。」

「嘿！很遺憾。不管被折斷幾條手臂，這張嘴都是得理不饒人。」

話一出口，手臂被用力往上擰。

「痛痛痛……我錯了，請原諒我。」

土方或許真的打算折斷真之介的手臂。

「請等一下，你要對我家相公做什麼？」

一看之下，柚子一臉堅決的表情站著。

「他是不道德的古董店老闆，竟敢以高價賣贗品，所以我正在教訓他。沒有女人的事，進屋去！」

「我雖然是女流之輩，但是他的妻子，我不能坐視不理。」

「哦。那麼，妳要代替丈夫道歉嗎？」

土方鬆手。真之介的手臂頓時獲得了解放。

「我們沒有理由道歉。」

「以一百兩的高價賣贋品，妳那是什麼說話態度?!」

土方瞪視柚子。

被指出這一點，柚子難以回嘴。替那把假虎徹訂一百兩的價錢，真之介確實有點太過得意忘形了。

「您說的對，明明無法鑑定，卻賣了高價的刀，是我們不自量力。我願意為這件事道歉。」

「哼。妳要怎麼道歉？」

「送上如假包換、真正的虎徹，這樣能夠原諒我們嗎？」

「胡說八道。事到如今，誰會被那種謊言騙呢？」

「您信不過我們的眼力是理所當然的，我們無法鑑定刀。不過，附有本阿彌（譯註：始於室町初期，鑑定刀劍的家世）大人的保證書。」

這句話令近藤突然向前。

「哦？有本阿彌的保證書啊？」

「是。有。」

柚子點了點頭。

「當時，你為何沒給我看？」

近藤瞪視真之介。

「因為和近、近藤大人的鑑定不一樣。」

近藤冷哼一聲。被指出這一點，對方也無法回應。

「阿歲，把手放開。如果他們要以真正的虎徹道歉，我們也只好原諒他們了。」

土方放開真之介的手臂，一臉不滿的表情。

「我馬上拿來。」

柚子爬上二樓，拿來刀和奉書（譯註：奉上級旨意下達的文書）。

那是一個黑漆的樸素刀鞘。

「這就是證明書。」

攤開的紙上寫著如下的內容：

虎徹

真品　長兩尺兩寸五分

灣與互目的淬火

彎度　三分

價值十枚金子

最後有年月日和本阿彌的花押。十枚金子等於十枚大金幣，也就是一百兩。換算成如今的萬延小金幣，相當於三百兩。

近藤勇坐在門框上，仔細端詳保證書之後，撥開黑色刀鞘。彎度小的虎徹出現。

蒼勁有力的外形，是虎徹才有的。

近藤眯起眼睛看著刀，凹陷的圓眼越來越往內凹，他的表情像是鄉下的老爺爺。

——他只是一介鄙夫啊。

真之介懊惱不已，自己居然會對這種不值一提的男人有所期待。

近藤盯著刀身看了好長一段時間之後，卸下刀柄，檢查柄腳。

又看了好長一段時間，才終於開口。

「銘的鋼鑿痕還在，確實是真品。因為磨痕老舊，所以我當時才會看錯皮鐵，是我不才。」

近藤折起保證書，收入懷中。

「打擾你們做生意了。有好的虎徹，那是再好也不過了。我今後也會來光顧，如果有偶然到手的珍品，記得留給我。」

近藤留下這一句，帶著一群人走了。

直到他們的背影消失在三條小橋的另一頭為止，店裡沒有半個人開口。

「痛痛痛，還是好痛啊。」

真之介一面撫摸肩膀，一面嘟囔道。

「你沒事吧？」

「欸，手臂沒有被折斷就該慶幸了。險些被折斷，幸好有妳出現相救。」

「不過，真正的虎徹被拿走了，好可惜。」

俊寬聲音有些沙啞地低喃道。

「哈哈。你以為那是真品嗎？」

真之介這句話，令眾人倒抽了一口氣。

「咦，不是嗎？」

不只俊寬一個人驚訝，伊兵衛和其他伙計們也瞠目結舌。

「不過，不是有保證書嗎？那是真品吧？」

牛若一臉納悶地問。

「我知道了，那是外流的保證書吧？」

伊兵衛拍了一下手，發出好大一聲。

「沒錯。你真清楚啊。」

「外流的保證書是什麼呢？」

俊寬偏頭不解。

「本阿彌大人原本就只對正宗和貞宗等慶長之前的舊刀開立保證書。再說，虎徹附保證書也很奇怪……這是我跟桝屋老闆現學現賣的。欸，反正似乎是這麼一回事。」

眾人點了點頭。

「不過，那是頂級的奉書，而且也蓋了章。那也是贗品嗎？」

「那正是外流的保證書。本阿彌家的僕人擅自使用和真正的紙和印章，賺取零用錢。欸，最糟糕的是明明沒有鑑定能力，卻相信那種東西，付一大筆錢的人。」

「這樣的話，到底哪一把才是真正的虎徹呢？」

俊寬的眉毛垂成八字眉，表情哀傷地垮了下來。

「看到你那張無精打采的臉，總覺得心浮氣躁。好啦，你快點猜猜看哪一把是真品。真是拿你沒辦法。如果猜中的話，我就赦免你做一輩子白工。」

「真、真的嗎？」

「嗯，不替你解圍一次的話，我也睡不安穩。但是，這次再猜錯的話，就真的要做一輩子白工了。」

「是、是……」

俊寬點了點頭，臉色蒼白，面無血色。

真之介下令，只留下學徒和女婢顧店，其他人在二樓的客廳集合。

十一把刀一字排開。

如今全部撥開刀鞘，卸下刀柄，只剩下赤裸的刀身。

俊寬拿起所有刀仔細看，抱起胳膊沉吟。

「不行。越來越搞不清楚了，越看越覺得每一把都是贗品。」

「那麼，全部都是贗品囉？」

「不、不……」

「怎麼樣？快點鑑定！」

「你這樣為難他，他很可憐耶。」

柚子出面緩頰。

「俊寬，這種時候最好不要想太多。深吸一口氣，放鬆肩膀，然後慢慢吐氣，以真性情觀察就行了。怎麼樣？你覺得哪一把刀看起來最舒服？」

俊寬沒有回答，因為他答不出來。

沒有半個人說話。

「古董這種東西啊，不管是茶碗或刀，全部都是一樣。」

「……」

「其中存在製造者的靈魂。我總覺得仔細看的話，製造者會跟我說話。你可以聽他說。主動靠近，好好觀察，平心靜氣地聽他說。」

俊寬再度拿起所有的刀仔細端詳。眉尾越來越沒出息地下垂。

「快點，差不多看夠了吧？決定是哪一把！」

俊寬在真之介的催促之下，畏畏縮縮地有些遲疑，將手伸向其中一把刀。

「這、這一把……」

他沒有自信地低喃道。

眾人望向真之介。

「那一把怎麼樣？」

「……我認為它是真正的虎徹。」

「真的是它嗎？」

「……」

「怎麼樣？」

「欸，我認為是它。」

「只是認為嗎？」

「不、不，這正是虎徹。」

一陣漫長的沉默，真之介沒有露出任何表情。

過一陣子，他微微一笑。

「你辦得到嘛，我對你刮目相看了。」

俊寬傻眼了。

「真、真的嗎？」

「嗯，事到如今，我騙你作啥？完全正確！」

俊寬把臉皺成一團，真的哭了起來。

掌櫃和伙計盯著俊寬選的那一把刀。

「那是我認為不是真品，排除掉的第一把刀。」

伊兵衛偏頭不解。

「其實，我也一樣，第一個排除掉了它。」

「欸。刀本身不靈巧，而且銘的鋼鏨痕鑿歪了。」

「沒錯。我也認為這種拙劣的銘是贗品。」

那把刀的柄腳刻的銘是「乕徹入道興里」，工匠把「乕」這個字正中央的直線鑿歪，變得兩豎重疊。因為銘鑿得拙劣，所以真之介認為是贗品。

「聽說這一把啊，是虎徹這位刀匠把銘改成『乕徹』時的作品。因為他還不習慣鑿新的銘。」

「我以為他是技術差的贗品師。」

牛若佩服道。

「改變銘對於刀匠而言，想必是一件大事。無論是製造刀的技術或心情，應該都有了重大改變。刀整體不靈巧也是因為這個緣故。……對吧？」

真之介望向柚子。

「欸。雖然只有那把刀不靈巧，但是感覺清爽。我總覺得刀在說：我要卯足全力振作！」

「哈哈，真正的鑑定高手一看，似乎就是這麼一回事。」

真之介苦笑。

「其他的刀都有點不對勁。有的是外形好，但是皮鐵霧霧的，或者銘力道不足，有些不自然、不諧調。而那把虎徹雖然不靈巧，但是感覺樸實。」

「你們充分學到了嗎？要鑑識出真品，最重要的是真性情。不要忘囉。沒有真性情的話，就鑑識不出古董的真假了。」

「是，這一次的事讓我獲益良多。」

俊寬一面擦眼淚，一面低喃道。

「什麼意思？」

「老闆的鑑定功力之所以比不上老闆娘，是因為不夠真情流露。」

「你這傢伙……」

真之介大動作地掄起拳頭，輕輕地敲了俊寬的頭一下。

㈦

接近傍晚時分，柚子經過三條大橋。

新門前通的唐船屋一如往常地悄然無聲。

鑽過暖簾，看見店面的洗手鉢中插著紫色的豬牙花。

大哥在門口的帳房裡，見到妹妹也假裝沒看到。

柚子向掌櫃打招呼入內，據說父親外出不在家。

「娘，我可以進來嗎？」

柚子請示一聲，打開紙拉門，母親阿琴一個人坐著。

阿琴看到柚子，慵懶地搖了搖頭，望向中庭。

「妳來做什麼？嫁出去的女兒，潑出去的水。」

「欸。光是讓我跨進家門，我就很感謝了。今天我來，是有一件事想讓娘明白。」

阿琴不看柚子，依舊看著庭院。

「我就算嫁進那戶茶道掌門人家，也絕對得不到幸福。我希望娘明白這件事……」

阿琴沒有回應。

「那位茶道掌門人之子，好像老是只想到自己，覺得自己很偉大，哎呀，光是想到要和他結為夫婦，我就背脊發冷。我實在無法忍受。」

阿琴還是沒有回應。

「真之介是個好人。和他在一起的話，再多的苦我也不怕。唉，他曾經在這個家裡受人使喚，所以爹娘說不定會覺得心裡頭不是滋味。不過，我喜歡他。我非他不嫁。」

阿琴總算轉頭面向柚子。

「唉，如果能夠以喜不喜歡為條件結為夫婦，那是再好也不過了。但最重要的是幸福啊……」

庭院稍微暗了下來，房間裡更暗。柚子看不清楚母親的臉。

「可是，喜不喜歡是最重要的吧？」

阿琴搖了搖頭。

「世事不會完全順心如意……我們當初也是那麼認為，一路走來的。」

阿琴好像有話想說。

「我不怪妳不懂事，因為妳不曉得我是以怎樣的心情在這個家裡生活至今的……」

說到這個，柚子幾乎沒有想過母親的心情。

她是個喜怒哀樂不太形於色的人，柚子聽說，她是因為父親對她一見鍾情而嫁進來的。柚子一直以為，他們是一對幸福的夫婦。

阿琴深深嘆了一口氣，緩緩呢喃道：

「女人啊……」

她只說了這麼幾個字，心情沉重地話哽住了。她好像是千言萬語說不盡，說不出話來。

紙拉門對面有人的動靜。

「我拿紙燈來了。」

是女婢的聲音。

阿琴沒有回應。

「進來。」

柚子代為回應。

微暗的房間變亮了，柚子看見母親的臉，她正在哭泣。

阿琴倏地起身，消失在隔壁房間，發出拉衣櫃抽屜的聲音。旋即又回到了原本的房間。

她拿在手上的是一個純白的袋子，袋上有帶纓的緋紅繩帶，似乎是出嫁時的防身匕首。

阿琴一解開繩帶，取出其中的匕首。

「妳知道我是以怎樣的心情，把妳拉拔長大的嗎……」

放在榻榻米上的刀鞘，在紙燈的燈光照映下，十分美麗。那是華麗的牛車金蒔繪。

「我好幾次都想使用這把刀。」

「不會吧……」

「我嫁過來，馬上就懷孕了。當時，妳猜妳奶奶對我說了什麼？」

「這是喜事，她應該是對妳說恭喜吧？」

阿琴的臉看起來相當憔悴。

表情中散發出一股駭人的氣息。阿琴毫不回應。

「她說，妳為什麼會懷孕？她說，妳是個壞媳婦。」

柚子舔了舔嘴唇。她不太懂這兩句話的意思。

「……為什麼……這麼說呢？」

「因為馬上懷孕的媳婦是壞媳婦。」

柚子還是不太懂母親在說什麼。

「我不懂。為什麼呢?」

「因為有許多孩子的話,就必須分走這個家的財產。」

「……」

「必須將唐船屋好不容易積存的龐大家產分成好幾份,分給大家。」

柚子全身僵硬。

她實在無法相信,小時候教自己玩沙包的祖母會說出那種話。

「我馬上有了身孕,所以妳奶奶帶我去看中條流的醫生。」

中條流是指替人墮胎的醫生。

「妳奶奶一切都準備好了……我號啕大哭,抱著柱子哭哭哀求,妳奶奶才終於放過我。後來生下的就是長太郎。」

當然,柚子是第一次聽到這件事。

「懷了妳的時候也是一樣。妳奶奶一直說我是壞媳婦、壞媳婦……我每天晚上看著這把刀,好幾次都想一刀刺進自己的肚子……」

柚子的耳朵裡發出刺耳的金屬聲。

「爹當時在做什麼……」

「他去花見小路或宮川町玩女人，根本都不回來。……妳奶奶把我罵得豬狗不如，我拚命保護妳，好不容易才把妳生了下來。勉強把女兒養大，卻跟著男人私奔。總覺得我好傻，全身都沒力了。」

阿琴撥開防身匕首的刀鞘。

縱然在紙燈的幽微光線照映下，鐵仍然發出淒美的森藍光芒。

柚子總覺得自己被那把匕首嗡嗡作響的聲音給吸引了。

「妳大概不知道刀匠的名字吧？這把刀是江戶的虎徹。」

「……」

「這是我母親在我出嫁時，讓我帶在身上的，是一把非常好的刀……」

阿琴注視著拔刀出鞘的匕首。

「每當看著它，無論任何時候，全身都會湧現力量。不管被說得再難聽，我都想設法拚命努力養育孩子。」

阿琴將匕首緩緩地收進刀鞘。

「我原本打算在妳出嫁的時候送給妳。」

「……」

「不過，現在還不能給妳。」

阿琴搖了搖頭，淚水模糊了柚子的視線，看不清楚母親的臉。

外頭天色已暗。

春天晚上的狂風灌進房間，柚子的鬢髮輕輕飄搖。

猿辻的鬼怪

（一）

三條通充滿晚春的陽光，人潮洶湧。

真之介站在精品屋的店頭，觀察來來往往的人們的長相。

不遠處就是東海道的終點三條大橋，因此總有許多來自各國的旅客經過。

——人真有趣。

精品屋賣的古董也很有趣，但是人更有趣。

真之介感慨萬千地想。

只是稍微看一下三條通，就有成千上萬種男男女女走著。

其中一人揹負著悲喜交集的人生。有人富有，有人貧窮；有人劍術高強，有人劍術低微；有人墮入情網，有人失戀被甩；各自過著生活。

如果一面觀察路人的長相，一面想像對方究竟是個怎樣人，真之介就會覺得比去看脫離現實的戲劇更開心許多。

兩名武士從木屋町通的北邊彎進三條通。

兩人都人高馬大；八成都有六尺。

一人是體格健壯，看似聰明。

另一人是骨瘦如柴，令人感到毛骨悚然。

真之介看到他們靠了過來，不寒而慄。兩人或許都有心事，眉頭深鎖，表情嚴肅。比起面相，這最令真之介好奇。他們身上散發出一股可能殺人的危險氣息。

偏不巧，兩人看到店的招牌，朝這邊而來。

他們在真之介面前停下腳步，從正前方直視他。

「你是這間店的人嗎？」

「是。」

「坂本在嗎？」

土佐的坂本龍馬確實窩在這棟房屋的二樓。

「不、不在……」

「我聽說，他住在這間房屋。」

「哎呀，我不認識那種人。」

真之介搖了搖頭。他不能告訴這兩個可能是刺客的男人。

「別擔心。我們也是土佐人；是坂本的遠親。」

「早說嘛，你們是他的親戚啊……」

回答之後，真之介心想「糟糕」，後悔說溜嘴了。當今世上，夥伴間互相殘殺。如今，即使對方說是同鄉客，也不能輕忽大意。

「他從大坂回來了吧？」

龍馬才剛從江戶回來，馬上又跑去大坂見勝海舟，確實昨天剛回來。

「欸……」

「是或不是？」

真之介不知道可不可以回答，又仔細鑑識武士。

年紀約莫三十五、六歲。雖然身穿一般的黑色外掛，但是打理得一絲不苟。橢圓臉，皮膚白，相貌看似學識淵博、有智慧。

特徵在於下顎。下顎特別大幅突出。

真之介認為，下顎突出的面相，代表這個人擁有堅強的意志力，能夠一步一腳印地推動事情。而且有智慧，所以身為謀士，想必會大展長才。

另一名武士雖然個子高，但是瘦骨嶙峋，感覺寒酸。身上的衣服有些骯髒，全身散發出一股頹廢的氣息。

——他至今殺了幾個人啊。

他臉上流露出足以令人如此聯想的陰險，真之介不想和這一名武士扯上關係。

「怎麼樣？坂本是在，還是不在？」

「欸。他確實住在這裡，但是早上出門了。」

這是真的。

「既然如此，你叫他來找武市，我住在附近的丹虎。」

丹虎是順著木屋町通往上走，位於右手邊的旅館。由於擁有四國屋這個屋號，因此經常有從土佐（譯註：舊國名之一，相當於如今的四國高知縣）來的人入住。再加上位於狹長小巷裡，所以儘管門口是木屋町，後方卻面向鴨川。

「我知道了。武市大人是嗎？我會轉達。」

真之介低頭行禮。

武市直接垂下目光，看著排放在店頭的護手和小刀。

另一名瘦武士突然佇在店頭，死盯著擺在內側樓梯旁的一尊大觀音像。從外形來看，他真的是個令人毛骨悚然的男人。

「喂，老闆。」

「是……是。」

武市從商品抬起頭來。

「你們店裡有許多相當有趣的商品。有沒有什麼商品是朝臣可能會喜歡的呢？」

精品屋的店頭擺滿了各式各樣的商品。

「朝臣會喜歡的商品……嗎？」

「是的。為了抓住某位殿上朝臣的心，我想送件禮物給他。」

「如果是朝臣，最好是有符合身分地位的物品。」

「是啊。但是，究竟是侍奉天皇長達一千年的朝臣世家，就算倉庫中沒有金銀珠寶，也珍藏著祖傳的書畫古董。必須是相當挖空心思的珍品，才能使他中意。所以，我正在苦惱中。」

「是。這確實是個困難的要求。」

京城的朝臣明明阮囊羞澀，但是一般貨色又看不上眼；是挑三撿四、難做生意的客人之首。

「我請經常進出藩邸的古董商去找了，但是遲遲沒有找到好貨。好不容易找到好貨，卻又要價幾百兩，我實在買不下手。難道沒有價格適中、貨超所值的好貨嗎？」

「是……」

這是最困難的要求，好貨肯定價錢高。

「恕我失禮，請問您的預算是多少？」

武市深深地收起下顎。

「五十兩。我正以五十兩左右的價位，尋找好貨。」

如今的萬延小金幣小得可憐、薄如蟬翼、銅含量高，顏色偏紅。五十兩萬延小金幣，換算成從前的天保小金幣是十七兩。這個金額說高不高、說低不低，所以從一開始就別指望頂級貨。

「對方是熱愛詩歌的朝臣，如果有定家的掛軸應該不錯。」

「藤原定家嗎？」

「是的。有沒有寫著詩歌的掛軸呢？還是真跡比較好，京城應該有偶然到手的珍品吧？」

真之介在心中吐舌頭。市區的古董店裡不可能會有定家的真跡。

儘管如此，真之介還是不肯搖頭，明確地點了點頭。

「有定家的掛軸。掛在那面牆上，從右邊數來的第二幅就是定家的掛軸。它的右邊是弘法大師，左邊是紫武部的掛軸。」

「哦。」

武市靠近牆壁，近距離仔細端詳定家的掛軸。字體十分清麗，而且寫著詩歌。

「這一幅多少錢？」

「欸，兩分。」

武市將臉湊近掛軸旁。

「贋品啊……」

「流麗的運筆正是定家的風格。」

「這不是真跡嗎？」

「哎呀，一分錢一分貨。」

武市放聲大笑，聲音渾厚。

「原來如此。京都人說話真滑溜，不回答是真品或贋品，而是四兩撥千斤地以一句『一分錢一分貨』帶過。」

「愧不敢當。這是做生意的婉轉說法。」

武市文雅大方地點點頭，環顧店頭的商品。

「不過話說回來，這是一家可能挖到很多寶的店，應該有更好的商品吧？如果商品好的話，價錢再高一點也無妨。」

真之介點了點頭。

「如果仔細找的話，說不定會有價格合適的商品。不過話說回來，哪種東西好呢？朝臣家的宅邸反而有許多藤原等人寫的掛軸吧？」

「你說的一點也沒錯，說不定有什麼別的精品。」

武市雙臂環胸，陷入沉思。另一個男人左眼半開，目露精光，盯著觀音像，一動也不動。

「太過含糊的要求，我也無從找起。能不能請您給我一點提示，那是為了答謝什麼的禮品呢？」

「這個嘛……」

武市撫摸尖細的下顎。

「有沒有什麼令人喜愛這個國家的物品呢……」

真之介偏頭不解。

「這真是個困難的要求啊。令人喜愛日本的物品嗎？」

真之介再度望向武市這名武士。

他大概是個正派的男人。他從剛才到現在，一直眉頭深鎖。真之介起先覺得他是個危險人物，原來他是在擔憂國家啊。

「這個國家如今面臨存亡之際，情況極為窘迫。那位大人的一念之間，說不定會誤導日本這個國家的未來走向。你等著瞧，那麼一來，西方人會大搖大擺地走在京城大道。不可以容許這種事情發生吧？」

「那可不成啊。」

真之介聳了聳肩。他雖然沒有看過真正的外國人，但是瓦版和錦繪（譯註：彩色浮世繪版畫）上畫著可怕的身影。

「這是國家大事，請你務必助我一臂之力。」

被武市這麼一說，真之介心動了。

「好，我完全明白了。讓我找找看有沒有令朝臣更愛這個國家、想要小心保護日本這個國家的物品。」

「你肯幫我找嗎？那我就放心了。如果找到好貨，你就到丹虎通知我。」

「遵命。這件事包在我身上。」

真之介低頭行禮，目送兩名武士。

他一面鞠躬，一面回味輕微的亢奮感。因為說不定能夠參與國家大事。

「哎呀，看起來好可怕的兩個人啊。」

等到兩人的身影完全消失之後，掌櫃伊兵衛低聲說道。

「真的。不過，他說是為了國家。我一心只想到自己的生意，壓根沒有想過國家。武士真是偉大啊。」

「欸，武士是那樣的人嗎……」

伊兵衛偏頭不解。

「搞什麼，你只在乎自己，除此之外的事都不重要嗎？」

「不，我沒有這麼說，但是他們殺氣騰騰，令人背脊發冷。」

「我告訴你，那是因為他們拚了命地在為國家奔走，那可不是輕易做得到的事。」

「這我曉得，但是那名瘦武士，露出真的要砍人的眼神。我在大坂惹事生非的時候，看過殺人的男人，但是他們在真的想砍人之前，會露出那種愛睏的眼神。不過，他目露精光。」

伊兵衛繃緊嘴角。

「我的看法跟你一樣。他一定殺過幾個人。」

真之介想起排骨男的眼神，全身起雞皮疙瘩。

「對吧？除非拿五、六個人血祭，否則不會露出那種眼神。不要和他扯上關係比較好吧。」

真之介和伊兵衛臉湊在一起，竊竊私語時，背後有人高喊：

「喂！」

回頭一看，剛才在談論的瘦武士眼睛半開地看著真之介。真之介嚇到心臟都快停了。

「是、是。」

「我要買那個面具。」

「……好。」
「那個般若的面具。」
「是、是。遵命。」
真之介摘下原本掛在牆上的木彫面具。
「幾多錢？」
真之介聽到薩摩的鄉音，他和土佐的武市是不同藩。
「咦……」
「貨款多少錢？」
「兩、兩朱。」
瘦武士動作自然地從懷裡掏出兩朱白銀，遞給真之介。
接過面具的男人背影隱沒在三條通的人群中時，真之介和伊兵衛大大地鬆了一口氣。

㈡

掌管精品屋內務的新手人妻柚子，從早上就忙著替店裡的人準備換季衣物。
四月即將到來。
自從開始和真之介住在這間房子之後，時光一眨眼間流逝。
之前回娘家，聽到母親剛嫁進婆家時的淒慘往事。

對於母親的辛酸，柚子感受身受。

可是，她認為那和自己的婚事是兩回事。

儘管感謝母親反抗婆婆生下自己，但是她實在沒有理由嫁給討厭的對象。

縱然費盡唇舌訴說這一點，母親也不願認同自己和真之介之間的感情。

——既然如此，那也無所謂。

柚子豁出去了。

她一開始擔心父母會硬將她帶回去，但是仔細想想，他們也不能將繩子綁在二十歲的獨生女脖子上，肯定只能痛罵、斥責、好言相勸。

父母將她罵得狗血淋頭，講了數不清的抱怨牢騷，但或許是顧及面子，如今沒有採取進一步的行動。

柚子想正式獲得父母的祝福，和真之介一起生活，但看來那是比夢想更遙不可及的事。

她一顆心懸在半空中，和真之介在精品屋生活，日復一日，夜復一夜。

然而，重要的真之介最近卻有點不對勁。

或許是因為接連犯了幾個小差錯、鑑定失誤。他似乎覺得派柚子去茶道掌門人家，顯得自己很不爭氣，配不上她，而有點在鬧彆扭或情緒低落。他每天早起，四處奔波採購商品，但是不時會忽然露出落寞的神情。

每天生活忙碌。

真之介新開張的古董店生意好不容易順利地步上軌道，柚子身為妻子，想要設法助他一臂之力。起碼不要讓真之介操煩店的內務。柚子對於店裡的人的三餐、衣物，煞費苦心。

今天使喚兩名女婢，姑且備齊了丈夫真之介、掌櫃、伙計到學徒的夏季單衣。總算解決了這幾天的工作。

「好，這下放心了。」

三月底之前處理完換季衣物的事，令柚子鬆了一口氣。

赫然回神，已經傍晚了，必須張羅晚餐的菜餚。

除了店裡的人之外，土佐的坂本龍馬住在二樓的房間。他之前待了幾天，然後去江戶和大坂，昨天很晚又回來了。他今天一早出門，但是說他晚上會回來。

春天朦朧的紅色夕陽沉入西邊的愛宕山，晚上酉刻（晚上六點）的鐘聲響徹三條通。

店裡的學徒和伙計豎起店的板門。

十一人齊聚在廚房的木板房間吃晚餐時，發出敲門的聲音，坂本龍馬回來了。

「你回來了。」

柚子馬上站起來，笑臉迎接。

「白天，有客人來了。」

柚子站在廚房的流理台旁，聽著背後的真之介說話。

加熱味噌湯、烤鹹鯖魚片這種事，大可以交給女婢去做，但坂本是因為某種緣分而成為客人的男人。她想要儘量充分地招待他。柚子親自端著食案上樓，伺候他用餐。

龍馬啜飲豆腐味噌湯，握著筷子注視半空中，突然低喃道：

「有沒有什麼好禮品呢？」

「怎麼了嗎？」

一問之下，原來是龍馬他們想設法讓攘夷急先鋒的姉小路公知這名朝臣搭乘軍艦。

「如果搭軍艦看到遼闊的大海，他應該就會意識到，攘夷是多麼愚蠢的事。八成是在狹窄的皇宮中拿不定主意，才會提倡攘夷。」

「你口中的姉小路大人，是住在皇宮的猿辻下方的姉小路大人嗎？」

龍馬望向柚子。

「哦，妳真清楚，不愧是到處做生意的人。」

「欸……」

柚子含糊地回應。

這間精品屋沒資格進出朝臣家，但是娘家唐船屋經常進出朝臣和大名家。在姉小路宅邸舉辦茶會時，柚子和真之介數度被派去增援。使用茶具還是茶具店的人最拿手，所以在那種時候，茶具店的人會獲得重用。

「他是個充滿活力的人啊。」

姉小路公知是一名長得十分有朝臣味、臉型豐腴的青年，但是皮膚黝黑，生性非常豁達。對於茶具的好壞，他似乎有獨道見解，經常聲音尖銳、滔滔不絕地快速發表高見。

「公知兄被人稱為激進人士，口口聲聲要攘夷，吵得要命。」

柚子心想：那名充滿活力的青年，一定是如此；不禁覺得好笑。

據說公知在洛北的岩倉度過少年時期，喜愛打仗遊戲，經常和村子裡的少年們玩耍。八歲時，曾在山裡遇見鹿，以半截棍棒刺殺它帶回家。柚子想起公知激動地訴說這件事的表情，噗哧一笑。

「我想送那位公知兄一樣他可能會喜歡的禮品，把他拖上軍艦。這是這個國家的大事。假如這個節骨眼決定錯誤的施政方向，這個國家恐怕會滅亡。」

「國家會滅亡嗎？」

這句話的分量令柚子感到震驚。

「會滅亡，真的會滅亡。事到如今，如果堅決攘夷的話，絕對會和外國人展開戰爭。黑船上裝載著大型的大炮，如果被那種大炮轟炸，日本這個國家會被徹底摧毀。」

柚子想像變成廢墟的京城，背脊發冷。無論如何，她都不希望發生戰爭。

「這樣很困擾。」

「真的很困擾，所以我剛才拚命思考。掌握朝廷的關鍵，就在於三條實美這名朝臣，以及姉小路公知大人。三條相當頑固，所以我想先設法讓公知兄轉為開國派。為了做到這一點，需要某種讓他轉向的契機。換句話說，就是用來拯救這個國家所需的禮品。」

「這件事攸關整個國家啊。」

柚子認為，龍馬從剛才到現在的意見聽起來非常正確。

「所以，我今天去了姉小路宅邸一趟，但是一群人都是死腦筋，口口聲聲攘夷、攘夷，吵死人了。這樣下去的話，就沒辦法讓他搭上軍艦了。」

「這就糟了……」

「是啊。有沒有讓公知大人敞開心胸的禮品呢……一想到這件事，我就食不下嚥。」

話雖如此，龍馬添了五碗飯。

「妳看起來是個足智多謀的女人，有沒有什麼好主意呢？有沒有讓冥頑不靈的朝臣瞠目讚嘆的禮品呢？」

柚子用力點頭。

「坂本先生好像很頭痛，我不能袖手旁觀。我會尋找適合姉小路大人的物品。」

「這樣我就放心了，送什麼好呢？」

「我一時之間想不出來，但是我會絞盡腦汁思考。我一定會找到讓姉小路大人想搭船的禮品。」

柚子拍胸脯保證，接下了這個任務。

㈢

柚子回到樓下的廚房，店裡的人已經吃完飯了。

她再度坐在吃到一半的食案前面，告訴正在喝茶的真之介，龍馬剛才在二樓拜託她的物品。

「搞什麼，這麼一來，妳等於是接下了和我相反的要求。」

「相反的要求是什麼意思？」

柚子一整天都在家裡縫製衣物，不知道今天在店裡發生了什麼事。

真之介咂了個嘴。

「白天，土佐的武士來了。妳那時候，不是來了店裡一下？妳沒看到嗎？」

「你是指個子高、看起來很恐怖的那兩個人嗎……」

柚子想等真之介忙完之後，讓他比對衣服的長度，往店裡看了一下，但是他正在招呼客人，所以沒叫他。真之介指的大概是當時的武士。

「他說他想送一份禮品給某位朝臣，抓住他的心，所以我在想，哪種東西好呢？我想先從我們店裡有的東西當中挑幾樣，傍晚去他下榻的丹虎拜訪了。」

「欸，原來是這樣啊……」

「於是，我打聽了詳情。所謂的朝臣，就是妳剛才說的姉小路大人。」

「坂本先生也說他想送那位姉小路大人禮品。」

真之介搖了搖頭。

「武市先生說：因為最近有人想攏絡姉小路大人，讓他轉為開國派，所以無論如何都要將他留在攘夷派。因此，他想挑選令他深愛日本這個國家的禮品。」
聽到真之介的話，柚子感覺到自己的眼睛睜得又大又圓。
「這麼說來，坂本先生和那位武市先生站在完全相反的立場，各自想將姉小路大人拉進自己的陣營，競相要送禮品嗎？」
「看來事情是變成了這樣。」
真之介一臉嚴肅地啜飲粗茶，思考半晌之後開口說：
「妳知道夫唱婦隨這句成語吧？」
「欸，我知道。」
「那麼，妳會跟我一起找武市先生要求的物品吧？」
柚子無法回答。她低頭盯著食案好一陣子，飯和味噌湯都完全涼了。
「可是，我已經接受了坂本先生的要求，我不是剛才告訴過你了……」
「精品屋先接受的是武市大人的要求，凡事要講先後順序。」
不知不覺間，先生變成了大人。
「話是這麼說沒錯……」
「怎麼著，妳不聽我的話嗎？」
「不，這不是聽不聽的問題。我已經接受了坂本先生的要求。事到如今，我怎麼能以精品屋老闆娘的身分……拒絕呢？」

廚房的木板房間，充滿了異常緊張的氣氛。女婢撤下食案，掌櫃伊兵衛、四名伙計和學徒們迅速點頭致意出去了。

「我話先說在前頭，武市瑞山大人和坂本先生這種離藩者不一樣。」

「他說離藩的事，已經獲得了原諒。」

真之介應該也知道，坂本在土佐藩邸閉門思過，離藩的罪已經獲得了原諒。正因為獲得了原諒，坂本才會待在這裡的二樓。

「武市大人雖然和坂本先生一樣是土佐的鄉士，但是深得藩主的信賴，從負責接待他藩人士的職位，連續晉升為京都留守員，是個腳踏實地的人。而且，他是管理兩百名土佐勤王黨志士的掌權人士。」

不知究竟是從誰口中聽來的，真之介開始說起武市這個男人的事。類似在自我炫耀，令柚子感到既虛假又無聊。

「坂本先生確實是個好人，但我總覺得他有危險的一面。」

柚子垂下頭來。真之介說的沒錯，所以她只能沉默。

「武市大人的劍術高明，是鏡新明智流塾長。據說前一陣子天皇外出到賀茂，也是他的提案。據我看來，那種人會創造今後的日本。想替那種人盡一份心力，是非常理所當然的事吧？」

柚子一直認為，丈夫真之介生性對於凡事冷靜；第一次察覺到，沒想到他格外拿身分和官職沒輒。

「欸。」

柚子隨口應了一聲。

「怎麼著，妳有異議嗎？」

「不，我並沒有異議，只不過……」

「有話直說。」

「我只看了一眼，但我覺得那位武市先生好可怕……」

「那是因為男人拚命地認真思考要怎麼改變國家，正在展開行動。如果一點駭人的迫力都沒有的話，就是冒牌貨。」

「可是……」

「妳今天動不動就反駁我，對我說的話有意見嗎？」

真之介罕見地粗聲粗氣，他第一次這樣。自從他前一陣子派柚子去茶道掌門人家之後，就開始有點不對勁。

「不，我不是對你說的話有意見。」

「那是怎樣？」

柚子咬住嘴唇，她並不想頂撞丈夫。

然而，柚子也拍胸脯保證，接受了二樓的客人——坂本龍馬的要求。

「我可以找坂本先生要求的物品嗎？」

真之介的手在膝上握拳。

「搞什麼，妳不聽丈夫說的話嗎？」

他的表情變得嚇人。

「可是……」

「哼。還可是啊？我不想再聽了，睡覺去。」

真之介站了起來，消失在內側。

柚子一動也不動許久，然後將熱粗茶淋在飯上，用筷子迅速地扒進嘴裡。

㈣

真之介的每一天幾乎都花在採購商品。

古董商聚集的市場開市的日子，就去市場競標古董。京城裡有好幾個市場，但是賣衣櫃等家具的市場多，只賣書畫古董的市場少。不過，即使在平常只賣家具的市場，有時候也會出現意外的收穫。如果不勤快地走動，好不容易從天上掉下來的寶物也會從指縫中溜走。

如果有人找，真之介也會去外行人的家收購。他希望有倉庫的大宅邸找他去，但總是被長屋找去。去這種地方通常會期望落空，無法指望挖到寶。然而，有時候會出現名品，所以不管是再貧窮的長屋，還是必須不嫌麻煩地走動。

令人感謝的是，三條通人潮多，只要擺放價錢適中的物品，商品都很暢銷。

一旦店頭擺滿商品，看起來就像是會有物超所值的物品，令客人容易出手購買。商品不斷賣出去，幾乎來不及補貨。

受託於武市，接受替他挑選禮品的要求之後的第三天，有個書畫市場開市了，所以真之介帶著伙計牛若外出。

市場在祇園白川一家餐館的大廳。

真之介打算慢慢事先查看，提早出門，但是已經聚集了幾十名古董商，熱衷地觀察物品。大廳周圍攤開著拍賣市場上要競標的書畫。立起屏風，門楣上吊著幾十幅掛軸。

「氣氛好熱絡啊。」

真之介第一次帶牛若來這裡的市場，所以他有些亢奮。如果看到許多一字排開的名品，任何新手古董商都會情緒激昂。

「這裡盡出好貨。你要仔細看，記在腦海中唷。」

真之介一一事先查看擺放在大廳的掛軸。無論書畫，都是頂級貨，但是武市瑞山的要求在真之介的腦海中揮之不去。

——替我找令人喜愛日本的物品。

武市如是說。

真之介左思右想，昨天傍晚，拿著店裡的源氏物語畫軸和舊銅鏡去丹虎。兩者都是價錢和品質相當的便宜貨，武市搖了搖頭。

──那麼，哪種東西好呢？

有雪舟細膩的山水畫，也有狩野永德大膽創新的屏風。有小野道風流麗的墨跡，也有白隱禪師孩子氣但豪放的墨跡。

每一件都很精美，但是真之介不敢確定，姉小路公知看到它們，會不會重新愛上日本。

「嗯……一旦要挑選，還真困難啊。」

「真的耶。要挑選其中一件，真是傷腦筋啊。」

兩人依序查看，正前方聚集了一群人。

從一旁往裡看，白布上放著一個看似大一尺四方、厚七、八寸的厚重古代墨跡斷片帖。

古代墨跡斷片帖是墨跡的名品集。

古早始於聖武天皇，包含歷代天皇的佛經手抄本、弘法大師等平安時代的三筆（譯註：平安初期的三大書法家，分別是弘法大師、橘逸勢、嵯峨天皇）、三跡（譯註：平安中期的三大書法家，分別是小野道風、藤原佐理、藤原行成）、武士、朝臣、歌人、和尚等，將古今書法名家的墨跡剪成一小塊，一張張貼在折疊的長底紙上。

若是便宜貨，當然只是類似的贗品，但有時候會有全部貼真跡的珍品。

「那是好貨。」

真之介只是從人頭縫隙間看了一眼古代墨跡斷片帖的第一頁，馬上就知道它的優點。

「老爺，您只是從遠處看，這樣就已經知道了嗎？」

牛若低聲詢問。

「你聽好了。我教過你了吧?古代墨跡斷片帖的第一頁，那肯定是從聖武天皇的佛經手抄本剪下來的。」

「欸。我看不出來。」

「而且，寫在茶毘紙上的才是真品。」

「茶毘紙是什麼呢?」

「欸，等一下。」

真之介等候許久，等前一位古董商看完，輪到他們之後，坐在古代墨跡斷片帖前面。厚厚的封面四個角鑲銀。

一翻開封面，第一張白紙上貼著只寫了五行字的經文。

「你摸摸看這個紙。」

聽到真之介這麼一說，牛若以指腹輕輕地撫摸佛經手抄本的紙。

「如何?很粗糙吧?」

「欸。好稀奇的紙。」

「聖武天皇為了祭奠光明皇后，將火化的骨頭搗碎，攙入紙漿中製成紙，然後在那種紙上抄寫經文。」

「咦?!皇后娘娘的骨頭嗎……」

牛若把手縮回來。

「欸，只是一般這麼說而已，我想實際上是香木磨成的粉。仔細看的話，顆粒有點黑對吧？」

「真的耶。搞什麼，原來是騙人的啊？」

「騙人這種說法很掃興。欸，你記得茶毘紙是這種東西就夠了。因此，這本古代墨跡斷片帖叫做『大聖武』。寫著五行經文對吧？」

「欸，好短的經文啊。」

「不，這算是長的，所以叫做大聖武。」

「才五行叫做長嗎？」

「這是聖武天皇的真跡。許多斷簡殘編是將原本的長文剪短成兩、三行。那種叫做小聖武、中聖武。也有人因為字大，所以稱之為大聖武，但是唐船屋的老闆教我，大中小是以行數區分。假如這一本是五行，多半是好貨。」

「原來是這樣啊。」

「嗯，我們看一看裡面吧。」

真之介緩緩翻開折疊的底紙，一張張製紙方法、時代、顏色都不同的紙上，各自寫著特徵明顯的字體。

聖武天皇之後是光明皇后。接著，是嵯峨天皇、白河天皇等的佛經手抄本的斷簡殘編。古今集、新古今集、和漢朗詠集，全部都是出自知名書法家家臣之筆，長的頂多十行，短的只有兩、三行。這些真跡貼滿了粗略計算也有三百折的底紙正反面，數量龐大。

「這肯定是日本的精粹。它是國寶。」

「真的是這樣。挑它如何？」

「嗯，我想這麼做，但是它不便宜唷。」

「大概多少錢呢？」

「那就要看競標的走勢了。欸，靜觀其變吧。」

市場的負責人出現在前面，宣告開始競標。齊聚一堂的古董商坐在大廳周圍，所有在座的人安靜下來。

「我們一件一件開始競標。」

市場主人站在前面，展示掛軸或屏風，徵求出高價的聲音。

首先是南宋禪僧牧谿的一幅掛軸；起薄霧的洞庭湖中，遠方有帆船。薄墨用得妙不可言，是一幅表現光影的絕品，但這不是日本的藝術品。

「好，便宜一點，從十兩起標吧。」

這是一個手頭寬裕的古董商集結的市場，所以立刻有人喊價。

「二十兩。」

「三十兩。」

標價跳到五十兩，飆上一百兩，馬上超過兩百兩，有人得標了。

書畫陸續競標，方才的古代墨跡斷片帖似乎是今天的重頭戲，最後才被拿出來。

「各位，想必仔細看過了吧？這是真正的好貨。我也從事古董商五十年，第一次看到這麼棒的好貨。好，從五十兩開始競標吧。」

市場主人開的價，已經是武市的預算上限了。立刻有人喊一百兩、兩百兩，結果以一千兩百兩，由唐船屋的善右衛門得標。

「是他……」

牛若低聲說道。

「是啊。」

剛才看到善右衛門的時候，真之介向他點頭致意，但是他別開視線。善右衛門一副不認識對照顧過自己的老東家忘恩負義之人的表情。

㈤

柚子在思考。

究竟送怎樣的禮品，會讓不曾離開京都的朝臣公子哥去海邊搭乘軍艦呢——

真之介帶著牛若出門去祇園的拍賣市場之後，柚子在思考。

——真困難。

遺憾的是，店裡沒有覺得適合的物品。

「我出去一下。」

柚子跟櫃掌伊兵衛交代之後便外出了。

她心想：如果看一看平常不會去看的古董店店頭，說不定會想到什麼；但是她沒有明確的目標。從河原町一巡向北走，在丸太町轉彎，進入了皇宮。

——好久沒來了。

儘管住在京都，但是很少有事來皇宮。

現今天子住的禁宮，被最長的瓦頂板心泥牆包圍，四周圍了一圈朝臣宅邸。

禁衛兵站在偌大的禁宮門前，但是鴉雀無聲。每一間朝臣宅邸都顯得老舊，屋簷下沉變形，完全感覺不到人的氣息。

步行一陣，有一間眼熟的宅邸。

是姉小路宅邸。

唯獨那一間宅邸有人的氣息。

——一定是正在吵吵鬧鬧地辯論。

大概正在展開唇槍舌戰，激烈辯論該如何引導這個國家的未來方向。說不定其中也有早上出門的龍馬，以及前一陣子看到、名叫武市的可怕武士。

雖然感覺得到人的氣息，但是在這個尊貴的地帶，不同於商家和武士的藩邸，散發著一股十分陰鬱沉悶的氣氛。

——如果住在這種地方……

實在不會想向世界敞開心胸，出海看一看吧。

柚子想起公知的臉。這個皮膚黝黑的青年被人取了黑豆的綽號，其實想跳出八重的垣牆，對外面的世界一探究竟。

柚子經過姉小路宅邸前面，直接往北走不到一町就是猿辻。

這裡是禁宮的艮方，亦即東北的鬼門。

因此，只有那一個角落的瓦頂板心泥牆往內凹出一個角。圍牆的屋簷上，為了趕走鬼怪，裝飾著手扛祭神驅邪幡、頭戴黑漆帽子的木雕猿猴。

柚子抬頭看猿猴。之所以用鐵絲網覆蓋，據說是因為入夜後，牠會四處走動，到處惡作劇。

「妳是誰？妳在做什麼？」

聽到尖銳的聲音回頭一看，兩名腰部佩帶大刀的禁衛兵，一臉嚇人的表情瞪著柚子。

「我只是在看猿猴。」

「別杵在那種地方，速速離去！」

「是、是。抱歉。」

「昨天晚上，這裡出現鬼了。妳四處徘徊的話，就算是白天也會被咬死唷！」

聽到背後禁衛兵的話，柚子覺得刺耳。

她從猿辻快步離去；氣喘吁吁地流汗。從寺町往下走到二條左轉，來到木屋町，心情總算平靜了下來。

——有鬼？胡說八道。

禁衛兵肯定覺得柚子的慌張模樣很有趣，所以開她玩笑。又不是平安時代早期，皇宮不可能出現鵺（譯註：日本傳說中的生物之一，據說具有猴子的相貌、狸貓的身軀、老虎的四肢，以及蛇的尾巴）或鬼怪。

柚子心有不甘，沿著高瀨川走。

船上岸了。

狹窄的高瀨川，水流湍急。從這裡到伏見的船直接順著水流，能夠輕鬆地順流而下，但是裝載貨物逆流而上的船可就辛苦了。

如果只是撐篙，實在無法逆流而上；所以四、五名工人會抓著安裝在船首的繩索，從河的兩岸把船拖上來。工人們上半身赤裸，全身向前傾，汗流浹背。

——姉小路大人八成也沒有搭過這種船吧。

柚子的腦海中一直在思考龍馬委託的禮品。

——對了。這樣的話，乾脆送船如何呢？

龍馬說：想讓姉小路搭的軍艦，是以蒸氣為動力行駛的蒸氣船。

要送蒸氣船肯定不可能，但是可以送模型。

如果可以的話，最好是會動的。柚子聽說，黑船是以蒸氣為動力，轉動安裝在船旁邊的大型水車前進。如果拜託鐵匠，肯不肯替我鑄造那種小船呢？

柚子認為這是個好主意，但是搖了搖頭。

——果然還是行不通吧。

如果尋找手巧的鐵匠，說不定會願意替她鑄造，但是應該要花好幾個月。要作為馬上送人的禮品，實在來不及。

——究竟什麼才好呢？

柚子走路回店裡，感到束手無策。

㈥

真之介從祇園白川的市場一回來，看到柚子在內廳。她看起來表情有些陰沉，是錯覺嗎？

「如何？有什麼好貨嗎？」

「是。我已經想到了一樣非常好的東西。」

柚子微微一笑，如此回答。

「欸，到底是什麼？」

「這種事我不能告訴你。這是祕密。」

柚子別開視線，她似乎還在賭氣。

「是喔。我們明明是夫婦，妳卻有事瞞著我啊。」

「那麼，你在市場找到了什麼好東西嗎？如果你告訴我的話，我就告訴你。」

柚子稍微嘟起嘴巴。

「原來如此，這倒合理。」

真之介坐下來抱起胳膊。

「你的是什麼？你找到了什麼呢？」

「欸，我只能告訴妳是好東西，不能進一步透露。」

「討厭鬼，為什麼要隱瞞呢……啊，我知道了。其實你還沒找到，對吧？」

被柚子說中了，真之介感到火大。

「胡說八道，妳才什麼也沒想到吧？」

「沒那回事，我想到了非常棒的東西。」

柚子露出有些得意的表情。

「妳這女人真可恨，我沒想到妳是那麼可恨的傢伙。」

以夫婦的身分一起生活在這家店之前，兩人是唐船屋的大小姐和掌櫃的身分。即使待在同一個屋簷底下，說不定也不曉得對方的真面目。

柚子繃著一張臉，目光筆直瞪視真之介。

「可恨的傢伙這種說法太過分了，可恨的傢伙究竟是什麼意思？請你解釋清楚！」

「妳說什麼……」

真之介忍不住提高音量時，有人在紙拉門對面清了清嗓子。

似乎是掌櫃伊兵衛。

「嗯？怎麼了？」

「欸，方便打擾一下嗎？」

「現在正在忙，待會再說。」

「不，就是關於您正在忙的事，我想現在跟您談。」

夫婦大聲的對話似乎被店裡的人聽到了，柚子羞得滿臉通紅。

「我知道了，進來。」

「打擾了。」

伊兵衛打開紙拉門，進入內廳。

「這兩、三天，老闆和老闆娘為了客人要求的困難物品大傷腦筋，店裡的所有人都很擔心。」

真之介雙臂環胸；知道自己的表情不悅。如果煩惱被僕人察覺，代表自己還不足以勝任一家店的老闆。

「唉，真是讓你們費心啦。」

說話方式忍不住變得粗魯。

「哪裡的話。所以，我們拚命思考，絞盡腦汁，希望稍微盡一份心力。」

「哦。你說說看。」

「這種東西如何？」

伊兵衛雙手遞上的是盆石。從扁平的盆子中，突出一顆形狀漂亮的石頭。底部寬闊延展，乍看之下，好像富士山。

「價錢雖然不怎麼高，但如果要讓人想到日本這個國家，我覺得不妨挑選這種東西。雖然對於京都人而言，這是一座不熟悉的山，但是它會傳達日本的精神。」

比起盆石，伊兵衛的心意更令真之介開心。往紙拉門對面一看，包括牛若在內，四名伙計一臉擔心地往這邊看。他們想必相當擔心真之介他們的夫婦爭吵。

「是嘛。虧你們想得到，害大家擔心了。你們的用心，我很高興。謝謝。」

一看之下，柚子也仔細地盯著盆石。

「就算不是這一個，如果尋找更好的盆石，應該能讓朝臣中意吧？」

聽到伊兵衛的話，真之介點了點頭。

「是啊。我居然沒有想到這種東西，但這或許確實是好禮品。」

「啊！」

柚子發出驚呼。

「怎麼了？」

真之介問道。

「我有一個好主意。因為它比一般的盆石小上許多，令我想起了一個非常棒的東西。」

「有那種東西嗎？」

「欸，就在這個家裡。如果是那個的話，不管是哪一位朝臣，一定都會喜歡。」

「是什麼？」

「前一陣子，你送我的東西。」

「欸，我有送妳那種東西嗎？」

「有。你送了。」

柚子一起身，打開壁龕的小壁櫥，取出一個黑漆的小櫃子。

「啊，那個啊。」

「欸。這一對貝殼非常漂亮，姉小路大人肯定會中意。」

那是前一陣子，真之介在一戶人家收購的物品。

打開托在掌心的櫃子的蓋子，其中塞滿了一一細心包在紙中的白色小貝殼。

若是一般大小的成對貝殼，世上何其多，但它是一對特別小的貝殼，使用只有姆指指甲大小的蛤蜊稚貝製成。即使那麼小，內側也塗了金漆，以纖細的筆功，十分精緻地描繪了源氏物語五十四帖的圖案。因為太過精美，所以真之介不捨得賣，送給了柚子。

「那不行，那是我送給妳的東西。」

「不。如果幫得上你的忙，請儘管拿去用。」

「可是……」

「古董就是古董，遲早會再到手。不過，這次接受的要求，只有一次機會達成。」

「可是，這超出對方的預算……」

柚子噗哧一笑。

「是啊……」

「我喜歡你錙銖必較這一點。不過，這次就別計較了吧。畢竟是國家大事。」

「請務必這麼做。」

「好。那就這麼做吧。」

「太好了。這個的話，武市先生和姉小路大人都會非常開心。」

柚子像是自己的事情一樣高興，好像剛才沒有發過火一樣。

真之介重新面向伊兵衛。

「喂，坂本先生的要求處理得如何？有沒有什麼好主意？」

「欸，這也想破了頭，像是世界地圖、地球儀之類的東西應該不錯吧？不過，我們店裡沒有那種東西，所以只好去別的地方找來……」

「是啊。那種東西果然不錯。」

真之介抱著胳膊點頭。

「無所謂。我只要向坂本先生道歉就行了。」

「傻瓜，這已經不是妳一個人的問題，而是店的問題。妳那樣輕諾寡信，有失這家精品屋的商譽。我們也要替坂本先生找一樣令他開心的物品。」

「有什麼關係嘛……」

「不行。接受的事要妥善處理到最後。」

真之介望向庭院。差不多傍晚了，西邊的天空染上淡黃色。新月出現了。

他突然想到了。

「對了。那個……」

真之介一起身，打開放在多寶格櫥架上的春慶漆書箱的蓋子。裡面裝的盡是他從小持有的護身符和重要的小東西。

「這個如何？」

他拿在手中的是黃銅的望遠鏡。

小時候，真之介因為唐船屋的工作辛苦而哭，柚子看不下去，送給他的。追根究柢，那是柚子跟父親善右衛門討來的，所以就孩子所擁有的物品而言很精巧；對於真之介來說，更是特別的寶物。一旦有難過的事，真之介經常會用那副望遠鏡看月亮。看著月亮和遠山，就能忘記不順心的事。

「那個不行。那是你的東西。」

「不，無所謂。既然妳拿出了那一對貝殼，我如果不拿出這副望遠鏡，我會過意不去。」

「可是……」

「我都說不要緊了。」

「可是……」

「妳在說什麼呢？夫婦就是要互相體諒……」

話說到一半，大大地響起了三聲咳嗽聲。又是掌櫃伊兵衛發出來的。

「打擾您們處理家務事，非常抱歉，但是差不多該整理店面，請老闆過目今天的帳冊了。目前就算平手如何呢？我想，要不要交出望遠鏡，可以由兩位今晚慢慢討論……」

得意微笑的伊兵衛令人恨得牙癢癢的，但是真之介以老闆的威嚴，重重地點頭。

㈦

得知姉小路公知搭乘幕府的軍艦順動丸，巡視攝津外海這件事，是在四月底。

京城的街頭巷尾都在談論，隨著將軍家茂離開京都去大坂，姉小路也南下大坂搭船。

自從坂本龍馬前往大坂，武市瑞山前往土佐之後，渺無音訊。

結果，沒有交給坂本和武市任何物品。

那一天，柚子和真之介第一次吵架，入夜後，坦然地互相道歉。

兩人分別向武市半平太和坂本龍馬致歉。

「抱歉。我拚命思考，但是話說回來，想以物品策動人心是一種狂妄的想法。我認為，心意應該要發自內心。」

真之介造訪丹虎，低頭致歉，武市重重點頭。

「說得好。你說的一點也沒錯。我也被逼急了，才會鬼迷心竅。你身為商人，但是見解精闢。」

武市不但誇獎，還給了紅包。真之介堅辭拒絕，但是武市硬要他收下，真之介只好接受他的好意。

二樓的坂本龍馬由柚子致歉。

「抱歉。我實在找不到。」

柚子低頭致歉，龍馬一臉錯愕地盯著她。

「妳在講什麼？」

龍馬似乎完全忘了那件事。

幾天後，龍馬說要前往大坂，離開了精品屋。

「真正驅動人的不是物品，而是時代。是時代在驅動人向前走。」

龍馬留下這句話，像一陣風似地消失了。

而聽到風聲，得知姉小路公知和將軍一同在大坂的海上搭乘軍艦，是在那之後過了許久的事。

到了五月，坂本龍馬再度在精品屋露臉。他說他和姉小路公知一起從大坂回來了。

「姉小路兄搭乘軍艦，完全從攘夷轉為開國派了。他實際看到攝津的大海，立刻就曉得即使興建再多炮台，也實在防守不了。」

「防守不了的話，豈不是完蛋了嗎？」

真之介問道。

「船最能防守國家，公知大人也明白了這件事。」

「船嗎……」

「是的，就是船。今後是以蒸氣船運送各種物品買賣的時代。你們店裡如果賣西方的商品，一定能狂賣。」

真之介跟著笑了，但是只懂古董的他完全無法想像，世上今後會變成怎樣。

後來又過了幾天像梅雨季的日子。

灰濛濛的沉重烏雲像是隨時要下起雨來，瓦版小販跑過三條通。

「長州藩終於堅決攘夷了，要砲擊外國船隻。大事不妙、大事不妙！」

喊叫的小販也有點亢奮。

「戰爭要開始啦。今後會怎麼樣呢？」

柚子臉色一沉。

「老實說，我不太清楚會怎麼樣。但是，我清楚知道自己想怎麼做。」

「是……你想怎麼做呢？」

「我的願望只有一個，就是帶給妳幸福。」

「欸，真會講話。」

柚子開心地笑了。

「傻瓜，我不是嘴上說說，我是真心的。這句話是出自我的真心。身為妻子的人，好歹知道這一點吧？」

「是是是。我十分清楚。」

「是說一次就夠了。」

「欸，抱歉。」

柚子低頭致歉，感到心滿意足。

聽到長州藩砲擊外國船隻之後，過不到十天的某一天早上。

外出跑腿的牛若，一臉拚命地跑回來。

「大、大事不好了，發生了天大的事情。」

「搞什麼。大事不好這句話，只有父母和老闆翹辮子的時候才能用。」

聽到真之介的玩笑話，牛若的表情依然僵硬。

「到底怎麼了？」

真之介盯著牛若的臉直瞧。

「欸。姉小路公知大人被殺害了。」

「你說什麼?!你聽誰說的?」

「我剛才經過寺町，有人站著閒聊，我確實聽見了。聽說昨天晚上，他在猿辻遭人砍殺了。肯定沒錯。」

「是誰殺了他呢?」

「不曉得。根據公知大人逃走的隨僕所說，是一行三人。」

真之介咬住嘴唇。除此之外，他什麼事也不能做。

「真不吉利，該怎麼辦才好呢?」

「還能怎麼辦?他已經遇害了。」

「不過，假如送給公知大人那一對貝殼，讓他打消搭乘軍艦的念頭……」

「傻瓜。那種事已經甭提了，這是時勢所趨。時代加快腳步奔流，卻有人想逆勢而為。兩股勢力碰撞激鬥。」

「哎呀，我聽不太懂。」

柚子和真之介都親自接觸過豁達的公知，所以坐立難安。

「我們去獻花吧。」

「欸。不這麼做的話，心情平靜不下來。」

兩人連袂北上寺町。

向在附近八卦的下級官員打聽，公知似乎在昨天晚上亥刻（晚上十點）左右，走出禁宮北方的朔平門，回自家宅邸的半路上，在猿辻的角落遭人襲擊。薩摩的刀掉在那裡，所以犯人遲早會落網。

「最近傳言，猿辻入夜後就會出現鬼怪。下毒手的人似乎從很久之前，就在那一帶伺機動手殺人。」

一名下級官員如此告訴兩人。

兩人一到猿辻，地面上有一大灘血跡。不知是經過一番格鬥，或者奔跑的緣故，血跡弄得到處都是。既沒有人，也沒有供花。天空的烏雲低垂密布，遠方響起雷聲。

兩人將花放在最大灘的血跡上，雙手合十。

「那是什麼呢……」

柚子手指瓦頂板心泥牆的角落。一看之下，有東西掉在向內凹的角落。

跨過流著清流的小水溝靠近一看，是一個裂開的面具。

「啊……」

真之介蹲下來，拿起面具，不禁叫出聲。

「這是我們店裡賣掉的般若面具。」

「怎麼可能……」

雖然裂開了，但確實是精品屋賣掉的般若面具沒錯。刺客大概是戴著這個面具，躲在向內凹的角落，埋伏姉小路公知。

抬頭一看，瓦頂板心泥牆的屋簷上有猿猴的雕刻物。

——這隻猿猴看見了當時的狀況嗎？

不管它是否在看，結果都一樣；真之介轉念一想後，深深地垂下了頭。

鑑定眼力值萬兩

（一）

連下三天的雨停了。

柚子打開小門來到門口，抬頭仰望天空，高聲大喊：

「好久沒看到這種好天氣了，總覺得會發生好事。」

從店前面的三條通眺望，東山的天空開始泛白，萬里無雲，呈現初夏的淡藍色。

經她這麼一說，確實是一個像是會發生什麼好事的黎明。

這一陣子，柚子的心情格外好。

開始一起生活之後，也有一陣子互不適應，但如今已經過了那段磨合期。如今，能夠和柚子兩人生活令真之介欣喜不已。為了守護這種生活，做任何事也不以為苦。

柚子在還豎立著大門的店前面，低頭行禮。

「路上小心，但願你能找到許多好貨。」

「嗯。包在我身上，我會帶著一堆寶物回來。」

真之介在柚子的目送之下，邁開腳步。

他要去古董的拍賣市場。

新做的薄絹外套又輕又涼爽。

這是因為輸人不輸陣，為了不被在座的老字號店鋪老闆們看扁，柚子替真之介新做的。手臂一穿過新和服的袖子，不由得背脊挺直，心情堅定。

「只有老爺會這麼早就去事先查看，我真的好想睡。」

真之介帶著伙計牛若隨行。牛若揉著眼睛，忍住哈欠。

競標從巳刻（上午十點）開始，但是真之介想在那之前，先仔細查看古董好壞。

「我凡事喜歡第一。第一個到的話，就能找到最好的東西，而且能夠賺最多錢。」

「是這樣的嗎？」

「我認為，生意之神最愛第一。如果得到第一的話，就會賞賜許多獎賞。祂不會給第二、第三名什麼好東西。」

沉默一陣子之後，牛若好像接受了，嘀咕道：

「是啊。看著老爺在做的事，確實是這樣沒錯。」

真之介才花了一年的時間，就在京都的正中央——緊鄰三條大橋的地方擁有一家四間門面的店面，籌措出一千兩的聘金，都是因為他是京都的古董商當中，最勤奮地到拍賣市場走動、最常造訪有倉庫的宅邸、收購最多古董的人。

他買下發生火災的倉庫，碰運氣放手一搏，之所以能夠遇到那種有利可圖的打賭，也是因為他比其他任何古董商更常在京城到處走動，跑到腿快斷掉。

正因如此，他才賺到了一千兩這個天文數字的聘金。

不過，前老闆——柚子的父親，也就是唐船屋善右衛門尚未收下那筆聘金。

因為他不肯正式認同真之介和柚子結為夫婦。

然而，即使如此，近期也要讓這件事塵埃落定。

——我要設法獲得他的認同。

強烈祈求的事、真心希望付諸執行的事，一定會實現；這是真之介的強烈信念。

「古董的鑑定功力是其次、再其次。重要的是買最多、賣最多。」

「是，老爺，因為您經常看走眼。」

「閉嘴！別說廢話，乖乖跟上！」

如同牛若所說，真之介經常看走眼。純就鑑定的眼力而言，妻子柚子比他略勝一籌。

這就是前一陣子，他跟柚子發生爭執的原因。如果妻子比較會鑑定，身為古董店老闆的面子要往哪兒擺？

——儘管如此也無所謂。

如今，真之介已經不在意了。

他認為：如果賠錢的話，用別件古董多賺一些，補回虧損就是了。

為了做到這一點，買最多、賣最多是不二法門。這麼一來，生意之神絕對會讓自己比別人賺更多。

室町的古董市場在大型商家的大客廳舉行，學徒正在店前面灑水。

打開格子門，腰繫深藍色底圍裙的年輕伙計低頭行禮。

「早安。您今天也是第一個。」

「那還用說。如果哪一天我不是第一個，我就帶你去祇園玩。」

「多謝。那麼，改天我會半夜去精品屋，在大門上釘上釘子。」

「好啊。那麼一來，我就在祇園請你盡情喝白川的水。」

真之介一面開玩笑，一面進入三十疊（十五坪）大的客廳。

他環顧客廳四周。

沿著牆壁訂做的台子上，擺滿了古董：茶具、佛像、掛軸、陶器、磁器、漆器、屏風、畫、盔甲、人偶、知名布匹……。

除了京都之外，大坂、奈良、近江的古董商四處到名門世家搜購的古董，每十天會被帶來這個市場。除了書畫之外，各種古董應有盡有，能夠期待找到物超所值的物品。

「有沒有什麼有趣的東西呢？」

真之介低喃道。

「今天的重頭戲是那個吧？」

他跟著伙計走過去一看，擺著一堆茶具。

托盆上放著一支茶杓。

一支別出心裁的茶杓。

「這是利休大人的茶杓，似乎是相當好的東西。」

茶杓仔細擦拭，閃爍著米黃色。

竹筒容器中，以有稜有角的字體寫著「休之作」。放在一旁的桐木箱、漆箱上，有數代掌門人的簽署。

真之介看了一眼，沉吟道：

「這個好。」

「我想也是。」

「不過，太好了。」

若是以唐船屋掌櫃的身分來競標，無論價錢喊得再高，也一定要不惜成本買到那支茶杓。想要它的富商和大名多的是。唐船屋有許多那種老主顧。

然而，對於如今的真之介而言，即使打腫臉充胖子標下它，也想不到哪位客人肯買。當然，他更不敢賣給唐船屋的老主顧。真之介努力一步一步地培養愛好收藏的老主顧，首先應該買許多店裡能賣、價格適中的物品。

「老爺，有很棒的東西耶。」

牛若一臉驚訝地看著茶杓。

「嗯，世上棒的東西多不勝數。不過，能不能靠它賺錢又是另一回事。謝啦，我慢慢看。」

真之介向市場的伙計道謝，從懷裡拿出帳冊。帳冊中記著令他在意的古董鑑定內容和自己的訂價。有時候也會附上畫，作為備忘錄。真之介拿出文具盒，舔了舔毛筆，添寫上：

利休　茶杓　歪曲　一百二十兩

這個備忘錄代表，如果這個價錢就可以買。若是被人標走，真之介就會添寫上誰以多少錢買了。

如果翻閱那本帳冊，外形自不用說，連色澤到損傷，真之介都能夠鉅細靡遺地想起來。那正是身為古董店老闆的真之介的財產。

真之介花時間從客廳的角落開始鑑識古董。拿起來細看，茶碗等物以手指輕彈，檢查有沒有裂縫。

依序觀察按照貨主匯整的古董，發現了一堆舊布匹。

印花布、金線織花錦鍛、綢緞等老舊、時代久遠，幾十件罕見的布匹堆積如山。

「如果有這麼多布匹的話，就能做成許多仕覆了。」

牛若低喃道。

「嗯，不過，裱褙師傅也會來這裡的市場，大概有很多人想要。」

舊布匹彌足珍貴，可以做成收納茶罐的仕覆、墊茶碗的印花布，而且裱褙掛軸時也會使用。即使老舊，如果是真正好的布匹，也經常價值連城。

真之介一塊一塊檢查布匹，忽然轉向一旁，全身起雞皮疙瘩。毛孔張開，全身寒毛直豎。

攤開在旁邊櫃子上的一塊舊布匹，令真之介動彈不得。

「您怎麼了？」

即使伙計牛若問道，真之介也好一陣子連根眉毛都動不了。

㈡

真之介從室町的市場回到精品屋，柚子出來迎接，露出了詫異的表情。

「你回來了。怎麼了嗎？表情好像見了鬼。」

真之介感覺像是走在海底，被柚子這麼一說，才回過神來。

「嗯，我發現了不得了的東西。」

「什麼呢？」

「是我……」

「咦？」

「不，是我的父母……」

「你在說什麼？」

「欸，妳等等。我買回來了，我希望妳也好好看一看。」

真之介坐在內廳，先喝熱粗茶。

傍晚宜人的風從緣廊的葦門吹過來。原本悶熱的一天，暑氣全消。那一塊布匹很晚才競標，真之介剛才把它標下來了。

真之介做了兩、三個深呼吸，讓心情平靜下來，從懷裡掏出折疊的布匹。

小心翼翼地在榻榻米上攤開，大小有兩尺見方。

「啊，這是?!」

柚子水汪汪的眼睛睜得格外大。她手撐在榻榻米上，將臉湊近布匹，目不轉睛地注視它的花紋。

「發現它的時候，我以為自己會瘋掉。」

「居然真的有這種東西。」

柚子盯著布匹的眼睛泛淚。

「嗯。因為我想要、希望得到它，深信總有一天一定能遇見它，所以願望實現了。」

布匹的花紋是蜻蜓和秋草。

許多蜻蜓飛在高雅的秋草上。

絕妙地搭配白染花紋和手繪的辻花染。

只使用淡茶色、褐色、沉穩的淡藍色，顏色低調，而手繪的秋草和蜻蜓風格細膩。

真之介把手伸進自己的衣領，掏出掛在脖子上的守護袋。

那是真之介在嬰兒時期，被丟棄在知恩院的寺門時，一起裹在襁褓中的守護袋。

從來不曾離身。

那個小袋子上，也染著一隻蜻蜓。

柚子將守護袋放在攤開的布匹上比較。

蜻蜓的手工如出一轍。

大小、發愣的眼神、漂亮的翅膀、彎曲的身體、分岔的尾巴前端，全部都以一樣的運筆描繪。

底部花紋的褐色白染花紋也一樣大小。

柚子和真之介盯著兩塊布匹好長一段時間。

柚子以手掌輪流撫摸兩塊布匹，以手指拎起布匹搓揉。

「花紋也是如此，不論織法或厚度，它們原本是同一塊布匹。」

「嗯，我也這麼認為。肯定沒錯。」

「好的辻花染光用眼看就讓人不由得挺直身體。無論是絲綢、白染花紋或運筆都是頂級。這是大名或旗本才能使用的特頂級染法。」

「確實，看到這塊布匹就不難明白它是貴人才能使用。」

「我一直認為你的守護袋上的蜻蜓整齊排列，像這樣看到一大塊，感覺格外值錢。」

「真的。妳說的沒錯。」

辻花染是製造於豐臣秀吉的時代，後來突然失傳的染色技術。

有許多勇於搭配白染花紋和手繪染，像桃山時代的華麗大花紋。

不過，其中也有像這塊布匹上的蜻蜓和秋草一般，十分雅致而細膩的花紋。

世上祖傳的辻花染窄袖和服或外掛，大部分都是大閤殿下（譯註：此指豐臣秀吉）或偉大的君主德川家康公賞賜、有淵源的物品，任何一戶擁有的人家應該都格外珍惜，但是在兩百年天下太平的期間，肯定也有人迫於無奈變賣。

柚子在唐船屋的倉庫，看過好幾塊那種辻花染。

「這在哪一位的貨物中呢？」

「藤村先生。」

「欸……」

藤村吉兵衛出自經常進出茶道掌門人家的裱褙師傅世家。

「有好幾個人競標，所以價錢喊到高得不像話，但這一件反正不賣，只好自己買下來收藏了。」

辻花染的衣物鮮少以完整的狀態賣出。如果拿出來賣，肯定價值幾百兩到一千兩以上。

小塊的碎布大多做成幡旗，當作用來裝點佛像的掛飾。即使是在比手掌更小的辻花染上，以另一塊布匹縫上邊製成的幡旗，價錢也高達幾十兩。

「藤村先生是在哪裡買到的呢？」

「這就不曉得了。」

裱褙師傅會買用於裱褙的舊布匹，但是很少會賣布匹。難道是手上太多了嗎？

「今天藤村家的少爺來了，我拜託他告訴我，但他只說是代代相傳的布匹，依舊摸不著頭緒。」

「這真是遺憾……」

沒有人會告訴買家古董的來源。因為出現一件珍品的好家世，應該還會有一堆寶物。

「但是，我無論如何都想知道這塊布匹的出處。」

因為說不定會知道曾是棄嬰的真之介的身世之謎。

「我想，你一定是某位大名的私生子。否則的話，身上不可能會有辻花染的守護袋。」

「是喔，真是來頭不小的私生子。居然讓我帶著黃金打造的阿彌陀如來，然後丟棄我啊。」

真之介解開守護袋的繩帶。

其中裝著一尊小指大小的小純金佛像。

「我父母一定是哭著丟棄我的。」

真之介一低喃，柚子點了個頭。

㊂

真之介從早到晚待在內廳，盯著辻花染的布匹，度過了三天。

千頭萬緒一瞬即逝，忽隱忽現。

——他們究竟是怎樣的父母呢？

——為何丟棄我呢？

一想到說不定能從這塊布匹掌握一絲線索，心情便起伏不定，無法靜下心來。終究無法著手工作。

——無論如何，我都希望藤村先生告訴我它的出處。

真之介不曾在舊裱褙中看過有人使用辻花染，這塊布匹想必不是裱褙師傅家的傳家寶。真之介猜測，它是藤村先生最近偶然得到手，拿出來賣的。

第四天早上，真之介前往裱褙師傅藤村吉兵衛位於寺町的家。

格子門開著，店面的櫃子上整齊地堆放著只有骨架的屏風、紙張和布頭。

「歡迎光臨。好久不見啊。」

熟識的工匠低頭行禮。過去在唐船屋工作時，數度跑腿來過這裡。

「真的好久不見。我今天有事想請教一下少爺。」

「他剛才出去了……」

說不定是有什麼不方便說的事，工匠的表情一沉。

「這樣啊。抱歉，連一聲招呼也沒打，我現在離開唐船屋，在三條開了一家店。」

工匠重重點頭。他八成從傳聞得知，真之介和柚子遠走高飛的事了。

「如果少爺不在的話，能不能見老爺一面呢？我有一塊布匹想請他過目。」

真之介從懷裡掏出折疊的辻花染。

大概是看一眼就認出是辻花染，工匠稍微睜大了眼睛。

「我可以借看一下嗎？」

「欸。」

真之介將布匹遞給工匠。

工匠站起身來，走進葦門內側。

好幾間和室的另一頭，有一個光線明亮的中庭。每一間和室裡都有工匠，但是聽不見任何說話聲。

裱褙師傅的工作是以耐性決勝負。在針落可聞的環境中，細心再三地撕下舊紙，然後貼上。立刻出現了一個五十開外的男人。瘦得過頭，看起來脾氣暴躁。他是老闆吉兵衛。

「這塊辻花染真棒啊，你要用它裱褙什麼嗎？」

這句話令真之介大感意外。

「不，這是前幾天，府上少爺在室町的市場賣的布匹。我有一點個人因素，想請教這是在哪裡取得的，因而前來造訪。」

吉兵衛拉下臉來，撇了撇嘴，搖了搖頭。

「你也是古董商，如你所知，用於裱褙的是金線織花錦緞或綢緞的知名布匹。雖然辻花染的花紋大，不方便使用，但是這種花紋很有意思，能夠做出別具一格的裱褙。就我來看，市場中不會賣。」

吉兵衛看起來不像是在撒謊，似乎也沒必要這麼做。這麼一來，代表是少爺擅自買來賣的。
「是嘛。這是在哪裡買到的呢？」
「那個蠢材……」
吉兵衛話說到一半噤口。
「倒是我看過你，你之前待在唐船屋……」
臉細長的吉兵衛仔細端詳真之介的臉。
「欸。不過，我現在在三條開了一家自己的店……」
吉兵衛用手掌拍膝蓋。
「對啦，原來拐走唐船屋獨生女的掌櫃就是你啊。」
「……抱歉。」
「哼，年輕人想做什麼就做什麼，完全不顧父母的心情……」
吉兵衛皺起眉頭，嗤之以鼻。真之介低著頭離開了藤村的店。

真之介順路前往新門前的唐船屋。
他決定讓善右衛門看一看這塊布匹，徵詢他的意見。
事到如今，沒有登門請教事情的情分，但是真之介不認識比善右衛門更精通古董的男人。說不定能夠掌握一絲線索。

他在抓住一縷希望的念頭催促之下趕路。

唐船屋的店頭依舊打掃得一塵不染。

——不好意思登門。

明明再氣派的武士宅邸，真之介都敢毫不畏懼、若無其事地進入，但是唯獨跨入唐船屋的門檻，需要極大的勇氣。

「拚了！」

真之介鼓舞自己，鑽過茶色木棉的暖簾，把手搭在格子門上。

「有人在嗎？」

真之介衝進去，站在鋪滿石板的店面。一如往常地靜謐，沒有客人。

他和坐在店面的善右衛門四目相交後，馬上低頭行禮。

「老爺，我今天登門是有事情想請教您。」

真之介一抬起頭來，不只是善右衛門，從掌櫃到地位最低的伙計，全都投以冰冷的視線。

「什麼事？」

善右衛門厚實的眼皮令人畏怯。

「這個能不能請您過目呢？」

真之介從懷裡掏出辻花染的布匹，放在外玄關的橫木上。

善右衛門放下手中的茶碗，揚了揚下顎，掌櫃轉交布匹。

善右衛門接過，伸直雙腿，仔細端詳，微微偏頭戴上眼鏡。
真之介凝眸注視，以免看漏了任何表情變化。
善右衛門的濃眉頓時大幅舒開。
接著，眉間的皺紋逐漸加深。
他低垂著頭，雙眼緊閉，沉默許久，但是抬起頭來，摘下眼鏡時，恢復成一開始的面無表情。
「這是很棒的辻花染啊。這怎麼了嗎？」
「事情是這樣的……」
真之介訴說在拍賣市場買到它的來龍去脈；也說了它的花紋和自己的守護袋一樣。
「我心想，老爺可能在某個大戶人家看過這塊辻花染。」
「沒看過。」
善右衛門搖了搖頭，明快地低喃道。
「是嘛……」
「撇開這件事不提，你什麼時候要把柚子還回來？」
真之介站著沉默了。
他舔了舔嘴唇，也注視善右衛門。
「老爺說過，如果我擁有一家四間門面的店面，帶著一千兩的聘金登門，就將她嫁給我。我按照您的要求做了。但是，您卻不肯收下聘金。」

「蠢蛋！」

善右衛門大喝一聲。

「那只是個比喻。我的意思只不過是，為了娶妻那麼拚命工作的男人，將會是個出色的女婿。我不知道你怎麼曲解了這句話，竟然不自量力地以為自己能夠娶到她。你區區一介僕人，不知羞恥也該有所限度。」

「可是……」

「我不想聽什麼可是不可是的。如果你要帶柚子回來也罷。如果不帶她回來的話，快點給我滾回去！」

真之介咬住嘴唇。

無論如何，他都希望善右衛門正式認同自己和柚子之間的關係。

「你似乎自以為了不起，在各個市場買賣，但如果我說一句話，你就會被禁止進出任何一個市場。你知道吧？」

「欸。這我知道……」

老字號店鋪唐船屋是京都古董商的第一把交椅。善右衛門一聲令下，各處市場肯定會禁止真之介進出。

正當真之介尋思有沒有辦法說服善右衛門，無法離開之際，驀地，門口的格子門被人粗魯地打開了。

突然間，好幾名男子擁入店裡，個個身穿同一款式的淡青色條紋外掛。

「這裡是茶具店唐船屋吧？」

扯著喉嚨發出渾厚嗓音的男子長相似曾相識。

他是壬生浪的近藤勇。隨行的男人當中，還有土方歲三等眼熟的面孔。

「我是老闆，有何貴幹……」

善右衛門板起一張臉。

「我們是受命於會津候，管理市區的新撰組（譯註：一八六四年，江戶幕府網羅芹澤鴨、近藤勇、土方歲三等武藝精湛的流浪武士所編制的警備隊，負責鎮壓反幕府勢力）。在祇園的正義樓，捕獲勤王派的不得志浪士時，其中夾雜著一名自稱長太郎的男子。他自稱是這家店的人，真有其事嗎？」

正義樓是祇園裡為數不多的妓院區。近幾年剛形成，真之介曾聽說，那裡確實是勤王志士們的主要據點。

不過話說回來，雖然聽說壬生浪人成了會津候的護衛，但是真之介不知道他們成立新的組織在管理市區。同一款式的外掛十分招搖。

「長太郎是我兒子，他只是一般商人，我不知道他是什麼勤王派的不得志浪士……」

「不，他在正義樓持續待了三天，和各地的離藩浪士合謀。我們的密探確切地探聽到了。他們圖謀擾亂市區的罪狀證據確鑿。為了扣押證物，我們要搜索這家店。給我上！」

「請、請等一下。」

善右衛門趕緊站起來，攤開雙手，但是一群男人穿著鞋進入和室。善右衛門被撞開，一屁股跌坐在榻榻米上。

「近藤先生，請等一下！」

真之介抓住近藤勇的衣袖。

「你是誰？」

近藤吊起龍頭虎尾的眉梢；露出會在戰場上殺人的恐怖眼神。

「我是三條的古董店老闆，賣給您虎徹的……」

「哦。你在這裡做生意嗎？或者你也是不得志浪士的同夥呢？」

「請您別開玩笑，我是天生的古董商，這裡是我從小工作的店。我十分清楚少爺的為人，他不會企圖做出擾亂市區的荒唐事。其中一定有誤會。」

真之介對近藤說話的期間，壬生浪們也在土方歲三的指揮之下，踏進店內側。

打開壁櫥、櫃子，隨手拿出帳冊和字據之類的物品翻閱，然後丟在一邊。

「亂七八糟。鬧夠了吧?!」

善右衛門大聲怒吼，但是十幾名壬生浪不肯罷手。掌櫃和伙計只是驚慌失措。

搜索一陣子，似乎已經無處可搜。一群人停止搜索。

「哼。看來沒有留下字據。」

近藤低喃道。

「當然沒有，勤王和佐幕派都跟敝店毫無瓜葛。」

近藤把善右衛門的話當作耳邊風。

「唐船屋長太郎、茶道掌門人之子，以及裱褙師傅藤村幸吉三人，因嫌疑重大，在壬生的駐地囚禁。一旦弄清罪狀，就必須斬首。千萬別恨我們，要怪就怪令郎愚昧。」

近藤撂下狠話，掉頭離去。一群身穿條紋外掛的壬生浪跟隨在後。

「搞什麼鬼。」

善右衛門看到物品散落一地，被人穿著鞋踐踏過的家中，垂下了肩膀。

真之介在店裡撿起被踐踏過的辻花染布匹，仔細拍掉泥沙，折好收進懷中。

「長太郎少爺在正義樓那種地方嗎？」

「哼。他兩、三天沒回來，原來是去了那種地方啊。茶道掌門人之子和藤村的兒子也都是蠢材。」

「不過，不能放任不理吧？壬生浪的人說要斬首耶。」

「應該不會真的殺人吧。誰叫他丟著生意不管，沉迷於玩樂之中。正好給他一點教訓。」

善右衛門靜坐在和室中，他的臉看在真之介眼中，顯得十分蒼老。

㈣

隔天一大清早，真之介前往壬生村。

結果昨天，長太郎的母親阿琴從家中跑出來哭求，拜託真之介姑且先去帶長太郎回來。

真之介回到精品屋告訴柚子，她的臉色果然立刻垮下來。

「你能夠設法救他嗎？我哥哥他不可能當什麼勤王的志士。」

「是啊……」

真之介想到身為妹妹的柚子的心情，也想設法救出他。那個糊里糊塗的長太郎就算誤入歧途，確實也不可能和政治的事扯上關係。長太郎比真之介年長幾歲，或許是受到母親溺愛的緣故，個性十分溫吞。雖然會做店裡的工作，但是有些草率，缺乏幹勁。

從四條通往西走，新町與室町的各個街頭已經出現祇園會（譯註：京都市祇園社的祭典。從前於每年陰曆六月七日至十四日舉行，祈求神明保佑不會罹患夏季疾病）的祭神花車，掛在車身上的絢爛紡織品五彩斑斕。

真之介帶著牛若隨行，牛若抱怨連連。

「搞什麼嘛。長太郎少爺明明有妻子和乳兒，卻連日待在妓院好幾天，腦子裡究竟在想什麼啊？」

唐船屋在京都也是屈指可數的老字號店鋪，所以經常在祇園的茶樓召藝伎。

然而，連日待在妓院實在令人想不通。話說回來，善右衛門不可能把那種閒錢交給兒子。

「老爺，您不是常說唐船屋的家教嚴謹，待在店裡總是戰戰競競的嗎？」

從前確實是如此。不知不覺間，善右衛門上了年紀，疏於管教了嗎？

「我一直憧憬老字號店鋪的魔鬼教育，哎呀，真是教人失望。」

牛若嘰嘰咕咕地說個不停。

「吵死了。閉嘴走路！」

真之介忍不住厲聲斥責，牛若縮起身子。

「抱歉。」

從堀川經過猪熊通、大宮通，四周是一片田地，西邊的愛宕山看起來近在眼前。田地的另一頭，可見寺廟的大屋頂。那是壬生寺。

在坊城通左轉，步行一陣，身穿條紋外掛的年輕武士手持長槍，在看似村長家的氣派長屋門前站崗。

用不著問，那裡八成就是壬生浪，不，新撰組的駐地。

「不好意思。請問近藤勇大人在嗎？」

真之介放低身段問道。

「你是什麼人？」

年輕武士的視線瞪著真之介打轉。

腰上佩帶廉價的大刀和小刀，但是圓臉、眼神散渙，看起來實在不像武士。在本屋町一帶的藩邸，手持六尺棍棒站立的傢伙，反而目光更凌厲。

——他是老百姓嗎？

真之介猜測，他應該是武藏一帶的農家的次男或三男。

「我是新門前的茶具商唐船屋派來的人。少爺在這裡打擾，我來接他回去。」

「哼。那個勤王的商人啊。」

「沒那回事。這只是誤會，懇請釋免他。」

「近藤大人不在，你改天再來。」

真之介咬住嘴唇。

身穿條紋外掛的年輕武士和自己的年紀相仿，如果一味地採取低姿勢會被看扁。

「別把我當小孩子對待。除了近藤大人之外，應該有懂事理的人吧？」

真之介氣沉丹田，狠狠一瞪，對方有些嚇到了。

「聽說茶道掌門人之子也在這裡。如果有什麼誤會的話，我們可不會善罷甘休。」

真之介收起下顎，更凶狠地瞪視。年輕武士的眼神在半空中游移，真之介看準時機，氣沉丹田，上前一步。

「你等一等。」

年輕武士跑進裡面，立刻回來了。

「芹澤大人要見你。進去。」

真之介讓牛若在那裡等，進入長屋門，像是有地位的鄉士家，有門口鋪地板的外玄關。

真之介被引領至內廳。這一帶的人家不同於只有小中庭的市區，庭院寬敞。

一個彪形大漢靠在扶手上坐著。

一名妖豔的女人倚偎在他巨大的身軀上。

芹澤的大酒杯一空，女人馬上斟酒。放在他面前的食案上，放著三支酒瓶。

芹澤的厚嘴唇開啓。

「有什麼事嗎？」

「我聽說，我家少爺等三人被抓到這裡。他們是毫無過錯的一般民眾，請釋放他們。」

「不，他們有嫌疑。正義樓是勤王派的巢穴。他們連日待在那裡，連浪士們的帳都買單。顯然是浪士的同夥。」

昨天，真之介去問正義樓的老闆奥村忠三郎這件事。三人確實連待三天，和各地的離藩浪士們飲酒喧鬧。

然而——

「三人只是碰巧和他們在妓院意氣相投，一起喝酒而已。那種手無縛雞之力的三人能做什麼呢？」

「如果他們助不得志浪士一臂之力，就是同罪。只好斬首。」

「笑話，你們憑什麼……」

「我們新撰組受命於會津侯，管理市區。會津侯下令，我們可以酌情任意處分不得志浪士等人。」

「和三人在一起的流浪武士已經被處刑了嗎？」

「不，可惜沒抓到他們，只捕獲了那三人。」

真是的，這三人未免太糊塗了。

芹澤人高馬大，臉也很大。嘴角彎曲下垂的嘴唇相當厚實。

無論從哪個角度怎麼鑑識，都是好勝心強、貪得無厭的面相。而且傷腦筋的是，他似乎有狗眼看人低的壞習慣。違心之論是言行坦率。平心而論，他是個夜郎自大、不好應付的男人。

「您經過調查就會知道，他們三人和不得志浪士毫無瓜葛。此言若虛，我願負責。」

「哼。他們三人玩弄茶道這種無聊的技藝，儲蓄巨額的財富。光是如此，就是難以原諒的罪孽。」

真之介心裡納悶。

話題好像往別的方向發展。

芹澤直視真之介，厚實的嘴唇忽然開啓。

「……一萬兩。」

「什麼一萬兩呢？」

「如果你想帶回三人，就拿一萬兩過來！」

「我哪籌得出那麼大一筆錢？」

一萬兩是現實中絕對籌不出來的金額。

芹澤以死盯著人不放的黑眼珠目不轉睛地瞪視真之介。

「你說你是唐船屋派來的吧？」

「欸。」

「既然如此，你知道那家店有個狂妄的女人吧？」

「女婢嗎？」

「不，她說她是女兒，以一千兩聘金出嫁。」

真之介不禁深深點頭。

那是今年春天的事。

芹澤跑去唐船屋硬借錢，帶走了一千兩聘金。

柚子以機智討回了那一千兩。

芹澤肯定還對這件事懷恨在心。

「是。她確實是大小姐。」

真之介沒有說她是自己的妻子。

「那個女人，準確地猜中櫻花湯的櫻花是京都或吉野的櫻花，但是我事後仔細思考，那種東西不可能猜得到。她肯定在私底下耍什麼小把戲。」

芹澤悔恨地將酒一飲而盡，不甘心地咂嘴。

他默默地看著庭院一會兒。

「哎呀，我不是為了這種私人恩怨而開口。那是以茶道騙來的不義之財。為了盡忠報國，沒道理拿不出來。如果支付一萬兩，我就釋放他們。」

追根究柢，他似乎是要為一千兩的事報一箭之仇。因為柚子耍了他，令他相當惱火。

真之介無計可施，決定先回去一趟。

「我知道了，我會回去向老爺轉達。他們三人安然無恙吧？」

「別擔心。我有給他們吃飯。」

「那麼，請讓我見他們一面。我無法向老爺報告自己沒有親眼見證的事。」

芹澤點了點頭，喚來年輕武士。

「讓他見那些傢伙。」

真之介跟著武士出了長屋門，進入位於馬路對面的另一戶人家。

角落有一座兩層樓的泥牆倉庫，一進大門就是入口。

泥牆倉庫前面，果然也有身穿條紋外掛的人在站崗。

從圍牆鐵絲網的柵門往裡面看，三個反手被綁的男人坐著。

三人的服裝講究，身穿頂級的衣物，反而令人於心不忍。

「長太郎少爺。」

三人面向這邊。個個一臉難堪。

「……真之介嗎？」

「欸，您沒事吧？」

「被如此對待，怎麼可能沒事呢？事情談妥了吧？我們馬上就能回去了吧？」

真之介搖了搖頭。

「不，請再稍待片刻。其他兩位也別無異狀吧？」

「沒有才怪。手臂痛得要命，快點解開這條繩子！」

茶道掌門人之子語帶哭腔地喊叫。

「我正在和他們交涉，請他們釋放三位。請再稍待片刻。」

「你這個不中用的傢伙！別讓我等太久。」

「遵命。」

真之介低頭行禮，立刻衝向門口。

㊄

真之介前往位於鴨川旁的茶道掌門人宅邸。

候在駐地外的牛若，收到了唐船屋派來的人的口信。

——叫真之介來茶道掌門人的宅邸一趟。

真之介撩起後襟狂奔。

他造訪茶道掌門人宅邸，經過修整得宜的茶庭，被引領至茶室的屋簷下。

從狹窄的躙口往裡看，四疊半（二點二五坪）的茶席中有三個男人。

坐在茶爐前面的是茶道掌門人。

真之介從沒和他交談過，但是幫忙茶會時，見過他好幾次。他個頭高，體格十分健壯。大額頭配上平凡無奇的容貌。

首席客人的位子上坐著唐船屋善右衛門。

次席客人的位子上坐著藤村吉兵衛。

真之介跪在茶室外放鞋的石板上，深深一鞠躬。

「我去了壬生村。」

「如何？他們三人安然無恙嗎？」

善右衛門的臉上出現倦容。

「是。他們在泥牆倉庫中被綁著，但是安然無恙。」

「是嘛。那麼，有可能釋放嗎？」

「不，壬生浪獅子大開口，要求支付一萬兩。」

「一萬兩……」

茶道掌門人瞪大眼睛。

「他們瘋了嗎?!」

「他們好像從一早就在喝酒，膽大包天。」

「荒唐。如果要付那麼大一筆錢，不如讓他們殺了那些游手好閒的傢伙，對家比較有幫助。」

茶道掌門人嗤之以鼻，放在茶爐上的茶釜發出悠悠的水聲。

如果變賣手上持有的茶具，茶道掌門人應該籌得出一萬兩。然而，當然沒道理交給壬生浪那麼大一筆錢。

——唐船屋又是如何呢？

真之介迅速在心中撥了算盤。

如果賣掉幾個倉庫中的所有收藏，應該也不是籌不出一萬兩左右的錢。但是，如果急著賣，古董就會被狠狠地砍價，被人低價買走。

「這下要怎麼辦呢？」

茶道掌門人低喃道。

「我可以提議嗎？」

真之介開口道。

「什麼提議？你說說看。」

「是。我聽說新撰組是會津侯的護衛，會津藩的本陣（譯註：即司令部）位於黑谷，不妨去那裡請求會津侯。」

茶道掌門人搖了搖頭。

「我們三人昨天早就去黑谷，見了近侍。我們強烈求見會津侯，但是到了今天，還是毫無回音。」

「這樣啊……」

「不只是會津。我們也向所司代（譯註：織田信長沿襲室町幕府制度，在京都設立的監察機關，主要負責維護京都及監控朝廷動態）、奉行所、桑名藩拜託過了，但是如今和外國之間的戰爭一觸即發，他們不肯替不務正業的子弟收拾爛攤子。」

善右衛門一臉怫然不悅。

「欸，壬生浪應該不會殺他們。關他們一陣子之後，壬生浪就會嫌供他們吃喝麻煩，放他們回來了吧。」

藤村低喃道。

「我也這麼認為。如果亂協商，他們可能會提出以錢和解。荒謬可笑，那種事我辦不到。」

善右衛門抱起胳膊。

「是啊。欸，暫時別管他們吧。」

茶道掌門人點了點頭。

「就這麼辦。」

三人達成共識。

「你可以回去了。」

善右衛門不看真之介地說。

「欸。不過，我總覺得有辦法解決。如果我幫得上忙的話，赴湯蹈火在所不辭。」

真之介的話，令善右衛門回過頭來。

「像你這種半吊子的男人能做什麼？已經沒你的事了，滾回去！」

被說成半吊子，真之介氣憤難平，但是默默地低頭行禮。

抬起頭來時，掛在正前方壁龕的掛軸中的畫，突然躍入眼簾。

那是一副武士的肖像畫。

精悍的容貌好眼熟。

他是茶人古田織部。

真之介看到那副畫，大吃一驚，像是被人徒手揪住心臟。

「那是織部大人……」

「沒錯。六月十一日是他的忌日。再過不久就到了，所以掛起來看看。」

茶道掌門人瞇起眼睛，看了掛軸一眼。

吉田織部是千利休的高徒。

他雖然是武士，但是富有茶道的創意，首創具有嶄新美感的織部燒。他似乎是個有特色的奇葩，足以被人稱為詼諧者，也就是乖僻的人。

他出生於美濃，先後侍奉信長、秀吉、家康。

但是不得善終。

大坂之陣時，遭人懷疑他與豐臣陣營勾結，於是毫不辯白，切腹自殺。享年七十二歲。

織部家被沒收領地、財產，遭到驅逐。如今，不知有沒有人家公開自稱是織部的子孫——

「打擾了。」

真之介從躪口探頭進來，注視壁龕的畫。

「怎麼了？」

善右衛門問道。

「織部大人身上的衣服……哎呀……恕我失禮。打擾了。」

真之介脫下草鞋，從躪口進入茶室。

他在牆龕前面雙手撐地，深深一鞠躬，拜見那幅畫。

掛軸中的古田織部身穿肩衣（譯註：下襬較短，沒有衣袖和前襟的和服），但是底下的窄袖和服是蜻蜓和秋草的花紋。

真之介把臉湊近，目不轉睛地盯著畫。

——肯定沒錯。它們一樣。

那件窄袖和服和那塊布匹，以及真之介掛在脖子上的守護袋畫著一模一樣的花紋。

「究竟怎麼回事？」

茶道掌門人錯愕地說。

「是。請看這個。」

真之介從懷裡拿出辻花染的布匹攤開，遞給茶道掌門人。

「織部大人身上的衣服是不是這塊辻花染呢？」

茶道掌門人比對布匹和掛軸。

「真的，這塊布匹原本是織部大人的窄袖和服嗎？」

「倘若如此，又怎麼樣？你竟然擅自入座，有夠沒規矩。」

善右衛門語氣不悅地責備真之介。

「抱歉。不過，這塊辻花染和我的守護袋一樣。我猜想，是不是有什麼關係……」

「愚蠢。你是我一大清早去參拜時，發現你被丟棄在知恩院的寺門，把你撿回來的。你怎麼可能和織部大人有任何關係？」

善右衛門一口氣罵到這裡，「嘖」地咂嘴。

「真是拿你沒辦法……」

「咦?!」

「我原本不想說，但你買的辻花染，就是那塊當初包裹著你的布匹。我一直收藏在倉庫裡。」

「真的嗎？」

「嗯，八成是長太郎發現它，拿到市場賣的。如果當作唐船屋的貨物賣掉，就必須記在帳冊。他肯定是因為這個緣故，才和藤村兄的兒子結夥賣掉它，然後以那筆不義之財連日待在妓院飲酒作樂。想不到更正經一點的玩樂，真是令人顏面無光。」

真之介全身顫抖。

湧上心頭的不是憤怒，而是悔恨。

「老爺，您昨天為什麼不告訴我這件事呢？」

「哼。我原本打算在你開唐船屋的分店時，把那塊辻花染交給你。但是，你卻擅自帶著我女兒私奔。我沒有義務要告訴你這種人吧？」

被善右衛門這麼一說，真之介咬住嘴唇，無言以對。

所有在座的人沉默不語，唯獨響起茶釜的水聲。

「各位正在談正事，打擾了。」

有人在茶道口的白色紙拉門對面喊道。

「什麼事？」

紙拉門打開，一名男僕低頭行禮。

「剛才，兩名壬生浪帶來了這個。」

僕僕遞上一封折成細長形的信。

茶道掌門人打開一看，立刻皺起眉頭。

善右衛門接著過目，緊抿嘴角，扭曲下垂。

「怎麼了？」

真之介一問，最後看完的藤村遞出信。

茶道掌門人之子宗春、唐船屋長太郎、藤村幸吉三人，經確認為不得志浪士的同夥，明日斬首。速來收屍。梟首示眾，故頭顱無法交還。

新撰組局長　芹澤鴨

「那種窩囊廢，被殺了倒好。」

茶道掌門人低喃道，善右衛門和藤村也深深地用力點頭。

㈥

真之介再度前往壬生。

離開茶室時，茶道掌門人的夫人現身，哭求真之介救兒子一命。她聽到壬生浪來到宅邸，似乎惶恐不安。

「能不能請你設法救出他呢？」

「可是，掌門人說別管他……」

「別傻了。天底下哪有兒子被壞人抓住，而不擔心的父母？他內心肯定想救他，請你姑且拿這些錢去交涉。」

身在一旁的女僕將一個綢巾布包遞給真之介。從拿在手中的觸感來看，大概是一百兩金子。原本闔上的躢口打開，善右衛門露面了。

他以眼神示意，揚了揚下顎。

意思是叫真之介去。既然拜託會津候、所司代和町奉行都沒用，只好靠自己解決了。

「我這就去。」

「拜託你了，請妥善處理。」

真之介在茶道掌門人的夫人目送之下，結果又走同一條路，跑來了壬生村。

到了新撰組的駐地，十幾名年輕隊員正在長屋門前練習劍術。沒有穿戴防具，以木劍互擊。

「殺、殺、殺！抱著殺掉對方的心情用力砍！」

芹澤坐在折凳上，痛罵隊員。

真之介走上前去，芹澤察覺到他。

「籌到錢了嗎？」

「沒有，因為他們三人過度放蕩，全部被父親逐出家門，斷絕關係了。我前來轉達這件事。」

這番話不是經過思考才說出口。

真之介想到什麼說什麼。

「是嘛。既然這樣，他們就和這世上的流氓一樣。斬首是為了國家人民好啊。」

「欸……」

「你！」

芹澤冷不防地怒吼，令真之介縮起身子。

「那邊那一個，就是你。」

原來不是指真之介。

芹澤一衝向個頭矮小的隊員，往腰部狠狠地一腳踹下去。

「一點幹勁也沒有。那樣殺得了誰?!放馬過來！」

芹澤架起木劍。

倒地的隊員站起來，揮劍進攻，芹澤毫不留情地猛攻，痛打隊員的手臂和身體。儘管如此，隊員還是拚命反擊，但是旋即又倒地不起。

「不中用的傢伙。」

芹澤趾高氣揚地站著。臉上之所以染上紅暈，是因為酒醉的緣故嗎？

「芹澤大人。」

「什麼事？」

芹澤不面向這邊。

「能夠請您收下這個，讓一切一筆勾消嗎？」

真之介以雙手遞出紫色綢巾。

芹澤瞥了一眼，但是臉又轉回正在練習的隊員。

「那是什麼？」

「一百兩。能不能請您收這個，饒了他們三人一命呢？」

芹澤冷哼一聲。

「別拿出骯髒錢！下流。」

「不過，您不是說要一萬兩嗎？一萬兩實在籌不出來，這一點錢，請您笑納。」

真之介氣沉丹田。

「一萬兩是用來報國的軍資。如果我們收下，就會變成乾淨的錢。但那是什麼？乞求我高抬貴手的賄賂嗎？像是半吊子的男人會想出來的事。」

半吊子的男人——這句話令真之介氣炸了。

——像你這種半吊子的男人能做什麼……

善右衛門剛才說過的話在耳邊復甦，激發了真之介的好勝心。

——我不想輸。

無論如何，我都要贏。

——有沒有什麼能夠用來打賭的呢？

真之介環顧四周思考。

那裡是鄉士的庭院。

觸目所及只有造景石、燈籠，以及正在練習的隊員。

——好，就比這個。

真之介下定決心。

「芹澤先生，能不能請您和我比一比呢？」

「啊？」

芹澤開啓厚實的嘴唇，望向這邊，一臉錯愕。

「你想和我比劍嗎？」

真之介連忙搖頭。

「沒那回事。我是天生的商人，對於劍術毫無涉獵。」

「那麼，要比什麼？」

「比鑑定。」

「哦。鑑定什麼？」

真之介以手比示庭前。

「比在此的武士的本事。我不懂劍術，但是身為古董商，我自認為不論是物或人，我都鍛鍊出了徹底看清本質的眼力。我在比賽之前，準確地猜猜看哪一位武士最強如何？」

芹澤冷笑。

「這些人在隊伍中是中堅分子，個個都是一定程度的使劍高手，實力幾乎不相上下。沒有經過比賽，不會知道誰輸誰贏。」

「我光看面相，猜猜看誰輸誰贏如何？」

芹澤偏頭不解。

「外行人豈能猜到？」

「我會猜出第一名和第二名給您看。」

「光是如此就能完全猜中的話，代表你是相當厲害的鑑定高手。」

「那麼，如果我精準地鑑識出來的話，能夠放他們三人回去嗎？」

芹澤思考。即使再傲慢的男人，大概也不認為一萬兩會順利到手。

「如果沒猜中的話，你怎麼辦？」

「按照您的要求，籌措一萬兩。」

真之介氣沉丹田，直視芹澤。

「不可能。像你這種年輕人，哪有可能籌得出一萬兩這種巨款？」

芹澤嗤之以鼻。

真之介搖了搖頭。

「如果武士大人能夠將性命賭在劍和名譽上，商人就會把性命賭在金錢上。如果因為金錢而撒謊，根本就不配當商人，不能苟活於世。」

真之介使出全力，瞪視芹澤。

「幸好，唐船屋是我的主人之家。那戶人家肯定有一萬兩。就算我跟唐船屋硬借，不，把倉庫洗劫一空，我也會將一萬兩的金子交給您。」

「你當真嗎？」

芹澤對真之介露出了訝異的眼神。

「鐵定當真。鑑定總是賭上性命，拚命鑑定。如果您不信的話，我立下字據吧。」

芹澤目不轉睛地瞪視真之介的眼睛，點了點頭。

「好。既然你這麼說，我就接受。拿紙筆來。」

真之介接過紙，振筆疾書。

比劍一事，若鑑定有誤，縱然變賣唐船屋的資產，亦籌措一萬兩黃金。此一條約，絕不違背。

三條木屋町　精品屋真之介

「能夠借用匕首嗎？」

真之介一提出請求，芹澤從腰上佩戴的刀中拔出匕首。

真之介借刀，割開姆指指腹，蓋上血印。

芹澤露出驚訝的眼神。真之介以薄絹外套的衣袖擦拭匕首上的血，連同字據一起遞給芹澤。

「好吧。」

芹澤瀏覽契約，站了起來。

「接下來進行比賽。」

大致環顧隊員。

「你和你脫隊！」

那兩人是真之介認定有勝算的隊員。剛才看他們練習時，動作敏捷，攻擊方式劇烈。

「我挑出了八個實力不分軒輊的人。兩兩交戰，決定實力高下。」

芹澤只告訴隊員這件事，重新面向真之介。

「我會讓他們報上姓名，你寫下第一名和第二名的人。分出勝負之後，我會攤開紙，如果你猜中他們的名字，我就放那三人回去。如果猜錯的話，你就帶一萬兩來。這樣可以吧？」

「好。」

隊員排成一列，從頭依序報上姓名。

真之介在紙上寫下第一名和第二名的姓名。

「請保持這樣一下。」

真之介仔細比較所有人。

要鑑定的是人，而不是物品。坦白說，他不太清楚該觀察什麼才好。真之介並沒有跟誰學過觀相術。他一面嘲笑町內的面相師，一面學得一些皮毛，然後看書，並且進一步地親身實際觀察、研究人，學會了如何觀相。

他自負有一定的準確率，但是觀察八名男子，總覺得個個都很強，有勝算。

圓臉，鬢髮處有擦傷的男子，是眉毛濃密的鬼眉，看起來勝利的運勢強。

個頭高、臉長的男子，眼皮上有一大顆有光澤的活痣。這也象徵他運氣好。

真之介原本想刪去瘦弱的男子，但是一看耳朵，意想不到地厚，正中央的耳廓高高突出。這是戰鬥力強、勇猛果敢的男人面相。

剛才被芹澤踹的矮小男子，擁有四四方方的國字臉，所以是意志堅強的人。個頭矮，但是手臂粗，給人一種十分敏捷的感覺。

其中，也有男子是大嘴的大福大貴相。真之介認為，他是能夠領略一切，天不怕、地不怕的人。

肌肉壯碩的男子顴骨大幅突出，是個性強硬、突破困難的面相。

也有人擁有一個大蒜頭鼻；看起來不屈不撓，有勝算。

最旁邊的男子中等身材，但是全身的外形有一種說不上來的順眼。

八人一直練習到剛才，個個氣勢十足，看起來誰贏都不足為奇。真之介越看越糊塗。

「如何？鑑定出來了嗎？」

「我想聽一聽各位的聲音，可以麻煩出聲嗎？」
「哼。你不是說光看面相就鑑定得出來嗎？」
「是啊，但是因為賭注高得出奇，所以我想請您稍微放一點水。」
真之介一低頭請求，芹澤便點了點頭。
「好吧。」
「那麼，請各位一個一個按照順序從丹田大聲喊。」
芹澤嗤之以鼻；一副想說「那樣怎麼可能鑑定得出來」的樣子。
「好，按照他的話做！」
「抱歉，讓我摸一下肩膀。」
真之介繞到最旁邊的隊員身後，把手搭在他肩上。
芹澤瞪視真之介。
「你在做什麼？」
「事關一萬兩，我在拚命鑑定。」
真之介一低頭請求，芹澤便一臉無奈地揚了揚下顎。
隊員忽然從丹田發出渾厚的聲音。那是手持長槍或白刃，衝進敵陣時的呼喊聲。
武士的肩膀硬僵，大幅顫抖；全身緊繃。
——這名武士不行。

真之介聽說過：劍術高手總是放鬆，肩膀下垂。他打算挑八人當中，肩膀最下垂，身體最放鬆的武士。

他請武士一一大聲吶喊，依順摸肩膀。

「好了嗎？」

八人出聲完畢，芹澤催促真之介。

「好了……」

——不該打這種賭，不可能猜得到。

真之介感到後悔，但是為時已晚。

他觀面相、聽聲音、摸肩膀，當然，他也將籠罩全身的氣魄、氣勢列入考量，仔細思考，在心中挑出了三名有勝算的武士。

不過，他無法確定三人當中，誰會是第一、第二名。

一籌莫展之際，腦海中浮現柚子的臉。

我不想讓柚子擔心，我想讓她開心。

真之介如此祈禱。

——對了。

真之介想到了一個好主意。

他繞到隊員前面，從懷裡掏出紫色綢巾打開。一百兩金子受到初夏午後的陽光照射，光芒燦爛。

「恕我冒昧，但是我要將它送給第一名的人。各位，請務必使出全力。」

隊員們原本有些不悅，搞不清楚為了什麼而比賽的眼神中，突然閃爍光芒。

「你打算做什麼？」

芹澤以眼神責怪。

「他們渾汗比賽，這只是一點買手帕的錢，不會玷污劍道。」

真之介想鑑定武士們深藏不露的潛力。

而且，最好看一看這一群男子的目光是否有神。

真之介向前遞出金子，隊員們瞪大眼睛。

他從最旁邊重新端詳八人。

——好！

他寫下鑑定結果。

並在寫在紙上的一排名字上面，添寫上第一名、第二名。

然後將它仔細地折疊起來，插進門前燈籠的燈罩，以免被任何人動手腳。

「我在名字上寫下了第一名和第二名，分出勝負之後請看。」

芹澤默默點頭。

比賽馬上展開。

「你和你。」

芹澤指名，兩人上前。

他們是個頭高、臉長的男子，以及圓臉、大蒜鼻的男子。

或許是各自的流派不同，儘管一樣是以刀尖對準對方眉心的架劍姿勢，也有微妙的差異。真之介無法判斷，哪一方比較有利。

雙方計算間距，瞄準破綻。兩人依然將刀尖對著對方，開始往左繞行。

正好轉半圈時，個頭高的男子隨著一聲吶喊，蹬地躍起，一刀砍向對方臉部。

蒜頭鼻的男子往左避開那一刀，提刀上砍，狠狠砍進了對方的身體。

「勝負已分。」

「下一組，你。」

芹澤說話之前，個頭高的男子癱軟在地。或許是一百兩的賞金奏效，他們認真交鋒。

被芹澤叫到，剛才被踹的男子上前。他雖然個頭矮小，但是看似動作敏捷。目光凌厲；自稱家木。

對手是耳朵正中央的耳廓突出的男子；自稱高田。

「開始！」

雙方架刀，對準對方的眉心。

高田箭步上前，家木後退。

家木後退幾步之後踏定腳步，交劍五下。高田較有氣勢。家木逃向一旁，站在圍牆前面。
兩人互瞪許久，高田盛氣凌人，忽左忽右地發動攻勢。
家木豎立木劍接招，勉強防住了攻擊。他有點被壓制，背部快要抵在圍牆上。
家木看準高田呼吸的節奏，冷不防地壓低身體；做出往左逃的假動作，一面伺機令高田一刀揮空，一面迅速地往右衝。
家木面向身體失去重心的高田，一口氣轉守為攻。
經過劇烈的交劍，家木的劍尖刺中了高田的左手臂；緊接著不死心地一直瞄準左手臂，用力砍了下去。
高田的木劍掉在地面。
家木將木劍抵在高田的喉嚨。雖然點到為止，但是高田動彈不得。
「嗯。」
芹澤點了點頭。家木贏得漂亮。
比賽繼續進行，四名獲勝者進入第二輪賽事。
確實如同芹澤所說，眾人的實力在伯仲之間，幾乎不分勝負。
第二輪比賽中晉級的是個頭矮小、國字臉的家木，以及眉毛雜亂、鬼眉的上田。
這兩人要在決賽中角逐第一名和第二名。
「好。開始！」

芹澤一聲令下。

兩人架起木劍，對準對方的眉心，保持間距面對面。

就此一動也不動。

木劍自是不在話下，雙方目不轉睛地互相瞪視，連視線也不動分毫。

兩名男子在隊員們的注視之下，始終站著。

感覺如果其中一方稍微一動，作勢要採取行動的話，立刻會被對方狠砍一刀。

太陽已經西傾，天空染上彩霞。

烏鴉在西方的天空鳴叫的那一剎那，上田的瞳孔微微動了一下。

那一瞬間，家木動作優美地踏步上前，一刀砍過去。

被搶奪先機，上田轉為守勢。

木劍和木劍互相撞擊，發出驚人的聲音。四下、五下。

原本一直接劍的上田反擊。鬼眉駭人地吊起眉梢。

交鋒的刀一來一往，但是看在真之介眼中，就像蜻蜓在避開竹竿一樣，家木看起來正在避開上田的木劍。

交鋒陷入膠著，變成了短兵相接。

雙方對刀使出吃奶的力氣，全力將刀推向對手。就臂力而言，上田稍占優勢啊。

家木睜大漆黑的雙眼，霎時，身體下沉。

「一——白——亮——！」

他在吶喊一百兩嗎？

那一剎那，家木縱身一躍，毅然決然地轉動木劍往上推，上田的木劍在半空中旋轉飛舞。

家木的木劍抵住上田的喉嚨。

分出勝負了。

芹澤和隊員們所有人的視線投注在真之介身上。

真之介的手不停顫抖。接著，全身開始顫抖。

他一面顫抖，一面從燈籠的燈罩取出剛才那張紙遞給芹澤。

第一名　家木

第二名　上田

紙上如此寫著。真之介的鑑定準確無誤地猜對了。

芹澤把紙揉成一團，丟在地上。

「辛苦了。」

他一臉不快地對隊員拋下這一句，看也不看真之介一眼，想要進入宅邸。

「那，我帶他們三人回去了。」

真之介將一百兩遞給獲勝的家木，對著芹澤的背影說。

「你說什麼？」

芹澤的回應，令真之介心頭一驚。

「我們不是約好了，如果我的鑑定準確，就能帶他們三人回去嗎？」

「前提是洗清嫌疑。在他們有擾亂市區的嫌疑之前，我不能放他們回去。」

真之介無言以對，說不出第二句話。

——這個混帳傢伙！

他忍不住對拳頭使力。

「怎麼著？你打算以拳頭一較高下嗎？」

真之介實在無法克制頻頻顫抖的拳頭。

「會津侯說要廣納言論，採取凡事應該排除高壓手段、坐下來談的方針。」

芹澤一臉瞧不起人的表情笑道。

真之介的拳頭浮現血管，開始頻頻顫抖。他不由自主地顫抖，內心充滿憤怒。

「有趣。既然如此，我親自指導你肉搏術吧。」

芹澤扭動脖子，骨頭咔啦作響時，一支身穿條紋外掛的隊伍回來駐地。

他們是近藤勇和隨從們。

「這不是古董店老闆嗎？怎麼了？」

近藤似乎察覺到不尋常的氣氛，問道。

「這個男人不明事理，我要教訓他。這件事跟你無關。你別插手。」

芹澤啐道。

近藤搖了搖頭。

「芹澤大人，現在不是做那種事的時候了。我去了位在黑谷的會津侯本陣一趟。一問之下，會津侯下令立刻釋放那三人了。你為何沒有告訴我這件事？已經釋放他們了吧？」

芹澤的表情更加扭曲。

「他們是不得志浪士的同夥。如果沒有偵訊清楚，不能釋放他們。」

近藤再度用力搖頭。

「找不到證據。既然會津侯下令，就只能釋放。」

芹澤憤恨地咂嘴，皺緊眉頭。

「隨你高興。」

他拋下這麼一句，進入了宅邸。

「古董店老闆，原本今天早上要放他們三人回去，因為差錯而延後了。請你見諒。」

近藤低頭行了個禮。

氣宇軒昂的龍頭虎尾眉毛依舊令人看得入迷。就剛才的處置來看，這個男人並非十惡不赦啊。不，或者他只是在演戲呢——

真之介再度感覺到鑑定人有多困難。他認為，剛才猜對獲勝者是僥倖矇對的，必須自我警戒。

近藤一臉嚴肅地低頭低歉，真之介道謝：

「謝謝。那麼，我帶他們回去了。」

「別讓他們再跟可疑的流浪武士喝酒。知道了嗎？」

「遵命。」

真之介低頭行禮，前往對面的宅邸，在泥牆倉庫領回了三人。

㈦

隔天，從一早就日照強烈。

三條通上的路人瞇著眼睛抬頭看藍天。

「喂。要好好灑水，商品蒙上灰塵怎麼辦？」

真之介從帳房起身，下來泥地房間斥責學徒。

學徒拿起水桶和柄杓，又得挨罵了。

「你在做什麼？這麼多人的時候，怎麼能灑水呢？我的意思是叫你趁一大早，事先灑上大量的水。真是只會吃飯不會做事的傢伙。」

真之介嘀嘀咕咕地罵個沒完，柚子從內暖簾露臉。

她手上拿著薄絹外套。

「阿真。這上面沾了血跡，怎麼了嗎？」

真之介沒有詳述昨天的事。因為說了也只會令柚子擔心。

——三人平安無事地回去了。

他只避重就輕地說了這麼一句。

「噢，沒什麼。」

「不過，有很多血。」

在新撰組的駐地蓋血印時弄傷了姆指，在回家的路上，真之介舔舐傷口，以唾液止血了。這件事就此結束。

「被蚊子叮了。我抓過頭，流了好多血。」

柚子偏頭不解。

「是嗎……」

「嗯。是的。沒什麼。」

真之介以右手摸了自己的臉一圈。

——真蠢。

連自己也不太清楚，昨天為何提出那種無聊的打賭呢？

——我想贏。

僅止於此。無論如何，我都想贏芹澤。真之介腦滿子都是這個念頭。只能說是熱血沸騰。

感覺有人站在店頭。

「歡迎光臨。」

轉頭一看，唐船屋善右衛門獨自站著。他鮮少不帶隨從外出。

「啊，老爺……」

善右衛門第一次在這家店現身。

「搞什麼，我聽說是古董店，這裡是撿破爛的店嗎？擺放的盡是劣質貨。」

「欸。抱歉。」

真之介低頭致歉。

比起賣幾十兩、幾百兩的名茶具的唐船屋，真之介的店確實盡是破銅爛鐵。

「爹，請您不要那麼說。大哥之所以能回來，都是託他的福。您不能向他說一句謝謝嗎？」

柚子嘟起嘴巴。

「不，我一點也沒派上用場。」

真之介搖了搖頭。

「不。你派上用場了。你將大哥平安無事地帶了回來。爹，您大可以認同我倆的關係，作為獎勵吧？他那麼拚命努力，還不行嗎？」

善右衛門把柚子的話當作耳邊風，拿起店頭的舊布匹。

「這也盡是便宜貨啊？」

真之介輕輕點頭，低下了頭。不管被說什麼，他在善右衛門面前都抬不起頭來。

「不過，賣得很好吧？」

善右衛門放下布匹問道。

「咦?!」

「我的意思是，在這個地方，這種便宜貨反而比較暢銷吧？」

真之介抬起頭來。

「欸。託您的福，非常暢銷，簡直令人嚇一跳。因為從京都回去的客人可以隨意選購，當作禮物。」

善右衛門點了點頭。

「找到適當的地點和人才，在店裡擺放商品販賣，這點很厲害。不是一般人做得到的事。」

「……欸。」

被善右衛門誇獎，令真之介感到不可思議。

「昨天，聽說你做了一場豪賭。」

「咦?!」

真之介沒有告訴任何人，賭一萬兩的事。

壬生村沒有轎子，所以後來走路回到大宮通才雇轎。

真之介分別送三人回到藤村家、茶道掌門人宅邸，以及唐船屋門前，然後直接回來這裡。

「你以為我什麼都不知道嗎？茶道掌門人之子被人捉住。我們肯定買通捕吏，派他去監視了。」

說到這個，昨天比賽時，不知不覺間，許多村民聚集在門前看熱鬧。說不定是某個隊員說了一萬兩賭注的事。捕吏也混在其中聽了嗎？

「你做了相當大膽的打賭嘛。」

「抱歉。」

既然被知道了打賭的事，真之介只能把頭弄得更低。

「假如你的鑑定失誤的話，你打算怎麼做呢？」

「欸。我打算靠自己設法籌出一萬兩的錢。如果賺不到那麼一點錢，古董店的生意也做不大。」

「原來如此，好膽識。或許你身上真的流著詼諧者織部大人的血液。」

善右衛門的話，令柚子點了點頭。

「如何？我挑的良人不會有錯吧？」

「嗯，妳鑑定功力是我一手教的。妳或許找到了一位好夫婿。」

「既然如此，為什麼不肯答應我們的婚事呢？」

善右衛門面露苦笑。

「哪有什麼答應不答應的，你們不是已經住在一起了嗎？」

「……啊！」

柚子驚叫一聲。

「這樣的話，您認同我們的關係了嗎？」

善右衛門既沒點頭，也沒搖頭。

認同——這兩個字，他似乎無論如何都不想說出口。

這時，三條通的另一頭吵嚷起來。

一群二十多名的武士慌張地衝過來。

難不成日正當中，有人被襲擊了嗎？

善右衛門避開一群人進入店內，目送武士們的背影。

「今後的社會將變得難以生存。必須有相當的毅力奮鬥下去才行。」

「欸。」

「重要的是以精準的眼光看清人事物。只要自己的鑑定能力精確，無論在任何時代都能生存下去。」

「欸。我懂了。」

「社會局勢一變，像唐船屋這樣的老字號店鋪也不會像以往一樣屹立不搖。如果長子是二百五，就算倉庫裡有金銀財寶，店也馬上會倒。」

「……」

「欸，算了。廢話少說。聘金我就收下了，你派人送到店裡來吧！」

「感謝老爺。」

真之介彎腰，深深一鞠躬。這代表父親終於認同兩人的關係了。

「再過不久就要舉行祇園祭了，天氣應該會很熱。」

店頭的花器中，開著柚子插的鳶尾花。善右衛門盯著可愛的橘色小花，打開了扇子。

「如果是像你這種有膽識的鑑識高手，不管在任何時代，店都能好好地經營下去。加油！」

真之介目送善右衛門離去，對著他的背影行九十度鞠躬禮，久久沒有抬起頭來。

柚子也在一旁，深深的一鞠躬。

國家圖書館出版品預行編目資料

千兩花嫁／山本兼一著；張智淵譯.-- 初版. --
臺北市；臺灣商務，2011.12
面； 公分. --（新時代小說；6）

ISBN 978-957-05-2668-4(平裝)

861.57 100022539

新時代小說

千兩花嫁

作　　者　山本兼一
譯　　者　張智淵
發 行 人　施嘉明
總 編 輯　方鵬程
叢書主編　李俊男
責任編輯　賴秉薇
美術設計　吳郁婷
校　　對　游韻馨
出版發行　臺灣商務印書館股份有限公司
台北市重慶南路一段三十七號
電話：(02)2371-3712
讀者服務專線：0800056196
郵撥：0000165-1
網路書店：www.cptw.com.tw
E-mail：ecptw@cptw.com.tw
網址：www.cptw.com.tw
局版北市業字第 993 號

初版一刷　2011 年 12 月
定　　價　新台幣 340 元
ISBN 978-957-05-2668-4

讀者回函卡

感謝您對本館的支持，為加強對您的服務，請填妥此卡，免付郵資寄回，可隨時收到本館最新出版訊息，及享受各種優惠。

■ 姓名：＿＿＿＿＿＿＿＿＿＿＿＿＿＿　性別：□ 男　□ 女

■ 出生日期：＿＿＿＿年＿＿＿＿月＿＿＿＿日

■ 職業：□學生　□公務(含軍警)　□家管　□服務　□金融　□製造
□資訊　□大眾傳播　□自由業　□農漁牧　□退休　□其他

■ 學歷：□高中以下（含高中）□大專　□研究所（含以上）

■ 地址：＿＿＿＿＿＿＿＿＿＿＿＿＿＿＿＿＿＿＿＿＿＿＿＿＿＿＿＿
＿＿＿＿＿＿＿＿＿＿＿＿＿＿＿＿＿＿＿＿＿＿＿＿＿＿＿＿

■ 電話：(H) ＿＿＿＿＿＿＿＿＿＿＿＿＿ (O) ＿＿＿＿＿＿＿＿＿＿＿

■ E-mail：＿＿＿＿＿＿＿＿＿＿＿＿＿＿＿＿＿＿＿＿＿＿＿＿＿

■ 購買書名：＿＿＿＿＿＿＿＿＿＿＿＿＿＿＿＿＿＿＿＿＿＿＿＿

■ 您從何處得知本書？
□網路　□DM廣告　□報紙廣告　□報紙專欄　□傳單
□書店　□親友介紹　□電視廣播　□雜誌廣告　□其他

■ 您喜歡閱讀哪一類別的書籍？
□哲學・宗教　□藝術・心靈　□人文・科普　□商業・投資
□社會・文化　□親子・學習　□生活・休閒　□醫學・養生
□文學・小說　□歷史・傳記

■ 您對本書的意見？（A/滿意　B/尚可　C/須改進）
內容＿＿＿＿＿＿編輯＿＿＿＿＿校對＿＿＿＿＿翻譯＿＿＿＿＿
封面設計＿＿＿＿＿價格＿＿＿＿＿其他＿＿＿＿＿＿＿＿＿＿＿

■ 您的建議：＿＿＿＿＿＿＿＿＿＿＿＿＿＿＿＿＿＿＿＿＿＿＿＿
＿＿＿＿＿＿＿＿＿＿＿＿＿＿＿＿＿＿＿＿＿＿＿＿＿＿＿＿＿＿

※ 歡迎您隨時至本館網路書店發表書評及留下任何意見

臺灣商務印書館 The Commercial Press, Ltd.

台北市100重慶南路一段三十七號　電話：(02)23115538
讀者服務專線：0800056196　傳真：(02)23710274
郵撥：0000165-1號　E-mail：ecptw@cptw.com.tw
網路書店網址：http://www.cptw.com.tw　部落格：http://blog.yam.com/ecptw
臉書：http://facebook.com/ecptw